Bamberger Verrat

Anna Degen wurde in Bamberg geboren, promovierte als Historikerin über mittelalterliche Handschriften und engagierte sich jahrzehntelang ehrenamtlich für den Erhalt und die nachhaltige Entwicklung ihrer Heimatstadt. Dafür erhielt sie 2004 das Bundesverdienstkreuz und 2009 den Bayerischen Verdienstorden. Über 50 Veröffentlichungen machten sie zur Bestsellerautorin in ihrem Spezialgebiet. 2007 veröffentlichte der Emons Verlag ihren ersten Roman »Das Haus am Nonnengraben«, der, wie auch der hier vorliegende, in der Weltkulturerbe-Stadt Bamberg spielt, wo die Mutter dreier Söhne mit ihrem Mann lebt.

ANNA DEGEN

Bamberger Verrat

FRANKEN KRIMI

emons:

Bibliografische Information der Deutschen Nationalbibliothek
Die Deutsche Nationalbibliothek verzeichnet diese Publikation in der Deutschen Nationalbibliografie; detaillierte bibliografische Daten sind im Internet über http://dnb.d-nb.de abrufbar.

FSC
www.fsc.org
MIX
Papier aus verantwortungsvollen Quellen
FSC® C083411

Umschlagmotiv: photocase.com/ina.mija
Umschlaggestaltung: Tobias Doetsch
Gestaltung Innenteil: César Satz & Grafik GmbH, Köln
Druck und Bindung: CPI – Clausen & Bosse, Leck
Printed in Germany 2014
ISBN 978-3-95451-250-8
Franken Krimi
Originalausgabe

Für Konrad, Tilmann, Benedikt und Philipp

Humanität besteht darin, dass nie ein Mensch
einem Zweck geopfert wird.
Albert Schweitzer

Wer Freiheiten aufgibt, um Sicherheit zu gewinnen,
verdient weder Freiheit noch Sicherheit.
Benjamin Franklin

Prolog

Das kleine Mädchen hatte Angst. Ein schweißnasses Händchen hielt die Hand der Mutter ganz fest. Lotte hatte sie auch dann nicht losgelassen, als Mutti den schweren Koffer, den sie mit der linken Hand trug, in die rechte hatte nehmen wollen. Auch Lottes eigenes Köfferchen wurde schwerer und schwerer, als sie durch das hohe Gras den Hang hinuntergingen, und der Rucksack drückte auf ihre Schultern. Neben Mutti ging Vatis Freund, der in den letzten Tagen so oft bei Mutti gewesen war. Lotte mochte ihn nicht; er stank nach Rauch und sah Mutti immer so komisch an. Er trug ihren zweiten Koffer und auch einen Rucksack. Warum hatte er so wenig dabei, obwohl er doch auch fliehen wollte? Er wolle ihnen bei der Flucht helfen, hatte er zu Mutti gesagt, und mit ihnen gehen. Vor neun Monaten war Vati in den Westen gegangen, und sie hatten Weihnachten und Lottes neunten Geburtstag ohne ihn feiern müssen. Schlimm war das gewesen. Aber heute würde sie ihn wiedersehen. Er werde sie an der Grenze abholen, hatte Vatis Freund gesagt, als er sie mit seinem Auto über Feldwege tief in den Wald gefahren hatte, bis zu dieser Wiese, an deren Fuß ein kleiner Fluss die Grenze zwischen Ost- und Westdeutschland bildete.

Es war ganz still. Ein letzter Rest von Tageslicht schwamm noch über den Gräsern an diesem warmen Augustabend, aber unter den Bäumen und Büschen am Waldrand hockte schon die Nacht. Lotte hatte das Gefühl, als ob tausend Augen sie von dort aus beobachten würden, Räuber oder Gespenster. Denn am tiefen Grund der Wiese, nah am Bach, lag das »Grab des Wilddiebs«, von dem im Dorf Schauergeschichten erzählt wurden, dass der Dieb mit blutigem Schädel und leeren Augenhöhlen manchmal aus dem Gebüsch hervorbreche und Pilz- und Beerensammler erschrecke.

Doch jetzt tauchte Vati auf dem gegenüberliegenden Hang auf. Trotz der Dämmerung konnte Lotte ihn genau sehen. Sie winkte und lachte. Er sah genauso aus wie früher, bloß noch besser in diesen blauen Hosen, die sie Jeans nannten. Sein blondes Haar leuchtete über seinem dunklen Hemd. Er winkte zurück und kam den Hang heruntergesprungen und war schon fast am Bach.

Lotte wollte ihm entgegenlaufen – es trennten sie ja nur noch wenige Meter –, da sagte Vatis Freund leise und scharf zu ihr: »Bleib stehen!« Dann rief er: »Komm doch her, Franz, und hilf uns mit den Koffern!«

Vati sprang mit einem großen Satz über den Bach und rannte über den fünf Meter breiten Streifen zwischen dem Ufer und dem Stacheldrahtzaun. Der war nicht besonders hoch und endete am rechten Rand der Wiese neben dem Stein, der das »Grab des Wilddiebs« markierte. Dahinter begann dichtes Gebüsch. Doch zwischen dem Zaun und den Büschen gab es eine schmale Lücke, durch die sich Vati jetzt geschickt zwängte und auf sie zueilte. Er lächelte Lotte an, doch er hob sie nicht hoch wie früher immer, sondern griff hastig nach Muttis Koffer und wandte sich gleich wieder ab, um zum Zaun zurückzugehen.

In diesem Moment trat ein schwarzer Mann aus dem Gebüsch hinter dem Wilderergrab. Lotte schrie, ins Herz erschrocken. Er hielt ein Gewehr in der Hand, und dann sah Lotte, dass er eine Uniform trug. Und im selben Augenblick kamen überall aus dem Wald Polizisten und liefen auf sie zu.

Vati ließ den Koffer fallen und begann zu rennen. Sein Freund versuchte, ihn festzuhalten, aber Vati riss sich los, hechtete mit einem grausamen Sprung über den Stacheldraht und stürzte zum Bach.

Der Polizist mit dem Gewehr brüllte: »Halt! Stehen bleiben!« Und dann schoss er.

Vati stieß einen entsetzlichen Laut aus, taumelte noch ein paar Schritte und fiel ins Wasser. Mit dem Oberkörper lag er auf dem westlichen Ufer und versuchte verzweifelt, seine Beine, die ihm nicht mehr gehorchten, auch auf dieses Ufer zu ziehen.

Aber da waren die Polizisten schon bei ihm und schleppten ihn zurück durch den zerschnittenen Zaun und weiter den Hang hinauf. Zwei Polizisten packten Mutti am Arm. Sie wehrte sich nicht. Aber bevor sie sie wegführten, schaute sie Vatis Freund an und sagte mit einer Stimme, die Lotte ganz fremd vorkam: »Du Ratte, du miese Ratte!«

1

Ein schwarzer Vogel setzte sich auf die Brust des Mannes, der still auf den Stufen vor dem König-Ludwig-Denkmal im Bamberger Hain lag. Er legte den Kopf schief und visierte mit einem glänzenden Auge dessen silbernen Ohrring an. Der spitze gelbe Schnabel schoss vor, packte den Ring und zerrte daran, zerrte und zerrte. Erst als die Stille des Morgens durch klatschende Schritte unterbrochen wurde, gab der Rabe auf und flog davon.

Der dichte Aprilregen drang durch die Kronen der alten Bäume und tränkte die Erde, die übersät war mit den weißen und violetten Blüten des ersten Lerchensporns und seinen zarten, weitgefächerten blaugrünen Blättern. Anemonen ließen regenschwer die Köpfchen hängen, kleine rosa gestreifte Regenschirme, die über dem Boden baumelten. Bärlauch entfaltete seine ersten Lanzenblätter und mischte sein Aroma unter den herben Erdgeruch der feuchten vermodernden Blätter. Den Vögeln waren ihre Flügel zu schwer geworden; sie schwiegen, und nur das Summen der fernen Straße mischte sich in die dunkle Lautlosigkeit unter den Zweigen.

Eine einsame Joggerin umrundete die Pfützen, die in den weichen Wegen gewachsen waren. Sie war schon fast an der lichten Wiese vor dem Denkmal vorbeigelaufen, als sie plötzlich stockte. Langsam drehte sie den Kopf, zögerlich, als hätte sie Angst, etwas zu sehen, was sie nicht sehen wollte. Sie schob den Rand ihrer Kapuze etwas zur Seite und trabte mit kleinen Schritten durch das kurze, nasse Gras bis zu den Stufen am Rand der Wiese.

Eine große rote, vom Regen verwässerte Lache verhieß, dass der junge Mann zu Füßen des Königs nie mehr aufstehen würde.

Das Mädchen in der bunten Sportkleidung holte ihr Handy heraus. Fünfzehn Minuten später zuckten Blaulichter durch den

Hain, den großen Park im Süden der Stadt. Polizisten in Regenmänteln sperrten den Tatort leise fluchend mit rot-weißem Band ab. Die Polizeimaschinerie war angelaufen.

2

Das war's, dachte Hanna. Sie hängte ihr Handtuch an den Haken und schloss leise die Badezimmertür, ohne Benno noch einmal anzusehen. Sie zog Mantel und Schuhe an, nahm ihre Handtasche und einen Schirm und verließ die Wohnung. Draußen lag stahltürengrau der Tag. Es regnete in Strömen, ein kalter, durchdringender Regen. Auf dem Weg zu ihrem Auto machte sie große Schritte über die Kuhlen im alten Pflaster, in denen das Wasser zusammengelaufen war, und bekam doch nasse Füße. Bis sie die Autotür geöffnet und den Schirm verstaut hatte, hatte auch ihr Haar so viel Feuchtigkeit abbekommen, dass es sich vollends zur unbezähmbaren roten Löwenmähne aufplusterte.

Der Verkehr floss dicht, wie immer in der Stunde vor acht. Eigentlich war Bennos Bemerkung eine Lappalie gewesen: »Kannst du, verdammt noch mal, denn die Zahnpastatube nicht zumachen? Das kann doch nicht so schwer sein!«

Doch das war der berühmte letzte Tropfen gewesen. Sie konnte einfach all diese Regeln, die er für seine Wohnung und für sein Leben aufgestellt hatte, nicht mehr ertragen: Gabeln in der Besteckschublade rechts und Löffel links, das Geschirrhandtuch an den einen Haken und das Handhandtuch an den anderen, Zeitungen ordentlich zusammengelegt in die Altpapierschublade und Zahnpasta zumachen und auf den Kopf stellen und und und … Das Gefühl, zu ersticken, war übermächtig geworden. Es reichte!

Haufen von frierenden, nassen Schulkindern drängten sich an den Bushaltestellen. Es war noch einmal scheußlich kalt geworden letzte Nacht. Hanna überquerte die neue Luitpoldbrücke, die ihr wie ein grau glänzendes Riesenmonster kurz vor dem Abflug vorkam, zu groß für diese Stadt. Die Lange Straße sah trotz der vereinzelten erleuchteten Schaufensterscheiben verlassen und krank aus. Als Hanna endlich im Strom der Schüler, die zum Clavius-Gymnasium strebten, eine Lücke gefunden hatte und von der Kapuzinerstraße in ihre kleine Gasse abbog, meinte sie für einen kurzen Moment, in eine Schlucht zu tauchen, flüsternd und grün und friedlich. Dieses Gefühl verstärkte sich, als sie das Auto in ihrem Hof geparkt und das Tor geschlossen hatte. Stille. Und sie war zu Haus.

Was für ein Glück, dass sie das Häuschen nicht verkauft hatte, als sie zu Benno gezogen war. Man hatte ihr viel Geld geboten dafür. Immer wieder gab es sehnsüchtige Bewerber für die kleine barocke Bausünde zwischen den malerischen Fischerhäusern von Klein-Venedig. Aber obwohl sie das Geld dringend hätte gebrauchen können, hatte sie es nicht übers Herz gebracht, sich von diesem geliebten Erbstück zu trennen. So hatte sie es als Büro behalten, ihr »**B**üro für **U**ntersuchungen in der **De**nkmalpflege«. Leider war in dieser »BUDE« bei Weitem nicht so viel Arbeit angefallen, wie sie sich das gewünscht hätte. Ursprünglich hatten Benno und sie überlegt, zusammen hier zu wohnen. Aber für zwei Personen war das Haus auf Dauer wirklich zu klein. So war sie vor einem Jahr in Bennos große Wohnung am Stadtrand gezogen, und sie hatten nur hin und wieder hier übernachtet, wenn sie zu viel getrunken hatten bei einem Besuch in der Stadt, zu viel, um noch mit dem Wagen nach Bamberg-Ost zurückzufahren.

Die leeren Pflanzkübel im Hof starrten trostlos vor sich hin. Die Katze des Nachbarn drückte sich an der Hausmauer entlang, wo es wegen des vorspringenden Mansardendachs etwas weniger nass war, und verschwand rechts um die Hausecke herum hinunter zum Fluss, wo sie sich wahrscheinlich in dem Gewölbe vor ihrer Kellertür ein trockenes Plätzchen suchte.

Hanna drehte als Erstes die Heizung hoch und öffnete, um kurz zu lüften, die Balkontür im Wohnzimmer. Das war ihr Lieblingsblick – über die Regnitz hinauf zum überwältigenden Wunderwerk des Doms. Aber auch dieser Blick stimmte sie heute trübsinnig. Die diffuse Düsternis des grauen Regenmorgens trübte die Farben wie auf einer alten Fotografie, die Regnitz führte zu viel stumpfbraunes Wasser, und selbst der Dom schien nur ein riesiger Haufen grauer Steine, aus dem die vier spitzen Türme wie drohende Finger ragten. Hanna schloss die Flügel der Tür, warf ihren Mantel über den nächsten Stuhl und fror.

Was hätte sie jetzt für einen Kaminofen gegeben! Aber das war in der dicht bebauten Bamberger Innenstadt nicht erlaubt. Also steckte sie die Hände unter die Achseln, hüpfte ein bisschen im Zimmer umher und sagte sich, dass sie jetzt frei sei, wunderbar frei. Keine Regeln mehr, keine Planungen schon am Montag für das folgende Wochenende, kein »Aber das haben wir doch so besprochen«. Und keine Anrufe mehr: »Wo bist du, was machst du, wann kommst du?«

Sie würde ihm einen Brief schreiben, und natürlich würde eine Aussprache unvermeidlich … aber darüber wollte sie jetzt nicht nachdenken. Sie legte den Telefonhörer neben den Apparat und stellte ihr Handy auf lautlos. Heute Abend würde sie endlich mal wieder was Cooles unternehmen, zum Beispiel in den Morph Club, abtanzen, vielleicht ging Anita mit oder Angelika oder Rolf, und vorher Essen beim Kubaner oder Kino und dann einfach Sandstraße … Ach, waren das schöne Aussichten!

Eigentlich hätte sie sich jetzt unbedingt an den Schreibtisch setzen müssen, um das Seminar für morgen vorzubereiten. Sie hatte einen Lehrauftrag an der Uni, im Fachbereich Denkmalpflege, und das war eindeutig der schlechtestbezahlte Job der Welt, auch wenn die Vergütung seit der Einführung der Studiengebühren etwas besser geworden war. Siebenhundertfünfzig Euro für ein ganzes Semester, zwei Stunden die Woche, und dazu kam noch ein Vielfaches für die Vorbereitung der Stunden und die Korrekturen der Referate der Studenten. Sie tat es nur, um mit der »Denkmal-Szene« in Kontakt zu bleiben und sich bei Bewerbungen als Mitglied der Universität vorstellen zu können.

Aber ihre Lust auf Schreibtisch lag weit unter der Temperatur, die im Zimmer herrschte. Und außerdem verspürte sie plötzlich den seltenen Drang, aufzuräumen. Der Geruch nach Staub und Unbehaustheit machte sie nervös. Sie begann mit der Küche, steckte das seit Wochen herumstehende Geschirr in die Spülmaschine, setzte Teewasser auf, putzte den Herd. Im

Schlafzimmer im Oberstock unter dem Dach bezog sie das Bett neu und hängte die herumliegenden Kleidungsstücke, die sie hier für Notfälle zurückgelassen hatte, in den Schrank. Irgendwann würde sie zu Bennos Wohnung fahren müssen, um ihre Sachen zu holen; doch das hatte Zeit. Dann nahm sie sich das Wohnzimmer vor, das, abgesehen von der winzigen Küche, die ganze Grundfläche des Häuschens einnahm und gleichzeitig ihr Büro und Arbeitsplatz war. Überall lagen Stapel von Büchern und Zeitschriften, auf dem Boden mit seinen breiten alten Dielen, auf dem Sofa und den Sesseln und dem Couchtisch davor, nicht zu reden von den überquellenden Bücherregalen und dem ovalen Biedermeiertisch, den sie als Schreib- und Esstisch benutzte. Und alles war bedeckt mit Staub.

Und dann war sie fertig, und ihr Häuschen blitzte wie schon lange nicht mehr. Sogar die Fenster hatte sie geputzt, trotz des Regens. Aber die Lust auf Schreibtischarbeit hatte sich noch immer nicht eingestellt. Dabei war es inzwischen mollig warm, die Ausrede zog also nicht mehr. Sie lümmelte auf ihrem Schreibtischstuhl und kam sich vor wie ein schlapper, runzliger Luftballon, bar jeglicher Energie.

Beim Aufräumen war ihr auch ein hübsch gebundenes Büchlein in die Hände gefallen, das Benno ihr letztes Weihnachten geschenkt hatte. »Zum Aufzeichnen unordentlicher Gedanken«, hatte er beim Überreichen in ihr Haar gemurmelt, »von deinem Berg für sein Tal.« Er liebte das Spiel mit ihren seltsam korrespondierenden Namen – Hanna Tal, Benno Berg –, und sie hatte es damals witzig gefunden.

Am nächsten Morgen hatte sie in einem Anfall dichterischen Elans – ein weiteres Geschenk waren Christoph Lichtenbergs Aphorismen gewesen – hineingeschrieben: »Sudelsadelbuch. Mal Sudel, mal Sadel, mal Sudelsadel / das alles schreib ich ein in dieses Buch. / So Nachtgedanken, / ganz ohne Schranken, / ganz ohne Adel, / umkreisen mich, bis ich sie fast verfluch. / Drum schreib ich sie hier rein / und sperr sie damit ein. / Da soll'n sie im Verein / wie Berg' und Täler sein.« Danach hatte sie das Büchlein weggelegt und vergessen.

Jetzt betrachtete sie es unentschlossen. »*Think positive!*«, das sollte helfen, so sagte man doch. Also nahm sie ihren Tintenstift und schrieb:

»Was ist schön? Wenn du lange im Bett gelesen hast und deine Arme durch die kühle Luft vom Fenster her ganz kalt wurden, und du legst das Buch weg und löschst das Licht und steckst die Arme unter die Decke in deine eigene Wärme und spürst, wie sie beginnen, wieder zu dir zu gehören – das ist schön.

Was ist schön? Wenn du vor einem Rosenstock stehst und hältst deine Hände unter eine reife Blüte, die durch die leichte Erschütterung ihre Blätter fallen lässt, in deine Hände, diese unendlich zarte Berührung deiner Handflächen – das ist schön.

Was ist schön? Wenn du durch ein fernes Fenster zwei Töne hörst und erkennst sofort die Melodie, die folgen wird, und sie faltet sich in dir auf und macht dich singen – das ist schön.«

Na schön, ganz schön. Aber es half nicht.

Hanna hockte sich auf den Boden vor die geschlossenen Flügeltüren und starrte durch das Balkongitter auf die Regnitz. Längst waren die Glockentöne vom Morgenläuten des Doms grün und schwer im Fluss versunken, und Enten zogen drüber hin. Hanna war so gerührt von ihrem tapferen Versuch, positiv zu denken, dass ihr die Tränen kamen, und sie schluchzte und begann, immer wieder erneut zu weinen, bei der Vorstellung, wie einsam Benno ohne sie wohl war. Ach, Scheiße!

3

König Ludwig übersah mit majestätischer Gelassenheit, gestützt auf sein Schwert und umwallt von den Falten seines bronzenen Mantels, das ungewöhnliche Geschehen zu seinen Füßen. Das Metallgrau der Statue hob sich nur wenig ab von der Düsternis des Hains mit seinen tropfenden Bäumen, in die die Scheinwerfer der Fotografen ein helles Dreieck schnitten. Drei Stufen führten zu einer mit mächtigen Steinplatten ausgelegten Fläche vor dem Sockel des Königs. Weiß verhüllte Spurensicherer untersuchten die moosbemützten Steinsäulen neben den Treppenstufen, die Steinbänke in den halbrunden Mauern, die das Unterholz vom Plateau des Königs abhielten, und die wassergefüllten Fußspuren im weichen Wiesenboden.

Auf der obersten Stufe lag wie aufgebahrt die Leiche eines jungen Mannes, lang ausgestreckt mit auf der Brust gefalteten Händen. Das pietätvolle Bild wurde nur etwas dadurch gestört, dass dem Jungen die eine Hälfte des Gesichts fehlte. Das Blut auf den Treppenstufen und unter dem Kopf des Toten vermischte sich mit dem Regen und begann, im Boden zu versickern. Einsatzleiter Kriminalhauptkommissar Werner Sinz stand auf einer Steinplatte, wo er keine Spuren verwischen konnte, und betrachtete intensiv die Leiche.

Werner Sinz kam dem Idealbild eines Polizisten gefährlich nahe: groß, breitschultrig, muskulös. Sein gut aussehendes Gesicht mit dem markanten Kinn wäre beinahe schon zu attraktiv gewesen, hätten nicht ein Paar zu groß geratene Ohren, die unter seinem kurz geschorenen blonden Haar besonders auffielen, das perfekte Bild gestört. Wenn er sich sehr konzentrierte, wie gerade jetzt, zog er an seinen Ohren, als wolle er sie weiter in die Länge ziehen.

Er ging in die Knie, um den Toten noch genauer in Augenschein zu nehmen. Unter dessen Händen lugte etwas Helles hervor, offenbar ein Papier. Werner Sinz wartete ungeduldig darauf, dieses Papier herausziehen zu können.

»Braucht ihr noch lang?«, murrte er die Fotografen an.

»Nein, Chef, wir sind gleich fertig.«

Am Rand der Lichtung stand, eingehüllt in eine Decke und mit einer dampfenden Tasse Kaffee in den klammen Händen, eine junge Frau in Joggingkleidung, durchnässt und frierend. Werner Sinz ging zu ihr hinüber.

»Wir müssten Ihre Aussage noch zu Protokoll nehmen. Wann wäre es Ihnen denn möglich, zu uns auf die Dienststelle zu kommen?«

»Ich hab heute frei, bei dem Mistwetter! Dabei wollte ich heute ein paar zusätzliche Trainingseinheiten für den Welterbelauf einlegen.«

Im Vorfeld dieses alle zwei Jahre stattfindenden Laufereignisses rannte die halbe Bamberger Bevölkerung trainierend in der Gegend herum.

»Dann würde ich Ihnen empfehlen, jetzt so schnell wie möglich in die heiße Badewanne zu steigen. Nicht, dass Sie uns noch eine Lungenentzündung bekommen. Wenn Sie dann so um zehn Uhr in die Schildstraße kommen könnten? Ich sag den Kollegen Bescheid.«

Die Joggerin nickte niesend.

»Und danke, dass Sie uns verständigt haben, trotz des scheußlichen Wetters.«

Hinter seiner Schulter knurrte eine Stimme: »Was ist denn das für eine verdammte Bescherung?«

Erstaunt sah Werner seinen Freund, Staatsanwalt Benno Berg, an: hängende Schultern, hängende Mundwinkel und tiefe Augenringe – das war absolut untypisch für Benno, der morgens normalerweise geradezu widerlich gut gelaunt auftrat.

»Hey, was ist denn mit dir los? Ist das Gericht abgebrannt?«

»Schön wär's«, murmelte Benno. »Ich … also … Könnten wir … Wen haben wir denn da?«

»Wissen wir noch nicht. Die Joggerin, die ich gerade verabschiedet habe, hat uns vorhin verständigt.«

In diesem Moment erloschen die Scheinwerfer und das Glitzern der Regenschnüre. Das stumpfe frühe Tageslicht legte sich um die geschäftigen Menschen wie ein feuchter Mantel. Werner Sinz trat zu dem Toten und zog als Erstes den Zettel unter seinen Händen heraus. Kopfschüttelnd zeigte er ihn Benno.

»LEBENSLANGES LEID DEM VERRÄTER«, stand da in ungelenken Buchstaben auf einem Papierstreifen, der sich in der Nässe zu wellen begann. Benno wollte nach dem Schriftstück greifen, aber Werner zog es zurück, steckte es in eine Plastiktüte und sagte: »Zieh erst Handschuhe an!«

Benno stand offenbar wirklich ziemlich neben sich, wenn ihm so ein Fehler unterlief.

Werner begann den Toten vorsichtig abzutasten. Aus seinen Hosentaschen fischte er einen Schlüsselbund und eine lederne Geldbörse.

»Das ist aber nett von ihm«, murmelte er. »Hat alles bei sich.«

In dem Geldbeutel befanden sich mehrere Kreditkarten, viertausend Euro und ein Ausweis. Danach hieß er Martin Kostner, war vierundzwanzig Jahre alt und wohnte in Bamberg, in der Wattstraße. Werner zeigte Benno die Geldscheine.

»Ein Raubmord war es jedenfalls nicht«, konstatierte er lakonisch. »Aber sag mal, wer geht denn mit viertausend Euro in der Tasche nachts in den Hain, noch dazu bei diesem Wetter?«

»Weiß ich nicht!« Benno war heute nicht sehr diskussionsfreudig. Er nahm sich, inzwischen mit Handschuhen versorgt, den Plastikbeutel mit dem Zettel. »Lebenslanges Leid dem Verräter«, murmelte er. »Was für ein melodramatischer Käse! Und dann diese Aufbahrung zu Füßen des Königs, mit gefalteten Händen! Was für ein krankes Hirn denkt sich denn so was aus? Verfluchter Scheißregen!« Er zog den Kragen seines Mantels zusammen. »Das sieht ja fast wie … na ja, wie eine Hinrichtung aus.« Er drehte den Beutel hin und her in dem schmalen Tageslicht, aber auf dem Zettel war sonst nichts zu sehen.

Einer der Spurentechniker versuchte einen Scherz: »Vielleicht war's ja ein fanatischer Verehrer des ›Kini‹, der einem Gegner das Lebenslicht ausgeblasen hat.«

König Ludwig II. von Bayern hatte bis heute Verehrer, die,

in königstreuen Vereinen organisiert, durchaus selbstbewusst auftraten.

»A geh, Schmarrn«, antwortete Werner. »Aber eigenartig ist das Ganze schon.« Er wischte sich die Tropfen aus dem Gesicht.

Inzwischen war auch der Pathologe eingetroffen. Dr. Last kniete neben dem Toten nieder und begann ihn zu untersuchen.

»Können Sie schon etwas über den Todeszeitpunkt sagen?«, fragte Werner.

»Es ist doch jedes Mal das Gleiche mit euch!«, polterte der Arzt, scheinbar empört. »Sie wissen doch ganz genau, dass ich dazu noch keine Angabe machen kann. Noch dazu bei diesem Wetter!« Er zwinkerte. »So gegen Mitternacht, würde ich sagen.«

Werner grinste und stupste Benno an. Aber der reagierte nicht, sondern strich sich nur mürrisch die nassen Haare aus der Stirn.

Werner sah ihn kopfschüttelnd an: »Schau'n wir mal, dass wir ins Trockene kommen. Ich glaube, hier sind wir zunächst fertig. Ich geh jetzt als Erstes zu der Wohnung des Toten. In einer Stunde ist dann die erste Sitzung der Sonderkommission. Hanfstängl organisiert sie. Kommst du auch?«

»Nein, ich hab einen Termin.« Benno drehte sich ohne ein weiteres Wort um und ging davon.

Und ließ seinen Freund bass erstaunt zurück: Das war doch nicht Benno, oder?

4

Kunigunde war noch immer nicht zufrieden mit ihrem Text. An manchen Stellen des Berichts schien der Faden der Ereignisse dünn zu werden und der Fluss der Logik zu versiegen. Dabei waren doch die letzten zwei Jahre bis zum Rand gefüllt gewesen mit Recherchen und Erkenntnissen, gewonnen in Archiven, aus der Literatur und in Gesprächen mit beteiligten Personen. Jetzt lag das Ergebnis ihrer Untersuchungen vor ihr, die Erstfassung ihrer Masterarbeit, bereit zur Korrektur.

Sie nahm das Titelblatt in die Hand: »Forschungsarbeit zur Erlangung des Master-Titels an der Otto-Friedrich-Universität Bamberg. Der Fall Novak als Beispiel für Fälle mit Todesfolge an der innerdeutschen Grenze vor dem Bau der Berliner Mauer 1961, verfertigt von Kunigunde Buchner«.

Kunigunde hatte die Geschichte der deutsch-deutschen Teilung sehr intensiv miterlebt. Bamberg lag nicht weit von jener unsäglichen Grenze entfernt, die Deutschland vierzig Jahre lang in zwei feindliche Lager zerrissen hatte. Immer wieder einmal war sie an diese Grenze gefahren, zuerst mit anderen Bambergern, kurz nachdem der erste Zaun errichtet worden war, später dann mit Freunden aus dem Ausland. Dann standen sie vor diesen immer perfekter und tödlicher gesicherten Zäunen und starrten hinüber in das unerreichbare Deutschland auf der anderen Seite und konnten es lange nicht glauben.

Und dann kamen die Wende und die Öffnung der Grenze, und das war noch viel unglaublicher. Kunigunde hatte erst in diesem Moment realisiert, wie sehr sie sich mit dieser Grenze als unveränderlicher Tatsache abgefunden hatte. Wie fast alle saß sie an jenem unvergesslichen 9. November 1989 weinend vor dem Fernsehapparat und hatte in den nächsten Tagen die ersten Besucher »von drüben« am Bahnhof und auf den Straßen in ihren Trabis willkommen geheißen, auf einen Kaffee eingeladen und neue Freundschaften geschlossen.

Das überwältigende Hochgefühl, dieser Götterfunke der Freude, der damals für kurze Zeit tatsächlich »Millionen zu Brüdern« machte, verebbte nach einigen Wochen. Doch das Thema der deutschen Teilung ließ Kunigunde nicht mehr los. Sie las viel darüber, denn sie wollte mehr über die Hintergründe des Geschehens wissen. Wie hatte es eigentlich so weit kommen können, wer hatte sich das ausgedacht, und wer hatte es wie umgesetzt? Diese Fragen waren die grundlegende Motivation für ihren Entschluss gewesen, nach ihrer Pensionierung ein Seniorenstudium an der Bamberger Universität im Fach Geschichte aufzunehmen.

Dabei holte der Fall Novak sie wieder ein und zog sie wie ein Strudel tief und tiefer in das trübe Meer der deutsch-deutschen Tragödie. Der Fall hatte sie schon 1995 fasziniert, als sie dem Prozess gegen den »Verräter« am Landgericht Bamberg beigewohnt hatte, und sie griff ihn als Thema ihres ersten Hauptseminarreferats wieder auf. Inzwischen schrieb sie seit vier Semestern darüber ihre Masterarbeit, mit der sie ihr Studium abschließen wollte.

Sie legte das Titelblatt beiseite und betrachtete seufzend die beiden Transportwagen voller Akten, die im Lesesaal des Staatsarchivs neben ihrem Tisch standen. Fünfunddreißig Bände, die westdeutschen in rosa Aktendeckeln, die ostdeutschen in gelben – Unterlagen des Landgerichts Bamberg und des Ministeriums für Staatssicherheit der DDR. Vor allem die gelben Monster demonstrierten fast absurde deutsche Gründlichkeit: Jeder Belegzettel, Hunderte abgefangener Briefe samt Briefumschlag, jede Lageskizze waren fotokopiert und abgeheftet worden, dazu Vernehmungsprotokolle, Zeugenaussagen, geheimdienstliche Treffberichte, Gerichtsverhandlungsmitschnitte, Urteile.

Vor Kunigunde türmte sich die Aufgabe, all ihre Quellenbelege anhand der Akten noch einmal zu überprüfen. Das gehörte zu den langweiligen und widerlichen Notwendigkeiten wissenschaftlicher Arbeit. Im späteren Verlauf ihrer Arbeit hatte sie sorgfältig darauf geachtet, bei jedem Zitat, das sie abschrieb, sofort exakt die Stelle, wo sie es gefunden hatte, hinzuzufügen. Doch anfangs hatte sie oft erst abends beim Durchlesen ihrer Exzerpte das Fehlen von

Band- und Seitenzahlen bemerkt, so fasziniert und aufgewühlt war sie gewesen von der Geschichte, die sie bearbeitete.

Würde es ihr gelingen, diese Faszination auf den Leser überspringen zu lassen?

Einleitung

Was ist Verrat? Zunächst einmal ist Verrat ein subjektiv schillernder Begriff. Er hat fast immer zwei Seiten, die abhängig vom Standort des Betrachters hell oder dunkel sind. Wer für den einen ein Verräter ist, ist für den anderen oft ein Freiheitsheld. Stauffenberg war für die Nazis der größte Verräter, für uns heute ist er ein Symbol des Widerstands und des »besseren Deutschland«. Er und seine Mitverschworenen gelten als Leuchttürme der »hellen Seite des Verrats«, Menschen, die ihr Leben opfern, um andere Menschen zu retten.

Doch gemeinhin wird Verrat als etwas Böses empfunden. Im 19. und 20. Jahrhundert, in Zeiten ausgeprägter politischer Ideologien, spielte Verrat eine wichtige, oft blutige Rolle und hat viel Leid verursacht. Aber wie soll man ihn definieren, wie die helle und die dunkle Seite in den Griff bekommen? Margret Boveri, die berühmte Journalistin (1900–1975), hat vier Bände über den »Verrat im 20. Jahrhundert« verfasst, »ohne sich die Frage vorzulegen, worüber sie schreibt«, wie Urs Jaeggi, der Schweizer Soziologe (*1931), in seinem »Versuch über den Verrat« kritisiert. Aber auch ihm ist dieser Versuch nicht wirklich gelungen. Er beschäftigte sich vor allem mit der subjektiven Seite des Verrats, dem Verrat an sich selbst, ohne dabei zu einer einigermaßen schlüssigen These zu kommen, was Verrat denn nun sei.

Bei einer kleinen privaten Umfrage, die ich unter Freunden und Bekannten veranstaltete, woran sie beim Wort »Verrat« dächten und ob sie schon einmal verraten worden seien, kamen sehr häufig Geschichten aus der Kindheit zum Vorschein, Situationen, in denen sie sich von einer Lehrerin, von Eltern, Geschwistern oder einem Freund verraten gefühlt hatten, Menschen, denen sie absolut vertrauten und die dieses Vertrauen enttäuschten. Das scheint mir der tiefste Kern des Verrats: enttäuschtes Vertrauen.

Ein solcher Vertrauensverlust tut bitter weh, frisst lange an den Seelen und gebiert Schlangen.

Bei meiner weiteren Frage nach dem Prototyp eines Verräters tauchte immer wieder Judas auf, der Mann, der seinen Freund Jesus für dreißig Silberlinge an seine Feinde verriet. Beide Urmotive des Verrats, das enttäuschte Vertrauen und der schändliche, schäbige, verabscheuenswürdige Verrat am Freund, finden sich in kristalliner Form verdichtet wieder im »Fall Novak«.

Der Anlass, dieses Buch zu schreiben, war ein für mich unvergessliches Erlebnis. 1995 fand vor der Staatsschutzkammer des Landgerichts Bamberg der Prozess gegen den »Verräter« Hans Kromm statt. Ich hatte in der Zeitung von diesem Prozess gelesen, der mir zeitgeschichtlich so bedeutsam vorkam, dass ich mir freigenommen und rechtzeitig einen Platz im Gerichtssaal reserviert hatte.

Kunigunde hielt inne und schaute durch die Sprossenfenster des Lesesaals hinaus in den Regen. Damals hatte es auch geregnet, und sie hatte durch die hohen Bogenfenster des Schwurgerichtssaals beobachtet, wie das Wasser an den rauen Stämmen der alten Kastanien auf dem Wilhelmsplatz hinunterlief und sich in den ausgetretenen Stufen zwischen den Bäumen sammelte.

Sie fühlte sich plötzlich wie aus der Zeit gefallen, so intensiv spürte sie wieder die Beklemmung, die in dem großen Saal mit seinem kalten Neonlicht geherrscht hatte. Sie hatte in der ersten Reihe der Zuschauerbänke gesessen, vor sich den freien Raum, in dessen Mitte der Angeklagte saß mit dem Blick zur erhöhten Bank der Richter und Schöffen. Sie sah wieder Hans Kromms gekrümmten Rücken vor sich, in seinem altmodischen Anzug, der viel zu groß wirkte, als wäre die Lebensenergie, mit der er einst ausgefüllt war, entwichen. Der Mann, den sie im Lauf ihrer Arbeit verachten gelernt hatte, hatte ihr damals leidgetan.

Um ihr Unbehagen abzuschütteln, atmete Kunigunde bewusst ein paarmal tief ein und aus, putzte sich die Nase und machte sich wieder an ihren Text.

Hans Kromm hatte im Auftrag der Staatssicherheit aktiv mitgeholfen, den 1958 in den Westen geflohenen Offizier der DDR-Grenztruppen Franz Novak in die DDR zurückzu»ziehen«. Novak wurde nach einem spektakulär aufgezogenen Schauprozess wegen Republikflucht und Spionage zum Tod verurteilt und am 21.8.1960 hingerichtet.

Nach der Wiedervereinigung der beiden deutschen Staaten wurde Hans Kromm Anfang 1995 festgenommen und vor dem Landgericht Bamberg wegen Verschleppung, Freiheitsberaubung und versuchten Totschlags angeklagt. Das Landgericht hat sich intensiv und auf der Grundlage des gesamten einschlägigen Aktenmaterials der DDR-Justiz und des Ministeriums für Staatssicherheit (das ich jetzt für diese Arbeit benutzen konnte) mit dem Fall befasst. Es gab zahlreiche Punkte, die zuungunsten des Angeklagten sprachen: Er habe billigend in Kauf genommen, dass Franz Novak aus politischen Gründen verfolgt werde und hierbei durch Gewalt und Willkürmaßnahmen Schaden erleiden und der Freiheit beraubt werde; zu seinen Lasten sei ferner das Leid zu werten, das der Familie Novak zugefügt worden sei und das Kromm durch sein hinterlistiges Handeln mitverursacht habe. Doch da nicht zweifelsfrei nachgewiesen werden konnte, dass Kromm mit dem Tod Novaks hätte rechnen können, und da die Tat schon fünfunddreißig Jahre zurücklag, in denen sich der Angeklagte sozial eingeordnet verhalten hatte, konnte Kromm aus rechtsstaatlichen Gründen schließlich nur wegen Verschleppung zu einer Freiheitsstrafe von knapp zwei Jahren verurteilt werden.

An dem Prozess nahmen als Nebenklägerinnen und Zeuginnen auch die Ehefrau Sonja Novak teil und deren Tochter Lieselotte Stolz, geb. Novak. Lieselotte Stolz war nach der Verhaftung und Verurteilung ihrer Eltern (Sonja Novak war zu einer langjährigen Zuchthausstrafe verurteilt worden) in der DDR bei ihrer Großmutter untergebracht und später zur Krankenschwester ausgebildet worden.

Während der Vernehmung durch den Richter erlitt Hans Kromm einen Kreislaufkollaps. Für einen Augenblick starrten alle erschrocken und regungslos auf den am Boden liegenden

Angeklagten. Lieselotte Stolz, die nicht weit entfernt von mir saß, betrachtete den Mann, der durch seinen Verrat das Leben ihrer Eltern zerstört und ihr eigenes schwer beschädigt hatte, einige Sekunden lang voller Verachtung, dann stand sie – als Einzige – auf, ging zu ihm und leistete ihm Erste Hilfe, bis der Notarzt eintraf. Damals nahm ich mir vor, diese stille Heldentat einmal für die Nachwelt festzuhalten.

Seitdem ließ mich die Frage nicht mehr los, was die Grenze mitten durch Deutschland mit den Betroffenen gemacht hat. Sie ist mit ihrem Abbau nach der Wende 1989 nicht verschwunden; sie lebt weiter in den Seelen, den Erinnerungen der Menschen und wird mit ihnen weitervererbt. Ich wollte wissen, wie es dazu kam, dass eine solche Absperrung errichtet wurde, welche kollektiven Ängste so eine Maßnahme möglich machten, wie die Randbedingungen und die Umsetzung aussahen und wie die Menschen an der Grenze damit umgingen. Vor allem aber wollte ich wissen, was damals wirklich vorgefallen ist in jener Nacht, als Hans Kromm seinen besten Freund Franz Novak verriet, wie sich die Tat auf das Leben der Beteiligten ausgewirkt hat und wie sie die Geschichte heute erinnern.

Denn dieser Fall zeigt auf ebenso verdichtete wie dramatische Weise das Auseinanderdriften der beiden deutschen Teilgebiete, das sich durch Tausende ähnlicher Fälle immer weiter vergrößerte. Durch den Bau der Berliner Mauer, die symbolhaft für die immer perfekter ausgebaute Undurchdringlichkeit der innerdeutschen Grenze steht, wurde dies für alle Welt sichtbar und wuchs aus den individuellen Erinnerungen ins kollektive und »kulturelle Gedächtnis unseres Volkes«, wie Aleida Assmann dies in ihrem Buch »Der lange Schatten der Vergangenheit« so eindrucksvoll formuliert hat.

Diesen Satz muss ich noch umbauen, dachte Kunigunde, den versteht ja so kein Mensch. Dann machte sie sich leise stöhnend an die Fußnoten des ersten Kapitels.

5

Eltern vom Tod ihres Kindes verständigen zu müssen, rangierte unter den unangenehmen Aufgaben seines Berufs eindeutig an erster Stelle. Deshalb war Werner Sinz froh, jetzt auf dem Weg zu den Kostners eine Kollegin dabeizuhaben. Die Anwesenheit einer Frau machte die Sache irgendwie leichter.

Er betrachtete sie von der Seite, wie sie den Wagen durch den regenertränkten Vormittagsverkehr steuerte. Claudia Jung war eine kräftige Frau mit kurzen dunklen Locken, wachen, humorvollen grauen Augen hinter einer unvorteilhaften Hornbrille und vollen Lippen, die gern spöttisch lächelten. Sie war nicht hübsch, und ihre Kleidung sah immer nach praktischen Schuhen aus, aber man fühlte sich wohl in ihrer Gegenwart, wie unter dem Schutz einer verständnisvollen älteren Schwester.

Sie war erst vor zwei Wochen aus Nordrhein-Westfalen nach Bamberg versetzt worden, auf ihr eigenes Betreiben hin. Ihr Vater, den sie seit dem Tod der Mutter versorgte, hatte im Bamberger Boschwerk eine leitende Stelle im Management angetreten. Sie war Werner als Teamkollegin und zur Einarbeitung zugeteilt worden, und sein anfangs gesträubtes Gefieder hatte sich inzwischen gelegt, auch wenn die Rollenverteilung zwischen ihnen noch immer nicht ganz klar war.

Eindeutig kompetenter war er jedenfalls, wenn es galt, ihr die Stadt vorzustellen, und als sie sich jetzt der Wattstraße näherten, erklärte er ihr, dass hier um die Ecke ein Stadtteil liege, der ein Zehntel der Stadtfläche von Bamberg einnehme, den aber nur wenige Bamberger seit 1946 je betreten hätten, das Gebiet der US Warner Barracks, das hinter einem hohen Drahtzaun am Rand des Hauptsmoorwaldes eine Welt für sich bildete.

Sie hielten in der Wattstraße vor dem Haus der Kostners. Es war eines der größeren Anwesen in der Reihe braver satteldachgedeckter Doppelhaushälften. Als Werner klingelte, öffnete ihm eine verhuschte kleine Frau mit ängstlichem Blick.

Werner zeigte seine Polizeimarke. »Frau Kostner? Ich bin Hauptkommissar Werner Sinz, und das ist meine Kollegin, Frau Jung. Dürfen wir hereinkommen?«

Frau Kostner zögerte, öffnete aber schließlich doch die Tür und ging vor den beiden her zum Wohnzimmer. Die Einrichtung des Raums wirkte wie ein Foto aus einem altmodischen Möbelkatalog – wulstige braune Ledersofas, ein Schrank mit gelben Butzenscheiben und Fernseherfach, ein Sideboard, ein Couchtisch mit gedrehten Füßen und Glasplatte – sauber, aufgeräumt und ohne eine Spur von Individualität.

»Frau Kostner, ist Ihr Mann zu Hause?«

»Ja, schon, aber …«

»Könnten Sie ihn bitte herrufen? Es ist wichtig.«

»Aber das geht nicht. Er ist in seinem Büro. Da darf er nicht gestört werden.«

»Diesmal werden Sie ihn stören müssen. Es muss wirklich sein.«

Frau Kostner ging hinüber zu einer Tür auf der anderen Seite des großen Raumes und klopfte zaghaft an. Von jenseits der Tür war ein ärgerliches Grollen zu hören. Frau Kostner öffnete die Tür ein wenig und sagte durch den Spalt: »Heiner, die Polizei ist da. Sie sagen, es sei wichtig.«

Daraufhin wurde die Tür aufgestoßen, und Herr Kostner erschien auf der Schwelle, mit rotem Gesicht und doppelt so schwer wie seine Frau.

»Was wollen Sie denn hier?«

»Würden Sie sich bitte setzen, Herr Kostner?«, sagte Werner freundlich, aber bestimmt.

Heinrich Kostners Blick ließ deutlich erkennen, dass er es nicht gewohnt sei, Befehle entgegenzunehmen.

»Setzen Sie sich bitte, Herr Kostner!« Werners Stimme war eine Spur härter geworden.

Herr Kostner ließ sich unwillig in einen Sessel fallen, während Frau Kostner in einem der Sofas verschwand. Werner und Claudia Jung setzten sich ihr gegenüber.

»Ihr Sohn ist Martin Kostner, nicht wahr?«

Frau Kostners Augen weiteten sich angstvoll. »Ist etwas mit Martin?«, flüsterte sie. »Ist ihm etwas passiert?«

»Ja, leider.« Es gibt einfach keine Möglichkeit, so eine Nachricht schonend zu formulieren, dachte Werner betreten. »Er wurde heute Morgen ermordet aufgefunden.«

»Oh Gott, nein, nicht Martin!«, schrie Frau Kostner und drehte sich mit einem Blick voller Hass und Verachtung zu ihrem Mann um. »Das hast du nun davon!«

Als habe sie dieser Satz all ihre Kraft gekostet, sank sie bewusstlos in sich zusammen.

Claudia Jung sprang auf und rief: »Ich besorge ein Glas Wasser«, während Werner neben Frau Kostner niederkniete und sie behutsam seitlich auf das Sofa bettete.

Er klopfte ihr sanft auf die Wange und rief ihren Namen, bis sie zu blinzeln begann. Als Claudia Jung mit dem Glas zurückkam, richtete er Frau Kostner auf und gab ihr vorsichtig zu trinken. Sie schluckte keuchend. Dann begann sie zu weinen.

Claudia Jung setzte sich neben sie und nahm sie in den Arm.

Heinrich Kostner hatte sich nicht um seine ohnmächtige Frau gekümmert. Er war aufgestanden und hatte mit der Faust gegen die Wand geschlagen, als wolle er einen unsichtbaren Gegner fertigmachen. Jetzt ließ er sich wieder in seinen Sessel fallen und vergrub sein Gesicht in den Händen.

»An uns hat es nicht gelegen«, knurrte er. »Wir haben ihn anständig erzogen. Obwohl die da …«, ein Kopfnicken in Richtung seiner Frau, »ihn maßlos verweichlicht hätte, wenn ich nicht aufgepasst hätte. Er sollte nicht glauben, dass er alles vorn und hinten reingestopft kriegt, dass er sich nur ins gemachte Nest zu setzen braucht. Ich hab mir auch alles von ganz unten auf erarbeiten müssen. Und ich bin auch nicht dran gestorben. Diese Herrensöhnchen, nur Weicheier – ich hab alles getan, um das zu verhindern, ich wollte, dass er ein Mann wird. Und jetzt …«

Sein schwerer Oberkörper schwankte vor und zurück.

Werner fragte mit leisem Erstaunen: »Herr Kostner, Ihr Sohn ist nicht der Täter, sondern das Opfer. Er wurde ermordet.

Warum glauben Sie, das habe etwas mit Ihrer Erziehung zu tun?«

»Ach, lassen Sie mich doch in Ruhe!« Heinrich Kostners Gesicht verschwand wieder hinter seinen Händen.

Claudia Jung strich Frau Kostner übers Haar, die sich wie ein verlorenes Kind in ihre Umarmung rettete, und fragte sie leise: »Was haben Sie damit gemeint, als Sie sagten, das habe Ihr Mann nun davon?«

Frau Kostner schluchzte und murmelte dann kaum verständlich: »Na, weil er ihn doch rausgeschmissen hat.«

»Halt doch dein Maul, du dumme Kuh!«

Rücksichtnahme gehörte offensichtlich nicht zu Herrn Kostners hervorstechenden Eigenschaften.

»Dann lebte Ihr Sohn also gar nicht mehr hier?«, hakte Werner nach.

»Nein!«, antwortete Kostner barsch.

»Und wann war das, dass Sie ... ich meine, dass Ihr Sohn gehen musste?«

»Vor drei Wochen«, antwortete Frau Kostner nach einem ängstlichen Blick auf ihren Mann. Der tat, als höre er sie nicht.

»Warum, Herr Kostner, warum haben Sie Ihren Sohn rausgeworfen?«, fragte Werner.

Schweigen, dann ein mürrischer Blick. »Wir hatten Streit.«

»Und worüber haben Sie gestritten?«

»Das geht Sie gar nichts ... Mein Gott, können Sie uns denn nicht in Ruhe lassen? Sie haben uns gerade gesagt, dass unser Sohn tot ist. Da muss man doch ... Verdammt, gehen Sie doch endlich!«

»Herr Kostner, ich kann Sie ja verstehen. Aber wir brauchen Ihre Aussagen, wenn wir den Mörder Ihres Sohnes finden sollen.«

Aus Kostners Kehle kam ein undefinierbarer Laut, dann stand er auf und ging auf sein Büro zu.

»Herr Kostner, wir müssen Ihre Aussage protokollieren. Das können wir Ihnen nicht ersparen. Ich lasse Ihnen meine Karte hier. Und heute Nachmittag um zwei Uhr erwarte ich

Sie in meinem Büro in der Schildstraße!« Werner musste sich anstrengen, seiner Stimme einen halbwegs höflichen Klang zu geben.

Herr Kostner drehte sich nicht um. Die Tür zu seinem Büro fiel laut hinter ihm ins Schloss.

Frau Kostner blickte ihrem Mann voller Abscheu nach. Ihr Schluchzen war plötzlich verstummt, wie erstickt im Hass.

»Worum ging es denn bei dem Streit zwischen Ihrem Mann und Ihrem Sohn?«, fragte Werner eindringlich.

Frau Kostner schüttelte den Kopf, verzweifelt, aber auch unwillig.

»Er sagt mir ja nichts«, murmelte sie.

»Aber Sie wissen es doch, nicht wahr?«

Wieder ein fast unmerkbares Kopfschütteln. Frau Kostner starrte auf ihre geballten Fäuste und schwieg.

Claudia Jung schaute Werner über Frau Kostners gebeugten Kopf hinweg an und signalisierte ihm mit den Augen, dass auch diese Tür für den Moment zugefallen war.

»Dürften wir einmal Martins Zimmer sehen, Frau Kostner?«, fragte sie sanft.

»Aber da ist doch nichts mehr. Mein Mann hat doch alles rausgeschmissen. Wie günstig, dass gerade Sperrmüll ist, hat er gesagt.«

Das Wort »Sperrmüll« klang wie ein Schrei, ein herzzerreißender leiser Schrei.

»Dürfen wir's uns trotzdem ansehen?«

Frau Kostner führte sie in das obere Stockwerk und in ein großes, tatsächlich völlig leer geräumtes Zimmer, das hell wirkte, obwohl eine Wand schwarz gestrichen war. Auf dem Teppichboden sah man die Konturen der Möbel, die da einst gestanden hatten.

Frau Kostner stand verloren in der Mitte des Raumes und kämpfte wieder mit den Tränen.

»Eigentlich ist er ein guter Junge«, sagte sie erstickt. »Ein bisschen schwierig vielleicht. Aber das war nur der schlechte Einfluss seiner Freunde.«

»Was war der schlechte Einfluss seiner Freunde?«, fragte Werner.

Schweigen.

»Es ist schon wahr; oft haben Freunde viel mehr Einfluss als die Eltern.« Claudia Jung klang mitfühlend. »Kennen Sie denn die Freunde Ihres Sohnes?«

»Ja, den einen kenne ich ganz gut. Charly. Karl-Heinz Baumann. Der hat früher gleich hier um die Ecke gewohnt. Er und Martin sind schon zusammen in die Volksschule gegangen. Der ist Martins bester Freund, kann man sagen. Bei dem ist Martin auch untergekommen, als er … als er hier …« Sie nestelte an ihrer grauen Strickjacke und betrachtete die Wände, als wüssten diese einen Ausweg.

»Und da hat er bis jetzt gewohnt? Wissen Sie auch die aktuelle Adresse von Herrn Baumann?«

Frau Kostner überlegte. »Irgendwo in der Innenstadt. Genau weiß ich es nicht, das hat Martin nicht gesagt. Aber, warten Sie, als ich einmal mit ihm telefoniert habe – sagen Sie das bitte bloß nicht meinem Mann, der hat mir jeden Kontakt verboten. Aber ich hatte ja noch Martins Handynummer. Und damals, da hat er irgendeinen Witz über die dicke Frau gemacht, die er von seinem Fenster aus gesehen hat.«

»Was für eine dicke Frau denn?«

Frau Kostner wischte sich zaghaft die Nase an ihrem Jackenärmel ab, mit abgewandtem Kopf, damit die beiden Kommissare es nicht sahen.

»Na, die Bodera oder wie sie heißt.«

Werner lächelte zufrieden. »Oh danke, das hilft uns weiter.«

Claudia Jung schaute ihn fragend an, aber Werner konzentrierte sich ganz auf Frau Kostner.

»Der Charly war aber keiner von den Schlimmen. Der war eigentlich immer ganz höflich. Aber die beiden anderen, ach Gott, das waren wirklich …«, sie suchte nach einem passenden Wort, »… brutale Kerle waren das. Wie oft hab ich Martin gebeten … na ja, das hat ja alles keinen Sinn mehr.« Sie presste die Faust so fest gegen ihre Lippen, dass es wehtat, ihr zuzusehen.

»Ihr Sohn hatte also neben Charly Baumann zwei weitere Freunde, mit denen er häufig zusammen war«, konstatierte Werner.

Frau Kostner nickte.

»Wissen Sie auch, wie die beiden heißen?«

Frau Kostner sagte etwas erstaunt, als fiele ihr das jetzt erst auf: »Nein. Martin hat sie mir nie vorgestellt, obwohl sie oft da waren. Ich weiß nur die Spitznamen. Harry und Manno hat er sie genannt.« Mit verbissenem Gesicht murmelte sie noch: »Harry und Manno, Mistkerle!« Sie schien ihre ganze verzweifelte Wut in dieses Schimpfwort zu legen.

»Und wissen Sie vielleicht, wo die beiden wohnen?«

»Ich weiß nur, dass sie hier irgendwo aus der Gegend sind. Früher sind sie immer mit ihren Mofas herumgeknattert und haben alle Leute aufgeweckt. Und Martin hat manchmal gesagt: ›Ich geh noch auf einen Sprung rüber zu Harry oder zu Manno.‹ Aber wo genau … tut mir leid.«

»Das macht nichts. Sie haben uns sehr geholfen, Frau Kostner. Wenn Sie heute um zwei Uhr bitte mit Ihrem Mann zu uns …«

Aber Frau Kostner nahm Werner nicht mehr wahr. Sie hatte sich abgewandt und pulte einen Reißnagel aus der schwarzen Wand, der dort eine abgerissene Ecke eines Posters festhielt, auf der eine Hand mit dem Ende einer Gitarre zu sehen war. Sie starrte dieses kleine Stückchen Erinnerung an wie einen Geist, drückte es an die Lippen und sank in die Knie. Sie summte ein paar zerrissene Töne, und dann begann das Schluchzen sie erneut zu schütteln.

Werner und Claudia Jung überließen sie ihrer Trauer und schlossen leise die Tür.

Im Auto sagte Claudia Jung: »Arme Frau. Meinen Sie, der Mann schlägt sie? Sie hat so viel Angst in sich.«

Doch Werner hörte ihr nicht richtig zu.

Während er den Wagen anließ, überlegte er laut: »Dieser Kostner ist ja vielleicht ein Herzchen. Wir sagen ihm, dass sein Sohn tot ist, und er fängt an, seine Erziehung zu verteidigen! Was könnte das denn bloß gewesen sein, weshalb der Vater den

Jungen rausgeworfen hat? Es muss etwas sein, wofür beide Eltern sich schämen, so unterschiedlich sie sind. Ich bin überzeugt, Frau Kostner weiß, worum es sich handelt, sonst hätte sie ihren Sohn nicht so entschuldigen müssen. Sie war ja richtig verlegen. Vielleicht hat er ihnen gesagt, dass er schwul ist?«

»Schwul? Ich weiß nicht … So klang es, finde ich, eher nicht. Aber wer weiß … Jedenfalls müssen wir diese Freunde finden und befragen. Warum haben Sie eigentlich bei der Erwähnung der dicken Frau so beglückt ausgesehen?«

»Beglückt? Hab ich das? Na ja, dieser Hinweis erspart uns aufwendige Suchaktionen. Die dicke Frau ist nämlich eine Figur, aus Bronze. Eine Frau, die auf dem Bauch liegt. Der Bildhauer heißt Botero, Fernando Botero. Drum heißt die hier die ›Bodera‹ oder, weniger freundlich, die ›Blunzn‹, weil sie halt rundherum sehr gut gepolstert ist. Aber das Gute daran ist: Die Figur liegt auf dem Heumarkt, und es gibt dort nur ganz wenige Wohnhäuser, von denen aus man sie sehen kann.«

»Soll ich Frau Wedel anrufen, damit sie die Adresse rausfindet? Dann könnten wir gleich hinfahren.«

»Nein, das muss warten. Machen wir später. Zuerst müssen wir zum ersten Treffen der Sonderkommission.«

6

Benno hängte missmutig den feuchten Mantel in den Schrank seines Amtszimmers und setzte sich an den wuchtigen Eichenschreibtisch, wo ein Stapel von Akten auf seine Unterschrift wartete. Doch Benno schob den Papierturm achtlos beiseite und starrte grübelnd auf die alten Kastanien vor seinem Fenster.

Was, verdammt noch eins, machte er nur falsch? Er war doch eigentlich ein netter Kerl; er soff nicht, er rauchte nicht und verspielte sein Geld nicht bei Pferdewetten. Er hatte es nur gern ein bisschen ordentlich. Aber er war doch kein Pedant – selbst jetzt beim Nachdenken verabscheute er dieses Wort, er war doch tolerant und großzügig, meistens jedenfalls.

Was war falsch an dem Versuch, das Chaos des Alltags durch Strukturen zu bändigen? Was war falsch daran, das Dunkel der Zukunft durch frühzeitige Planungen etwas transparenter zu machen? Aber jetzt hatte er es fertiggebracht, damit schon die zweite Frau in die Flucht zu schlagen. Er kam sich vor wie in einem Heißluftballon, dessen Halteseile unvermutet jemand gekappt hatte, ohne ihm Bescheid zu sagen, mitten im Sturm. Er hatte keine Ahnung, wie er sich verhalten sollte und wohin er trieb.

Natürlich wusste er, woher sein Hang zu Ordnung und Planung kam. Er war immer noch – und würde es wohl immer bleiben – der große Bruder von drei kleinen Geschwistern, die sich in einem winzigen Regensburger Reihenhaus ein kleines Zimmer mit zwei Stockbetten und zwei Minischreibtischen hatten teilen müssen. Da ihre Eltern tagsüber beide arbeiteten, der Vater als Polizist und die Mutter als Putzfrau, war es seine Aufgabe gewesen, auf die Kleinen aufzupassen und dafür zu sorgen, dass die Benutzung der Schreibtische und die häuslichen Arbeiten gerecht verteilt wurden. Immer war er von allen Erwachsenen dafür gelobt worden, wie gut er das hingekriegt habe. Und seine Geschwister vergötterten ihn auch heute noch, na ja, zumindest ein bisschen. Er war ja kein Tyrann, sondern ein Problemlöser, der von den anderen nur wollte, dass sie sich vernünftig verhielten, so vernünftig wie er. Vernunft, das war doch ein gutes Lebensprinzip! Bisher hatte er auch Frauen für vernunftbegabte Wesen gehalten. Warum kamen sie dann nicht mit ihm zurecht?

Nun, bei Gerda, seiner ersten Angetrauten, war er inzwischen nur noch froh, dass sie gegangen war. Sie war tatsächlich eine Fehlentscheidung gewesen. Aber Hanna …? Was war nur in sie gefahren? Und dann nur so ein kleiner Zettel auf dem Frühstückstisch: »Ich gehe!«

Keine Erklärung, keine Diskussion, noch nicht einmal ein Streit. Und er stand jetzt da, allein mit all seinen Plänen und seiner Lust, sie zu umsorgen. Doch das genau wollte sie ja nicht; es enge sie ein, sie könne nicht mehr atmen. Aber wie machte man das: jemanden lieben, ohne sich um ihn zu sorgen? Wie konnte man jemandem nahe sein, ohne ihn festzuhalten?

Diese Kunst beherrschte er einfach nicht.

Es musste doch irgendeine Frau geben, die es gernhatte, behütet zu werden. Doch er wollte ja gar nicht irgendeine Frau, er wollte Hanna. Hanna mit ihrem Lachen und dieser Aura von Lebensfreude, die ihre Umgebung leuchten machte. Hanna mit ihrer neugierigen Intelligenz und ihrer Flut unerwarteter Fragen. Hanna mit ihrer wilden roten Mähne und jener kleinen zarten Kurve zwischen Ohr und Wange, in die er sich als Erstes verliebt hatte. Hanna mit ihrer Lust an unanständigen Witzen und ihrer noch größeren Lust an unanständigem Sex, die ihn völlig überwältigt hatte. Hanna, die immer unpünktlich kam und ständig Dinge verlor und nie ein Taschentuch hatte und regelmäßig etwas anbrennen ließ und ihn mit ihrer Unordentlichkeit wahnsinnig machte. Hanna eben.

Scheißzahnpastatube! Sie könnten ja zwei getrennte Zahnpasten kaufen, auch wenn er genau wusste, dass sie seine benutzen würde, wenn ihre verstopft war. Und er könnte ihr versprechen oder besser noch: es vertraglich mit ihr ausmachen, dass er zehn Stunden lang nicht anrufen würde, wenn sie fort war. Obwohl, zehn Stunden waren zu lang, fünf Stunden oder, nun, sieben Stunden lang würde er sich einfach nicht melden.

Diesem heroischen Plan stand nur die Tatsache entgegen, dass er sich momentan überhaupt nicht melden konnte. Sie rief nicht nur nicht an, sie war einfach gar nicht erreichbar. Sie ging nicht ans Telefon, nicht in der Wohnung, nicht in ihrem Büro, nicht auf dem Handy. Aber er würde nicht aufgeben. Diesmal würde er kämpfen, mit allen ihm zur Verfügung stehenden Mitteln. Als Erstes würde er zehn Zahnpastatuben kaufen und sie in einen Blumenstrauß binden lassen und damit so oft bei ihrem Häuschen auftauchen, bis sie ihn hereinließ. Sachen, über die sie lachen musste, hatte sie noch nie widerstehen können. Die Idee wischte das erste Mal an diesem Tag die Runzeln auf seiner Stirn fort.

Entschlossen holte er seinen Blick von den Kastanien und den rot-weißen Baken, die seit einem Jahr eine unrührige Baustelle auf dem Wilhelmsplatz bewachten, auf seinen Schreibtisch zurück, öffnete seinen Füller und begann zu unterschreiben. Aber schon die dritte Akte holte den verdrossenen Ausdruck auf sein Gesicht zurück.

Es war der Schlussbericht über den Mord im »Haus am Nonnengraben«. Der Mörder war inzwischen längst verurteilt, aber die rätselhaften Vorgänge um die Stiftung Rothammer hatten nie geklärt werden können. Benno knirschte mit den Zähnen, wenn er daran dachte, dass er den beiden Hauptakteuren, Stadtdirektor Bolz und Rechtsanwalt Böschen, Manipulationen mit den Stiftungsgeldern trotz aller Bemühungen nicht hatte nachweisen können. Dabei stank es so gewaltig, dass er …

Benno seufzte abgrundtief. Inzwischen war der Stadtdirektor mit allen Ehren in den Ruhestand verabschiedet worden, und Böschen lebte mit seiner dritten Frau auf Mallorca. Die Stiftung war mangels ausreichenden Kapitals aufgelöst und das »Haus am Nonnengraben« verkauft worden. Aus dem Erlös wurde jährlich ein Preis für junge Künstler ausgelobt. Mit einem weiteren wütenden Seufzer unterschrieb Benno den Schlussbericht und klappte resigniert den Aktendeckel zu. Dann zog er seinen Talar an und begab sich in den Sitzungssaal, in dem die nächste Verhandlung stattfand.

7

Das Stühlerücken verebbte, als Dienststellenleiter Günter Hanfstängl aufstand, um die erste Zusammenkunft der Sonderkommission »Hainmord« zu eröffnen. Wie üblich bei derartigen Gelegenheiten begann er mit einem langen Räuspern, und wie üblich öffnete sich in diesem Moment die Tür, und Polizeihauptmeisterin Ilse Kasinski huschte herein, sah sich verschreckt um und ging auf Zehenspitzen, als würde man sie so weniger wahrnehmen, zu ihrem Platz. Damit waren die zehn Mitglieder der Bamberger Dienststelle, die Hanfstängl der Soko zugeteilt hatte, versammelt. Später würden noch weitere Kommissare aus Bayreuth, Coburg und Hof die Truppe verstärken.

»Liebe Kolleginnen und Kollegen«, begann Hanfstängl nach einem vorwurfsvollen Blick auf die kleine Kasinski und einem erneuten Räuspern, »Sie alle wissen inzwischen, dass heute Nacht in unserem Zuständigkeitsbereich ein Tötungsdelikt verübt wurde, weshalb ich diese Sonderkommission einberufen habe. Die Leitung des Einsatzes und der Kommission habe ich Herrn Ersten Kriminalhauptkommissar Werner Sinz übertragen, der mein volles Vertrauen genießt und dem ich hiermit zur Schilderung des bisherigen Sachverhaltes das Wort übergebe.«

Werner überlegte, ob sein Chef mit dieser geschwollenen Redeweise wohl Überlegenheit demonstrieren wollte. Jeder kannte hier doch jeden und wusste, worum es ging! Laut sagte er: »Hans, würdest du bitte den Beamer einstellen, damit wir alle die ersten Bilder vom Tatort … Danke! Also, Kollegen, der Sachstand sieht folgendermaßen aus: Heute Morgen, sieben Uhr fünfzehn, meldete eine Joggerin, Anita Schütz, den Fund einer Leiche, die sie bei ihrem morgendlichen Training im Hain entdeckt hatte.« Auf der Leinwand erschien das Bild der jungen Frau, der das Wasser aus den Haaren übers Gesicht lief.

Flüsternde Bemerkung im Hintergrund: »Hat die im Hollergraben trainiert?«

Werner schaute mit spöttisch hochgezogenen Brauen zu Meyer zwo und fuhr fort: »Die Zeugin wurde vor Ort kurz befragt und, da sie glaubwürdig wirkte und a conto unseres wunderbaren Frühlingsregens völlig durchnässt und durchgefroren war, zu ihrer heißen Dusche entlassen. Sie kommt um zehn Uhr zur Dienststelle, um ihre ausführliche Aussage zu Protokoll zu geben. Meyer, du übernimmst das, okay? Da kannst du sie ja nach ihrer Trainingsstrecke fragen.«

Er klickte das nächste Bild an. »Nun also zur Leiche. Der Tote ist der vierundzwanzigjährige Martin Kostner aus Bamberg, wohnhaft Wattstraße 26. Das ergab sich aus seinem Personalausweis, den er in seinem Geldbeutel bei sich trug.« Die Fotos zeigten den Toten von oben, von links, von rechts, in der Totale und als Porträt. »In diesem Geldbeutel befanden sich außerdem viertausend Euro.«

Ein Raunen ging durch den Raum.

»Ja, genau«, bemerkte Werner, »das sagt uns natürlich schon einiges, zumindest, dass der Mann nicht beraubt wurde. Und es stellt sich auch die Frage: Warum läuft jemand mit so viel Geld in der Tasche nachts im Hain rum? – Ja, Uwe?«

»Wo hatte er denn den Geldbeutel, ich meine, in der Jacke oder in der Hose, und viertausend Euro, ich meine, das ist doch … das muss doch ein ganz schön dickes Bündel Scheine sein.«

»Er hatte den Geldbeutel in der hinteren Hosentasche – mit Taschendieben muss er in unserem wohlgeordneten Zuständigkeitsbereich …«, ein kurzer Blick zu Hanfstängl, »ja auch nicht rechnen. Und so dick war das Bündel nicht. Acht Fünfhunderter. So was sehen wir Polizisten bei unseren Gehältern zwar eher selten, dennoch wurden die Scheine auf Anhieb identifiziert.« Allgemeines Schmunzeln. »Sie wurden zur Prüfung auf Echtheit ans K3 übergeben. Also, weiter im Text: Dem Opfer wurde dem ersten Augenschein nach aus kurzer Entfernung ins Gesicht geschossen. Genaueres wird die Obduktion ergeben. Heute Nachmittag wird er damit fertig sein, hat Dr. Last gesagt, wenn die Spusi nicht allzu lang braucht, um die Leiche abzukleben.«

Die kleine Kasinski schaute fragend zu ihrem Nachbarn, der ihr zuflüsterte: »Tesafilm … Fasern oder so.« Kasinski hatte heute keinen guten Tag, der Chef schaute schon wieder stirnrunzelnd zu ihr hinüber.

Den grässlichen Fotos von dem zerstörten Gesicht Martin Kostners folgten die Aufnahmen des Tatorts. »Der Täter hat das Opfer laut der Blutspuren unten am Fuß der Treppe erschossen, es dann die Stufen hinaufgezogen und zu Füßen der Statue gewissermaßen aufgebahrt. Er hat es gerade ausgerichtet und ihm die Hände über der Brust gefaltet, wie ihr seht.«

»Das heißt doch, dass der Täter wohl nicht im Affekt gehandelt hat, sondern die Tat geplant hat und –«, meldete sich Kommissar Weber zu Wort.

»Und dass er sich ziemlich sicher gefühlt haben muss«, unterbrach ihn die kleine Kasinski eifrig. »Denn er ist nach dem Schuss nicht so schnell wie möglich weggerannt, sondern hat seine … seine Inszenierung … also, die hat er zu Ende geführt.«

Werner lächelte ihr zu. »Ganz genau. So kommt einem das Ganze vor. Wie eine Inszenierung. Das ist ein gutes Wort.« Die junge Polizeihauptmeisterin errötete. »Diese Lagerung der Leiche hat eine Bedeutung; der Täter will damit etwas sagen, uns oder wem auch immer. Das legt vor allem der Zettel nahe, den wir unter den Händen des Toten gefunden haben«.

Auf dem Bildschirm erschien groß die Abbildung eines von Nässe gewellten Papierfetzens, auf dem in etwas ungelenken Großbuchstaben stand: »LEBENSLANGES LEID DEM VERRÄTER«.

»Also ein Racheakt!«, konstatierte Polizeirat Hanfstängl und schnalzte beim »Racheakt« zufrieden mit den Fingern, als sei er auf dem besten Weg, den Fall zu lösen. »Das riecht doch gewaltig nach organisierter Kriminalität.«

»Nun ja, das wäre möglich. Darauf werden wir achten müssen«, wandte Werner vorsichtig ein. »Aber ich schlage vor, Schritt für Schritt vorzugehen und zunächst einmal das Umfeld des Toten abzuchecken. Frau Jung und ich haben die ersten Erkenntnisse, denn wir haben den Eltern von Martin Kostner die Nachricht vom Tod ihres Sohnes überbracht und dabei schon einige Fragen stellen können. Herr Kostner, der Vater, ist Bauunternehmer, offenbar eine solide mittelständische Firma. Die Mutter ist bei der Todesnachricht in Ohnmacht gefallen und hat dann ihrem Mann eine gewisse Mitschuld an der Tragödie unterstellt, weil er seinen Sohn vor ein paar Wochen aus dem Haus geworfen hat. Herr Kostner war nicht dazu zu bewegen, uns zu sagen, was der Grund für das Zerwürfnis mit seinem Sohn war. Martin Kostner muss irgendetwas Unrechtes getan haben, denn seine Mutter entschuldigte ihn mit dem schlechten Einfluss, den seine Freunde auf ihn gehabt hätten.«

»Weiß man etwas über diese Freunde?«, fragte Kommissar Weber.

»Ja.« Claudia Jung blätterte auf Werners aufforderndes Nicken hin in ihren Notizen. »Einer heißt Charly Baumann und wohnt wohl am Heumarkt. Die genaue Adresse kriege ich noch heraus. Von den beiden anderen wusste die Mutter leider nur die Spitznamen – Harry und Manno –, meinte aber, sie wohnten irgendwo in der Nachbarschaft. Das dürfte schwierig zu ermitteln sein.«

Frau Krüger warf mit ihrer tiefen Stimme ein: »Ich habe eine Schwägerin, die wohnt in der Wattstraße. Die kennt dort Gott und die Welt. Die könnte ich mal fragen, ob sie die Namen schon mal gehört hat. Sie ist zuverlässig, wenn ich ihr sage, dass sie nichts herumerzählen soll von unserer Anfrage.«

»In Ordnung, Krügerin, dann übernehmen Sie die Ermittlungen zum Abschnitt ›Harry und Manno‹, ja? Paul und Harald, macht ihr die Vernehmung des Ehepaars Kostner, wenn die nachher kommen? Seid ein bisschen vorsichtig, der Mann ist ein rechthaberischer Choleriker, der seine Frau teuflisch unter Druck setzt. Redet einzeln mit ihnen.«

»Ich könnte mir sogar vorstellen, dass er seine Frau schlägt, so wie sie reagiert hat«, fügte Claudia Jung hinzu.

»Gehört der Vater zu den Verdächtigen?«, fragte Paul Weber.

»Unbedingt, meiner Meinung nach«, antwortete Werner bestimmt. »Versucht, so viel wie möglich über die Familie und die

Firma herauszufinden. Vielleicht brauchen wir auch Einblick in die Konten.« Er schaute fragend den Dienststellenleiter an.

»Gut, ich werde den richterlichen Beschluss besorgen«, konzedierte Polizeirat Hanfstängl mit der Miene eines schwer belasteten Mannes und erhob sich. »Und jetzt entschuldigen Sie mich bitte, meine Herren, und oh, meine Damen. Die Details können Sie auch ohne mich klären. Die Arbeit ruft.«

Die Blicke, die ihm zur Tür folgten, flossen vor Sympathie nicht gerade über.

»Das, was wir hier tun, ist natürlich keine Arbeit«, murmelte einer.

»Okay, machen wir uns also an die Details«, seufzte Werner. »Lasst uns abstimmen, wer welche Ermittlungsabschnitte übernimmt. In zwei Stunden setzen wir uns dann wieder zusammen und tauschen aus, was wir rausgefunden haben. Und drückt aufs Gas, ihr wisst, die ersten achtundvierzig Stunden sind die wichtigsten, bevor die Spuren kalt werden.«

8

Jahrelang hatte Hanna nicht an Paolo gedacht, nun ja, zumindest nur selten. Warum fiel die Erinnerung dann jetzt so heftig über sie her? War die Trennung von Benno der Schlüssel, der den dunklen Raum öffnete, in den sie den Abschied von Paolo eingesperrt hatte? Hanna saß vor den Papieren an ihrem Schreibtisch und starrte in das trübe Licht über dem Fluss. Regen in der Regnitz – die grauen Wasser vor ihrem Fenster verwandelten sich in das Grau venezianischer Kanäle. Ihr Häuschen in »Klein-Venedig« war einer der Witze, die sich das Schicksal manchmal ausdenkt. Von Venedig nach Klein-Venedig – das Ende eines Traums. Der Traum hatte einen Namen gehabt – Paolo.

Schon immer waren Häuser Hannas Leidenschaft gewesen. Bereits als Fünfjährige hatte sie Grundrisse gezeichnet. In den Häusern ihrer Kindheit konnte sie immer noch im Kopf von Zimmer zu Zimmer gehen und würde sich blind zurechtfinden. Mehrere Bamberger Häuser waren darunter, denn hier war sie aufgewachsen – bis zu ihrem zehnten Lebensjahr. Dann wurde ihr Vater an eine Bank in Frankfurt versetzt, und die Familie – ihre Eltern, ihre zehn Jahre ältere Schwester, der jüngere Bruder und Hanna – zog in die deutsche Hauptstadt des Kapitals.

Doch Hannas Lust an gebauten Räumen blieb ihr erhalten und tobte sich besonders in den Familienurlauben aus, die lange Zeit in der Nähe von Venedig stattfanden. Schon auf der Fahrt dorthin ging sie den andern auf die Nerven mit ihrem Wunsch, noch eine Kirche und noch eine Burg zu besichtigen. »Bitte, Papa, halt an. Ganz kurz nur. Ich schau mir's nur schnell an. Ihr könnt ja solange Kaffee trinken.« Mindestens ein Tag in jedem Urlaub war Venedig gewidmet. Sie fuhren mit dem Auto nach Punta Sabbioni oder Treporti und von dort nach Venedig, Burano, Murano, Torcello. Wenn dann der Campanile auftauchte und die Frage »Ist er es wirklich?«, wenn schließlich die Salute-Kirche mit ihren großen Ohren jeden Zweifel an der glücklichen Ankunft beiseiterollte, stieg eine tiefe Glückseligkeit in Hanna auf: Sie war angekommen. Niemals verirrte sie sich mit ihrem Stadtplan in Venedig, nicht ein einziges Mal, und der Stolz auf diese ungewöhnliche Fähigkeit machte Venedig zu »ihrer« Stadt.

Es war von vornherein klar, dass sie Kunstgeschichte studieren würde, in Würzburg zuerst, dann in München. Doch dort trieb sie sich mehr bei den Architekten herum als im Kunsthistorischen Institut, bei Professor Reitinger vor allem, der sie lehrte, dass Häuser Geschichten bewahren wie Bücher, wenn man sie nur zu lesen versteht. Sie begann eine Doktorarbeit über »Gebäude als Geschichtsdokumente«.

Dann lernte sie Paolo kennen, zu Beginn ihres siebten Semesters. Es war die berühmte Liebe auf den ersten Blick. Sie sahen sich an, begannen zu zittern und landeten wenige Stunden später im Bett, das sie in den folgenden Tagen nur noch notgedrungen verließen. Für Hanna sang die ganze Welt. Paolo war Venezianer, aus einer alten venezianischen Familie. Er sah aus wie Donatellos David, nur größer. Er wollte in zwei Monaten München verlassen, um Kustos eines Museums in Venedig zu werden und, was wichtiger zu sein schien, um das Vermögen der Familie zu verwalten. Und er wollte sie mitnehmen. Hanna fürchtete, die Götter würden neidisch werden auf so viel Glück. Sie änderte das Thema ihrer Doktorarbeit; sie wollte jetzt den Einfluss Donatellos in Venedig erforschen. Ihr Doktorvater war damit nicht einverstanden, aber Hanna konnte sehr hartnäckig sein.

Sie fuhren Anfang November. Venedig im November! Keine Touristen mehr, die Einheimischen unter sich, und sie, Hanna, würde dazugehören. Ihre Träume wurden immer konkreter. Die Ricardis hatten ein Schlösschen in den Bergen und ein Sommerhaus auf Albarella, und Hanna sah ihre *bambini* dort spielen, süße italienische *bambini* in einer kinderlieben italienischen Familie, verwöhnt von der Großmutter und den Verwandten. Beim

Packen lachte und tanzte und sang Hanna und unterbrach dies nur, um Paolo zu küssen, der immer stiller wurde.

Als sie ankamen, regnete es in Strömen, und als das Gepäck im Boot verstaut war, trieften Schuhe und Mäntel und Haare. Der Palazzo der Ricardis erwies sich als riesige, düstere und feuchte Angelegenheit. Die Ricardis schienen ihr Vermögen nur sparsamst auszugeben, wenn man die Dürftigkeit der Beleuchtung als Maßstab nahm. Es roch intensiv nach Moder. Signora Ricardi stand im großen Salon neben dem Flügel. Sie kam ihnen keinen Schritt entgegen. Kein Härchen löste sich aus ihrer elegant hochgesteckten Frisur, kein Lächeln löste das edle, hochmütige Gesicht, als sie Hanna die Hand reichte. Nur ein mühsam beherrschter winziger Zug von Degout nistete in ihren Mundwinkeln, als röche sie etwas Unangenehmes. Signora Ricardi liebte ihren Sohn, und sie hasste die Deutschen. Wie konnte er nur …

Beim Abendessen sprach die Familie so schnell, dass Hanna trotz ihres leidlich guten Italienischs ausgeschlossen blieb, was wohl auch der Zweck der Übung war. Hannas Zimmer, vollgestellt mit wertvollen, dunklen, alten Möbeln, schien endlos. Trotz der Teppiche an den Wänden war es kalt. Im Bett steckte nur eine Wolldecke im üblichen Leinenüberschlag. Die Matratze hätte vielleicht als Antiquität einen Spitzenplatz erreicht, zum Schlafen war sie eher ungeeignet. Hanna fror erbärmlich. Sie hoffte lange, dass Paolo käme, sie zu wärmen. Sie machte sich sogar auf den Weg, um sein Zimmer zu finden, gab den Versuch in den inzwischen völlig verdunkelten vollgestellten Gängen aber nach mehreren blauen Flecken auf. Sie zog alles an, was sie hatte und was übereinander anziehbar war, rupfte Leintuch und Wolldecke aus dem Bettrahmen und wickelte sie um sich herum, breitete die rote Samttischdecke vom großen Tisch in der Mitte des Zimmers über sich und beschloss, ab morgen diesen Palazzo zu entstauben. Mit ihrem Zimmer würde sie anfangen. Das wäre doch gelacht!

Sie brachte das Personal gegen sich auf, als sie am nächsten Morgen nach dem Frühstück nach Besen und Wischlappen fragte. Die Haushälterin, die noch viel feiner als ihre Herrin war, sprach mit hochgezogenen Augenbrauen, sie werde unverzüglich veranlassen, dass das Zimmer der Signorina in Ordnung gebracht werde. Als Hanna dorthin zurückkam, waren Leintuch und Wolldecke wieder im Bettrahmen festgesteckt, das Samttuch über den Tisch gebreitet, und Hannas überall verbreitete Kleidungsstücke hingen ordentlich im Schrank. Der Staub war geblieben.

Nach drei Tagen stellte Hanna Paolo vor die Wahl: Auszug oder Trennung. Es war nicht einfach, auf die Schnelle eine Wohnung zu finden, zumal Paolo ohne die Unterstützung seiner Mutter finanziell äußerst beengt war. Hanna lachte und sagte, die Hauptsache sei doch, dass sie zusammen seien und frei, und sie werde ihre Eltern um Geld bitten.

Die einzige möblierte Wohnung, die sofort beziehbar war, lag in Cannaregio in der Nähe des Ospedale Psichiatrico und war dunkel und hässlich. Auch die Arbeit an der Dissertation kam nicht recht voran, denn der Einfluss der Signora Ricardi war in Venedig wesentlich wirksamer als der Donatellos.

Anfang Dezember schlug Paolo sie das erste Mal. Er fiel sofort vor ihr auf die Knie und bat um Verzeihung. Beim zweiten Mal schlug er fester zu, und sie krachte mit dem Kopf gegen den Küchenschrank. Er weinte, und sie wusste, dass sie sofort gehen musste, bevor sie anfing, Entschuldigungen für ihn zu finden.

Sie irrte durch die düsteren *calli* Venedigs, wo das Morgenlicht erst die obersten Stockwerke erreichte. Ein Überlebensinstinkt führte sie schließlich in die Kirche Santa Maria dei Miracoli. Sie setzte sich in die vorderste der menschenleeren Bänke, nah zur Madonna, leer, verloren und tränenblind. Das Weinen schüttelte sie in trockenen Stößen. Lange saß sie da. Licht rieselte herab wie Mehlstaub. Ganz sacht drang die Harmonie dieses pulsierenden Raumes aus atmendem Stein in sie ein, diffundierte durch ihre Haut, durch die geschlossenen Lider hinter ihren Händen. Draußen vor der Tür sang ein Kind. Ein Ball klatschte gegen die Kirchenmauer, wieder und wieder. Dann erneut Stille.

Irgendwann spürte Hanna, dass sie nicht mehr allein war. Auf ihrem Knie lag ein Taschentuch, weiß mit purpurrotem Rand, sauber gebügelt und gefaltet. Wie ein Floß kam es Hanna vor, ein kleines weißes Floß in der Dunkelheit. Neben ihr saß ein Mann, der auf rätselhafte Weise Widersprüchliches in sich vereinte. Er schien jung und alt zugleich, gut aussehend und verknittert, groß und klein, ein Lausbub und ein Weiser. Er kam Hanna vage bekannt vor. Hanna nahm das Taschentuch und schnäuzte sich gründlich. Danach war ihr wohler.

»Ich habe letzten Sommer Ihren Vortrag über ›Gebäude als Geschichtsdokumente‹ in München gehört und war sehr beeindruckt«, sagte der Mann.

Ach so, daher kannte sie ihn.

»Matthias Stiefler, Universität Bamberg, erinnern Sie sich?«, fragte er. »Ich habe letzte Woche mit Ihrem Doktorvater über Sie gesprochen. Als er erfuhr, dass ich nach Venedig fahre, hat er von Ihnen erzählt. Er ärgert sich, dass er eine seiner besten Schülerinnen verloren hat. Und er ist ziemlich unglücklich darüber, dass Sie das Thema Ihrer Arbeit geändert haben.«

»Ich auch«, sagte Hanna leise.

Stiefler warf ihr einen raschen Seitenblick zu.

»Ich würde Ihnen gern einen Vorschlag machen, wenn Sie hier abkömmlich wären.«

»Abkömmlich?« Hannas stieß ein kurzes, bitteres Lachen aus. »Abkömmlich. Ja, das bin ich.«

Stiefler sah sie an. »Darf ich Sie zu einem Espresso einladen?«

Als Hanna aufstand, fühlte sie erst, wie kalt ihr war. Sie konnte sich nur steif und langsam bewegen. Es war inzwischen fast Mittag. In der kleinen Bar gegenüber der Miracoli-Kirche taute sie langsam wieder auf.

»Haben Sie nach mir gesucht?«

»Nein, nein, das war reiner Zufall. Ich habe in der Kirche zu tun.«

Zufall, na gut. Engel gibt es immer wieder.

Stiefler erzählte ein bisschen über seine Forschungsarbeiten, die ihn nach Venedig geführt hatten. Hanna bemerkte verwundert, dass es sie zu interessieren begann. Doch sie war noch immer nicht fähig, zu sprechen. Wie ein schillernder Ölfleck auf dem Wasser breitete sich eine runde kleine Stille auf dem Hintergrund von Radiomusik und Gläserklappern zwischen ihnen aus. Hanna starrte in ihre Espressotasse, als sei auf ihrem Grund der Sinn des Lebens verborgen.

»Ich wollte Sie fragen«, begann nach einer Weile ihr persönlicher Deus ex Machina, »ob Sie nicht Lust hätten, nach Bamberg zu kommen. Mit Ihrer Arbeit über Gebäude als Geschichtsdokumente würden Sie hervorragend in unser Graduiertenkolleg passen. Ich könnte Sie neben Ihrem Doktorvater als Zweitgutachter betreuen, und Sie könnten Ihr Studium mit dem Aufbaustudium Denkmalpflege ergänzen. Und in Bamberg findet man leichter ein Zimmer als in München.«

Und die Kommilitonen würden nicht fragen: »Na, schon zurück aus Venedig?«, dachte Hanna dankbar.

So kam sie wieder nach Bamberg.

Hanna fuhr sich mit den Händen über das Gesicht. Sie hatte die Erinnerungen lange verdrängt; jetzt waren sie wieder da, ungeliebte Gäste, lästig und schmerzhaft. Schluss jetzt! Sie würde sie mit Arbeit verscheuchen, das war doch immer noch das probateste Mittel.

Sie griff nach einem Haargummi, der in der Bleistiftschale auf ihrem Tisch lag, band sich energisch die Haare zu einem Zopf zusammen und langte nach dem ersten Referat, das sie morgen besprechen wollte.

Doch dieser Tag war ihrer Arbeit eindeutig nicht wohlgesonnen. Sie hatte erst drei Arbeiten korrigiert, als es klingelte.

Aus der Sprechanlage drang Tanjas Stimme, verzweifelt schluchzend. Als Hanna das Hoftor geöffnet hatte, kam die magere junge Frau mit Will im Kinderwagen über den Hof, mit flatterndem Schal und verkehrt zugeknöpfter Jacke.

»Was ist denn los, um Himmels willen?«, fragte Hanna und nahm Will auf den Arm, damit Tanja ihre Sachen aus dem Kinderwagen nehmen und ins Haus kommen konnte.

»Diese Arschlöcher haben meine Wohnung zerlegt. Du

kannst dir gar nicht vorstellen, wie es da aussieht. Ich hab eine solche Scheißangst!«, keuchte Tanja.

»Was? Deine Wohnung zerlegt? Wer hat …? Jetzt setz dich erst mal hin und beruhig dich.«

Tanja ließ ihre Jacke auf den Boden fallen und begann dann, Will aus seinem Overall zu schälen. Sie schniefte und fragte: »Hast du ein Taschentuch?«

Hanna hatte wie üblich keines, holte ein Küchenpapier und schaltete den Wasserkocher wieder an. Der Tee, den sie vorhin geplant und dann vergessen hatte, würde jetzt genau richtig sein. Will saß auf der Sofadecke, die Tanja auf den Boden gelegt hatte, und spielte mit einer Rassel, indem er sie auf ihre Bissfestigkeit überprüfte.

Hanna hatte Tanja Steinhübel kennengelernt, als sie vor anderthalb Jahren im Auftrag der Bamberger Lokalzeitung »Fränkischer Tag« einen Artikel über das verwahrloste »Haus am Nonnengraben« schreiben sollte. Dort war Tanja mit ihrem Baby sozusagen als blinder Passagier untergeschlüpft. Da Tanjas Eltern bei einem Verkehrsunfall ums Leben gekommen waren, hatte sie bei einer Tante leben müssen, die sie so schlecht behandelte, vor allem als Tanja mit sechzehn Jahren schwanger wurde, dass sie schließlich davongelaufen war. Sie hatte sich herumgetrieben, bis sie Frau Rothammer begegnet war und sich in deren weitgehend leer stehendem Haus am Nonnengraben eingenistet hatte. Als Frau Rothammer ermordet wurde, hatte Tanja mitgeholfen, den Mordfall aufzuklären, und war später von den neuen Besitzern als Hausmeisterin eingestellt worden. Sie wohnte jetzt in einer kleinen, ebenerdigen Wohnung auf der Rückseite der renovierten Villa zum Garten hin. Die Pflege dieses Gartens war ihre Hauptaufgabe, denn das konnte sie besonders gut.

»Also jetzt erzähl, was ist passiert?«

Tanja seufzte tief auf und fuhr sich durch ihre grünen Stoppelhaare. »Ich war nur kurz einkaufen, und als ich zurückkam, sah die Wohnung aus wie ein Schlachtfeld. Du kannst dir das nicht vorstellen.«

»Hast du die Polizei schon gerufen?«

»Ich? Die Polizei?« Tanja schaute Hanna halb vorwurfsvoll und halb verlegen an. Hanna wusste doch, dass sie die Polizei seit ihrem Leben als Stadtstreicherin ganz sicher nicht als Freund und Helfer empfand.

»Ich bin … ich wollte nur weg. Vielleicht kommen die ja wieder. Bitte, darf ich ein bisschen bei dir –?«

»Wer sind denn ›die‹?«, unterbrach Hanna. »Wer hat deine Wohnung zerstört und wird vielleicht wiederkommen? Kennst du die denn?«

Tanja druckste herum. »Ja, kann schon sein.«

»Na komm schon, was ist?«

Tanja scheute wie vor einer zu hohen Hürde.

»Es ist wegen Charly … Ich will ihn … ich will ihn nicht … na ja, keine Ahnung, aber … so was wie verraten.« Das letzte Wort sprach sie aus wie ein Fremdwort.

Das Wasser brodelte. Hanna ging in die Küche, um den Tee aufzugießen, und fragte über die Schulter zurück: »Also bist du doch wieder mit Charly zusammen?«

»Ja. Nein. Ich weiß nicht. Wir haben uns gestritten.«

»Wie oft hast du dich jetzt schon von Charly getrennt?«

»Dreimal?«

»Der versteht es, hm? Dich rumzukriegen, meine ich. Was war es denn diesmal?«

»Ach, bei ihm hatte sich ein Freund eingezeckt, der zu Haus rausgeflogen war. Der hat auf die Schnelle keine eigene Wohnung gefunden. Und Charly hat das nach einiger Zeit tierisch genervt, die Enge und so.«

»Aber bei dir ist es doch auch nicht gerade geräumig, noch dazu mit Will.«

»Aber ich mach wenigstens den Dreck weg.« Tanja lachte ihr bitteres kleines Lachen.

»Na sauber.« Hanna pustete über ihren heißen Tee. »Und was hat Charly mit dem Einbruch in deiner Wohnung zu tun?«

»Hm.« Tanja zögerte noch immer. »Charly hat ein paar

Freunde, die sind ... die sind nicht gerade ... Ich kenn die noch von früher. Also, der Arsch, der sich bei Charly einge... der jetzt bei Charly wohnt, der dealt. Charly will zwar nix mit dem Zeug am Hut haben, aber ich glaub, er hat sich ein paarmal breitschlagen lassen, für die als Kurier –«

»Als Kurier? Charly hat mit denen ...? Oh Mist! Und du meinst, die haben in deiner Wohnung nach ... nach Drogen gesucht?«

»Ja, deswegen hab ich doch so eine Angst.« Tanja umklammerte haltsuchend ihre Teetasse und fuhr mit tränenenger Stimme fort: »Wenn sie mich erwischen und wissen wollen, wo das Versteck ist ... Aber ich weiß doch nix, wirklich nicht ... Aber wenn sie Will was antun ... Bitte, ich trau mich da nicht mehr hin!«

»Und woher wissen die, wo du wohnst? Das können sie doch nur von Charly erfahren haben, oder? Toll! Wann war dein Superfreund denn das letzte Mal bei dir?«

»Vor drei Tagen. Das war da, wo wir uns eben gestritten haben. Wegen Will. Weil Charly sich über sein Geschrei so aufgeregt hat. Ich hab ihm gesagt, dass er sich verpissen soll. Er war so was von megasauer! Seitdem hab ich ihn nicht mehr gesehen.«

»Es nützt alles nichts, Tanja, auch wenn's dir schwerfällt, wir müssen zur Polizei. Die müssen diese Kerle fassen, bevor sie dir oder Will was antun können.«

»Aber wenn Charly erfährt ...«

»Hör mal zu!« Hanna stellte ihre Tasse mit einer energischen Bewegung auf dem Tisch. »Willst du denn immer weiter Angst haben? Ich ruf jetzt Werner Sinz an. Ich hab seine Handynummer.«

Sie wandte sich von Tanja ab und wählte. Aber auf dem Handy meldete sich nur die Mailbox, und bei der polizeilichen Telefonvermittlung teilte man ihr mit, Herr Erster Hauptkommissar Sinz sei in einer wichtigen Besprechung und überhaupt für Einbrüche nicht zuständig, und man werde sie mit der entsprechenden Beamtin verbinden. Mit ihr machte Hanna aus, dass man sich in einer halben Stunde im Haus am Nonnengraben treffen werde.

Ade, Schreibtisch! Wann sollte sie nur die Referate fertig korrigieren, ganz zu schweigen von der Vorbereitung auf das morgige Seminar?

9

Kunigunde hatte lange überlegt, welche Form sie ihrer Masterarbeit geben sollte. Sie entschloss sich endlich, sie als Biografie ihrer zwei Hauptpersonen – des Verräters und des Verratenen – vor dem Hintergrund der allgemeinen geschichtlichen Entwicklung zu schreiben. Das war für eine wissenschaftliche Untersuchung zwar eher ungewöhnlich, schien ihr aber der Lesbarkeit förderlich, und das hing wohl in erster Linie damit zusammen, dass sie selbst gern Biografien las. Sie hatte zuerst dennoch gezögert, diese Form zu wählen, weil sie aus dem Aktenmaterial nur sehr wenige Nachrichten zur Jugend und zur persönlichen Beziehung von Franz Novak und Hans Kromm hatte.

Aber dann entdeckte sie eine unerwartete Quelle. Sie hatte versucht, mit Hans Kromm zu sprechen, der wegen eines Versicherungsbetrugs im Bamberger Gefängnis saß. Der hatte sich zwar geweigert, Kunigunde zu treffen, doch die Sozialarbeiterin, die ihn in der Untersuchungshaft betreute, hatte sie auf ein interessantes Projekt des Kurses »Kreatives Schreiben« an der Bamberger Universität aufmerksam gemacht. Die Studenten hatten sich von Gefangenen, die dazu bereit waren, Episoden aus ihrem Leben berichten lassen und diese dann literarisch bearbeitet.

In der Veröffentlichung, die daraus entstanden war, fanden sich auch drei kleine Skizzen der Germanistikstudentin Julia Mai zu Hans Kromm. Sie erlaubten einen wichtigen Einblick in die seelische Entwicklung der beiden Freunde, und so hatte Kunigunde sie an passender Stelle in ihrer Arbeit zitiert.

Die Gespräche mit den überlebenden Betroffenen des Falls Novak, die sie schon geführt hatte, und die paar, die sie noch geplant hatte, würde sie als Anhang am Ende des Buches einfügen.

Bisher schien ihr das Ganze stimmig, und sie war gespannt, was ihr Professor dazu sagen würde.

Franz Novak wurde am 26.11.1931 als Sohn des Schusters Gotthilf Novak und seiner Frau Margarethe im heute polnischen Dorf Gadgen, Kreis Rummelsburg in Pommern, geboren. Seine Mutter starb kurz nach seiner Geburt, und sein sechs Jahre älterer Bruder Wilhelm und er blieben bei ihrem Vater, der wegen eines verkrüppelten Beines im Zweiten Weltkrieg nicht eingezogen wurde.

In unmittelbarer Nachbarschaft wohnte die Familie von Hans Kromm, dessen Vater eine kleine Landwirtschaft besaß, während sich die Mutter um die fünf Kinder kümmerte. Hans Kromm und Franz Novak waren von klein auf befreundet.

SKIZZE 1 VON JULIA MAI NACH DEM BERICHT VON HANS KROMM

Es roch nach Harz und warmem Wald. Die langen Kiefernnadeln knisterten unter ihren kleinen Schuhen. Sie liefen um die Wette, aber nur so zum Schein, aus lauter Freude, den Weg zu wissen. Sie fanden ohne Mühe das Tal mit dem Bach. Unten am Abhang kitzelten die langen Gräser ihre nackten Beine.

Am Ufer zogen sie die Schuhe aus – Franz streifte jeweils einen mit dem anderen ab, aber Hans knüpfte sorgsam die Schnürsenkel auf; er konnte erst seit Kurzem eine Schleife binden und war sehr stolz darauf. Sie wateten durch das klare, kalte Wasser und hielten sich an der Hand, um auf den runden Kieseln Halt zu finden. Dann setzten sie sich auf einen der großen Findlinge am Rand, baumelten mit den Beinen und warteten darauf, dass die Sonne ihre Füße wieder warm leckte. Franz pflückte einen Grashalm.

»Man kann darauf Musik machen, weißt du? Hat mir Wilhelm gezeigt.« Sein großer Bruder, den alle anderen Willy nannten, war sein Held, sein Abgott. Er las ihm abends vor, er zeigte ihm die wichtigsten Tricks, er nahm ihn vor seinem Vater in Schutz, auch wenn er selbst dafür Prügel bezog. »Man muss das Gras nur fest zwischen die Finger spannen, so, und dann draufblasen.«

Aber der Halm gab keinen Laut von sich, sondern schnitt Franz, als der es besonders angestrengt versuchte, in die Unterlippe.

»Du blutest«, rief Hans erschrocken aus.

Franz leckte den Tropfen weg.

»Es schmeckt komisch.« Er runzelte die Stirn. »Wie ... wie Geld.«

»Hm?«

»Ich habe doch mal einen Pfennig von dir weggezaubert. Den habe ich in den Mund gesteckt. Und der hat ganz ähnlich geschmeckt.«

Hans kicherte. »Du hast ihn damals fast verschluckt. Es blutet immer noch. Gib acht, dass du nicht auf dein Hemd tropfst, sonst haut dich dein Vater wieder.«

Franz wischte mit dem Zeigefinger über seine Lippe, betrachtete nachdenklich den Blutstropfen auf der Fingerkuppe und hielt ihn plötzlich entschlossen seinem Freund hin.

»Leck ab«, drängte er, »dann sind wir Blutsbrüder!«

»Blutsbrüder, was ist denn das?«

»Hat Wilhelm mir erzählt. Von den Indianern. Wenn man sein Blut tauscht, dann ist man noch mehr als Freunde, dann ist man wie richtige Brüder und muss für immer zusammenhalten.« Und obwohl es ihm ein bisschen eklig war, leckte Hans gehorsam das Blut ab.

So wurden sie Blutsbrüder, Franz und Hans.

Kunigunde war immer wieder fasziniert von der Farbigkeit dieser kleinen Skizze und dem Kontrast zu den folgenden Ereignissen. Sie besserte ein paar Schreibfehler aus und las weiter.

Gotthilf Novak war ein begeisterter Schütze und hatte Kontakte zu zahlreichen Schützenvereinen. Als die russische Armee 1944 in Polen einmarschierte, floh er mit seinen beiden Söhnen nach Willersdorf in Thüringen, wo ihm Angehörige des Schützenclubs halfen, eine Unterkunft und Arbeit in einer Schuhfabrik im benachbarten Rudolstadt zu finden. Soldatenstiefel wurden damals dringend gebraucht.

Die Familie Kromm war dagegen zunächst in ihrem Heimatdorf verblieben. 1946 wurde Vater Kromm von der russischen Militärverwaltung *für einige Tage Arbeit abgeholt* und kam nie wieder zurück. Daraufhin entschloss sich Mutter Kromm zur Flucht. Sie schlug sich bis nach Willersdorf durch in der Hoffnung auf Hilfe durch ihre ehemaligen Nachbarn, die Novaks. So trafen sich die beiden Freunde wieder.

Willersdorf liegt unmittelbar an jener Grenze, die von einer Demarkationslinie zwischen den deutschen Besatzungszonen zum fast undurchdringlichen Eisernen Vorhang zwischen zwei Weltanschauungsblöcken werden sollte.

Nach der bedingungslosen Kapitulation des Deutschen Reiches am 8. Mai 1945 wurde das Land von den Siegermächten USA, Großbritannien, Frankreich und der Sowjetunion in vier von Militärregierungen verwaltete Besatzungszonen aufgeteilt. Die höchste Regierungsinstanz war damals der Alliierte Kontrollrat, der umsetzen sollte, was auf verschiedenen Konferenzen der Alliierten lange vor dem Kriegsende für den Umgang mit Deutschland beschlossen worden war: Entmilitarisierung, Entnazifizierung, Demokratisierung und Reparationszahlung durch Abbau und Abtransport von Industrieanlagen, vor allem natürlich der Rüstungsindustrie.

Der Kontrollrat sollte Gesetze und Verordnungen einstimmig beschließen. Doch das funktionierte von Beginn an nicht gut. Zu unterschiedlich waren die Vorstellungen von der Zukunft Nachkriegsdeutschlands. Die Sowjets wollten einen von der Kommunistischen Partei zentralistisch regierten Staat; die Engländer wollten zwar ebenfalls einen zentralistischen Staat, aber als Demokratie mit einer starken Arbeiterpartei; die Amerikaner wollten natürlich eine Demokratie, aber von Sozialismus überhaupt nichts hören, und die Franzosen wollten Deutschland klein halten, indem man es in einen föderalistisch organisierten Staatenbund zerteilte.

Die Militärregierungen in den vier Besatzungszonen gingen dazu über, weitgehend autonom zu handeln. Die Sowjets begannen schon im September 1945 mit einem grundlegenden Umbau der Gesellschaft in ihrer Zone.

Als Erstes wurde unter dem Schlagwort »Junkerland in Bauernhand« eine Landreform durchgeführt. Zwölftausend Gutsbesitzer wurden entschädigungslos enteignet, einundzwanzig

Millionen Hektar Grund an Landarbeiter und Vertriebene verteilt. Dann wurden Banken und Versicherungen aufgelöst und die großen Industriebetriebe verstaatlicht. Eine erste Massenflucht in den Westen setzte ein.

Und damit rückte die Demarkationslinie zwischen der sowjetisch besetzten Zone (SBZ) und den drei Westzonen in den Fokus der Aufmerksamkeit des Alliierten Kontrollrats. Auf Drängen der Sowjetunion wurde am 30.6.1946 die Zonengrenze gesperrt; man legte die Grenzübergangsstellen fest und führte einen Interzonenpass ein.

Die eintausenddreihundertfünfzig Kilometer lange Demarkationslinie zerschnitt zweiunddreißig Eisenbahnlinien, drei Autobahnen, einunddreißig Bundesstraßen, einhundertvierzig Landstraßen und Tausende von Flur- und Verbindungswegen. Vor allem aber schnitt sie tief in das Leben von Menschen ein: Bauern kamen nicht mehr auf ihre Felder, Handwerker nicht mehr zu ihren Kunden, Arbeiter nicht mehr in ihre Betriebe.

Zwar ermöglichte der sogenannte »Kleine Grenzverkehr« zahlreiche Übergangslösungen, aber als weiterhin immer mehr Menschen von Ost nach West strebten, wurde die Grenze Schritt für Schritt verdichtet.

Anfangs bestand sie nur aus gelb-weißen Holzpfählen und im Wald aus farbigen Markierungen an den Bäumen. Aber bereits ab November 1946 wurden die ersten Schneisen durch den Wald geschlagen und ab Sommer 1947 die ersten Stacheldrähte gezogen. Gleichzeitig begann der Aufbau der Grenztruppen.

Als Kunigunde das Kapitel durchgelesen hatte, überprüfte sie die entsprechenden Fußnoten und legte die Blätter im Ordner »Endgültiger Text« ab. Dann schaute sie auf die Uhr. Halb elf, und Hanna hatte immer noch nicht angerufen.

Das war wirklich merkwürdig.

10

»So, über den Martin wolln S' wos wissen. Warum, hod der wos angstellt?« Die Sekretärin der Firma Kostner, fast so breit wie ihr Bamberger Dialekt, schob irritiert ihren Käsekuchen beiseite. »Do konn ich Ihna fei ned vill song. Der is ja scho seit drei Wochn nimmer do.«

Werner steckte seine Dienstmarke wieder ein, zog sich einen Stuhl heran und schaltete das Diktafon an. Claudia Jung ging an den Wänden des großen Vorraumes entlang und betrachtete die auf Fotos verewigten Schandtaten des Bauunternehmens.

»Warum ist Martin Kostner denn nicht mehr ins Büro gekommen?«, begann Werner seine Befragung, froh, des Fränkischen dank seiner Herkunft mächtig zu sein. Die Mitarbeiterin, die später die Aufnahme vom Band abtippen musste, würde ganz schön zu tun haben.

Frau Motschenbacher betrachtete ihn durch ihre dicken Brillengläser und überlegte offenbar, welches Maß an Auskunft ihre Firmenloyalität zuließ. Doch dann siegte die Lust am Reden über ihr Sekretärinnengewissen.

»No, weil sei Vadder na doch nausgschmissen hod! Ich soch Ihna, des wor wos! Also wenn Sie mich frong …« Sie presste die Lippen zusammen und drehte die nach oben geöffnete Hand bedeutungsvoll hin und her.

»Aber ich frage Sie ja.« Wenn Werner etwas nicht leiden konnte, dann waren es solche wichtigtuerischen Andeutungen. »Herr Kostner senior hat also seinen Sohn aus der Firma geworfen. Welche Aufgabe hatte Martin Kostner denn hier im Betrieb?«

»Om Schluss wor er in der Buchhaltung, seit an Johr. Früher wor er mit aufn Bau. Hot Maurer gelernd. Aber der Old hod na aa sunst alles machen gelosst, jeda Drecks-Erbert. Den eichena Sohn!« Sie straffte entrüstet ihren Pullover über dem ausladenden Busen.

»Meinen Sie damit, dass Herr Kostner den eigenen Sohn härter angefasst hat als die anderen Firmenangehörigen?«

»Na ja, zu seina Leud wor der Boss scho aa ned grod sanft, aber stimmt scho, manchmal hod mer des Gfühl ghobt, dass der den Martin extra gebiesaggt hod.«

»Können Sie sich vorstellen, warum er ihn so gepiesackt hat?«

»Naa, echd ned. Do hom sich die andern aa gewundert. So an Vadder möchert ich ned gschengt hom.«

»Und warum hat Herr Kostner seinen Sohn denn rausgeworfen?«

Frau Motschenbacher machte ein Gesicht wie eine dickliche Sibylle und flüsterte: »Des is des große Rätsel. Seit Wochn werd do bei uns drüber schbeguliert. Mir wissen's ned.«

»Wer macht denn jetzt die Buchhaltung, wenn Martin Kostner nicht mehr da ist?«, schaltete sich Claudia Jung ein.

»No, widder der old Kostner selber. O seina Bücher lässt er eh ned gern jemand no.«

»Was ich gern wüsste: Was war Martin Kostner denn für ein Mensch? Mochten Sie ihn?«

Claudia Jung hatte sich auf den vor dem Schreibtisch bereitstehenden Besucherstuhl gesetzt und lächelte Frau Motschenbacher etwas kumpelhaft an. Doch die brauchte eigentlich gar keine Aufforderung zum Reden.

Gedehnt sagte sie: »No ja, gut ausgschaut hot er scho … Des muss mer na lossn.« Sie strich sich übers Haar. »Die Madla hom's na ned schwer gemacht. Aber ich waaß ned, irngdswie wor er ned … wie soll ich denn des song … er wor ned echt.«

»Sie haben das Gefühl, dass irgendetwas nicht mit ihm in Ordnung war, ja?«, übersetzte Werner für seine Kollegin, die sich mit dem hiesigen Dialekt noch recht schwertat. »Haben Sie deswegen vorhin gefragt, ob er etwas angestellt habe? Was könnte denn das sein, Ihrer Meinung nach?«

Frau Motschenbacher erschrak etwas. »Naa, naa, des wor bloß … wenn halt die Bolizei kummt, do denkt mer sich hald wos. Aber ich waaß nix Konkrets. Es wor bloß, er wor so … er wor ned offen. Oft wor er während der Arbeitszeid wech, wenn der Old ned do wor, und hod ned gsocht, wo er hiegeht, oder er hod delefonierd und is extra aufgstandn und hod die Tür zugemacht. Es is bloß so a Gfühl; mehrer konn ich ned song. Aber wos is denn etzt mid'n Martin? Worum frong Sie denn des alles?«

Werner Sinz und Claudia Jung sahen sich an. Es war ja doch nicht geheim zu halten, morgen würde es in der Zeitung stehen.

»Martin Kostner ist ermordet worden. Heute früh wurde seine Leiche gefunden.«

»Heilichers Gott! Heilichers Bimbam!« Frau Motschenbacher wurde fast so grün wie ihr Pullover. Sie schlug die Hand vor den Mund und stieß ihren Stuhl zurück. »Und do lassn Sie mich des alles ... wenn ich des gewusst ... ich hätt doch nix ... naa!!« Sie sah zum Fenster hinaus. »Etz tut er mir fei fast scho leid.« Doch nach einigen Augenblicken der Betroffenheit kam die Neugier wieder zum Vorschein. »Wissen Sie scho, wer's wor?«

»Nein, sonst müssten wir Ihnen ja nicht alle diese Fragen stellen«, sagte Claudia Jung freundlich. »Wir ermitteln noch. Dürften wir einmal den Arbeitsplatz von Herrn Kostner junior sehen?«

Frau Motschenbacher nickte, erhob sich ächzend und öffnete die Tür zum Nebenzimmer.

»Aber des wird Ihna ned viel nützn. Der wor eines Nachts do und hod alles gholt, sein Laptop und des bissla andersch Zeuch, wos er ghobt hod.«

»Er hatte also einen privaten Laptop hier. Hat er denn auf dem auch die Buchhaltung gemacht?«

»Naa, soweit ich waaß, hod er die auf dem großen Combjuder gemacht, wo der Firma ghörd. Aber den hod der Boss in seim Büro, und des sperrt er immer ab, wenner geht.«

Werner öffnete die Schubladen des Schreibtischs, in denen aber tatsächlich nur Briefpapier und Firmenumschläge lagen, keinerlei persönliche Hinterlassenschaft. Auch sonst war das Büro völlig aussagelos; außer einem Kalender der Sparkasse hing nichts an den Wänden, die Regale enthielten nur ein bisschen Staub.

Enttäuscht wandte sich Werner wieder an Frau Motschenbacher, die in der Tür stehen geblieben war. »Wo sind denn die Aktenordner, mit denen Martin Kostner gearbeitet hat?«

»A poor hod er mitgenumma, der Rest is im Chef sein Büro.«

»Das ja abgeschlossen ist, wie wir wissen. Wir werden heute Nachmittag ein paar Beamte herschicken, die die Sachen abholen werden. Stellen Sie sich bitte darauf ein.«

Frau Motschenbacher runzelte die Stirn. Sie wirkte nicht erfreut über die Ankündigung, die Unruhe, Unordnung und vielleicht sogar die Verlängerung ihrer Arbeitszeit bedeutete.

»Okay, könnten wir dann jetzt mit den Leuten sprechen, mit denen Martin Kostner früher zusammengearbeitet hat?«, fragte Werner in ihren unwilligen Blick hinein.

»Naa, des könna Sie ned, denn die sinn etzert ned do, die sinn alla draußen aufm Bau. Do müssertn Sie so um viera rum wiederkumma, wenn sa wieder eintrudln.«

Werner wollte schon nach den Adressen der Baustellen fragen, da fügte Frau Motschenbacher wieder etwas versöhnlicher hinzu: »Aber wartn S' amoll, wenn Sie Glück hom, nacher is der old Burgis nuch do. Der is vorhin kumma, um a Werkzeuch zu repariern.«

Frau Motschenbacher ging zum Telefon und rief in der Werkstatt an. »Hallo, Schorsch, stell dir bloß vor, wos passierd is. Der Martin is, ich konns gor ned song, der is umgebrocht worn. Die Bolizei is grod do … Naa, des hob ich ned gfrocht.« Frau Motschenbacher hielt den Hörer zu und fragte: »Er will wissen, wie er ermordet worn is?«

»Er wurde erschossen.«

Frau Motschenbacher hauchte ins Telefon: »Erschossen! Ja, furchtbar. Mer sollert … Ja, is recht. Ich schick sie dir etzt ninder.«

Sie legte auf und wandte sich mit einem Lächeln, in dem sich Betroffenheit, Sensationslust und Befriedigung mischten, wieder an Werner: »Hob ich mir's doch gedacht. Er is nuch do. Etzt gehn S' do übern Hof nüber und ninder die Werkstatt, dann sehn S' na scho.«

Das Nieseln hatte inzwischen aufgehört, aber die Pfützen auf dem Hof erzählten noch vom Regen. Die Situation wirkte beinahe idyllisch mit den jagenden Wolkenfetzen über dem großen Baum im Winkel neben der alten Werkstatt.

Georg Burgis stand bereits unter der Tür. Er war ein großer, leicht gebeugter Mann mit kräftigen, rissigen Händen und überraschend klugen Augen.

»Martin ist also erschossen worden.«

Georg Burgis nickte, als sei ihm etwas bestätigt worden, gab den beiden Kommissaren die Hand und bat sie in die Werkstatt. Er bot ihnen zwei Hocker zum Sitzen an und lehnte sich gegen die Drehbank.

Das Gebäude, das wohl schon bessere Tage gesehen hatte, war lediglich der Vorraum zu der großen Maschinenhalle, und es roch nach altem Holz und Öl und Terpentin. Die makellose Ordnung der Werkzeuge an den Wänden und in den Regalen und die einzelne brennende Lampe über der Drehbank machten den Ort trotz allem beinahe gemütlich.

Werner schaltete nach einem fragenden Blick auf den Werkstattleiter und dessen Nicken sein Aufnahmegerät an. »Die Nachricht, dass Martin Kostner ermordet wurde, scheint Sie nicht sonderlich zu wundern.«

»Nein, eigentlich nicht.« Georg Burgis rieb nachdenklich sein rechtes Auge. »Martin war … man könnte sagen, er war schon lange … so etwas wie verloren.« Er schüttelte leicht den Kopf. »Wenn mich etwas wundert, dann, dass er das Opfer war und nicht der Täter.«

Claudia Jung fragte erstaunt: »Sie haben also erwartet, dass er jemanden ermorden würde?«

»Nun, das nicht, aber … Was kann bei so einer Erziehung schon herauskommen, wenn der Vater immer Druck macht und die Mutter immer alles entschuldigt. Er hing an seiner Mutter, aber seinen Vater hat er gehasst. Und er hatte, vielleicht ererbt, einen beträchtlichen Schuss krimineller Energie. Ein Lehrling, der mit ihm in der Schule war, hat mir mal erzählt, dass Martin dort mit seinen Freunden kleinere Mitschüler bedroht und erpresst hat, Pausengeld und Schokolade und so weiter. Als er dann nach der Realschule hier anfing, hat er es wohl auch probiert, aber dem habe ich schnell einen Riegel vorgeschoben. Ich hab versucht, ihn gerade zu biegen, aber wenn ein Nagel erst mal so krumm ist …«

»Wenn er seinen Vater so gehasst hat, warum blieb er denn zu Hause wohnen und hat dann auch noch hier in der Firma gearbeitet und sich schikanieren lassen?«, fragte Claudia Jung, von ihren Notizen aufschauend.

»Wer weiß? Vielleicht, weil es trotz allem am bequemsten war. Vielleicht wegen seiner Mutter und weil er die Firma ja mal erben wollte? Martin war sehr auf seinen Vorteil bedacht.«

»Seine Mutter meinte, er sei unter den schlechten Einfluss seiner Freunde geraten.«

»Das sicher nicht. Er war das Alphatier. Wenn jemand beeinflusst wurde, dann seine Freunde von ihm. Nicht, dass ich sie gut gekannt hätte. Nur mit Charly Baumann hab ich mich ein paarmal unterhalten, wenn er kam, um Martin abzuholen. Der stand eindeutig unter Martins Fuchtel.« Georg Burgis wischte etwas Sägemehl von der Drehbank.

Werner nickte. »Und wie kam er denn mit seinen Arbeitskollegen zurecht?«

»Nicht besonders. Martin war aber auch in einer blöden Situation: Sohn des Chefs, der aber von dem so knapp gehalten wurde, dass er anfangs nicht mal eine Runde schmeißen konnte oder so. Doch im letzten Jahr hatte er dann plötzlich Geld, offenbar nicht wenig. Keiner wusste, woher. Von seinem Vater allerdings bestimmt nicht.«

»Im letzten Jahr …«, überlegte Werner laut. »Das ist doch die Zeit … arbeitete er nicht seit einem Jahr hier in der Buchhaltung? Könnte es sein, dass er Geld aus der Firmenkasse abgezweigt hat?«

»Ich kann mir kaum vorstellen, dass der Alte das nicht bald bemerkt hätte. Aber wer weiß, Martin war nicht dumm.«

»Wissen Sie vielleicht, warum Herr Kostner seinen Sohn entlassen hat? Worum ging es denn bei dem Streit?«

Georg Burgis zuckte bedauernd mit den Schultern. »Auch da kann ich Ihnen leider nicht weiterhelfen. Wir wussten ja zunächst nicht mal, dass er Martin rausgeschmissen hat. Erst nach ein paar Tagen, als er nicht mehr auftauchte und Frau Motschenbacher erzählte, dass sein Büro ausgeräumt sei, habe ich beim Alten mal nachgefragt, was denn mit Martin los ist. Er ist mir fast ins Gesicht gesprungen und hat dann geknurrt: ›Der junge Mann wird sich in Zukunft woanders umschauen müssen.‹«

»Das klingt … interessant«, sagte Claudia Jung und machte sich eine weitere Notiz.

Werner schraubte sich von seinem Hocker und gab Herrn Burgis die Hand.

»Vielen Dank, Sie haben uns sehr geholfen. Und Sie wissen ja, wenn Ihnen noch irgendetwas einfällt …« Er gab ihm seine Karte.

Als sie aus der düsteren Werkstatt ins Freie traten, spiegelten sich in den Pfützen im Hof die ersten flüchtigen Sonnenstrahlen.

11

Benno verwünschte sich zum dreihundertsiebzigsten Mal an diesem Vormittag für seinen Satz mit der Zahnpastatube. Aber im Grunde wusste er genau, dass das nur der berühmte letzte Tropfen gewesen war. Hanna und er hatten sich in den letzten Monaten beinahe dauernd gestritten.

Nein, so auch wieder nicht. Immer, wenn sie etwas unternommen hatten, vertrugen sie sich prächtig. Sie hatten einfach Spaß an denselben Sachen, so unterschiedlich sie auch waren: Rockkonzerte und Poetry Slam im Morph Club oder im Jazzkeller, klassische Musik bei den Symphonikern, die Genießermesse in den Haas-Sälen mit regionalen Spezialitäten oder der Bauernmarkt am Samstag früh auf der Promenade, Radeln in den fast unberührten Tälern der Haßberge, Wandern zu Orchideen und Felsen in der Fränkischen Schweiz, eine Kanutour auf dem Obermain, Weineinkaufen am Steigerwaldrand, Künstlerfest in der Villa Concordia und, natürlich, »Auf-den-Keller-Gänge«. Kaum lassen die Temperaturen das Sitzen im Freien zu, geht der Bamberger fast zwanghaft »auf den Keller«, Biergärten über tiefen Felsenkellern, in denen die Fässer gelagert werden.

Wehmütig erinnerte sich Benno an die kleinen Auseinandersetzungen, die manchmal über die Frage entstanden waren, welchen der Keller in Bamberg und drum herum man nun besuchen wollte, und an die oft etwas heftigeren Diskussionen, wer denn mit dem Heimfahren dran sei. Ach, wenn Hanna nur zurückkäme, würde er bestimmt versprechen, in neunzig Prozent aller Fälle die Heimfahrt zu übernehmen; er wollte sowieso etwas weniger Bier trinken, denn es schmeckte zwar so gut – neun selbstständige Brauereien gab es noch in der Stadt und Hunderte im Umkreis, und fast alle Biersorten schmeckten nach mehr als einem Seidla –, aber es machte so dick.

Gemeinerweise konnte Hanna so viel trinken und essen, wie sie wollte, ohne dass man irgendetwas davon sah. Aber er legte sich im Sommer immer eine kleine Wampe zu. »So viel Sex kann man gar nicht treiben, um das wieder abzuarbeiten«, hatte Hanna mal gesagt und war in ihr rundes, buntes Lachen ausgebrochen. Und dann …

Benno rief sich innerlich zur Ordnung. Nein, gestritten hatten sie eigentlich fast immer nur zu Hause, um lächerliche Kleinigkeiten. Seine Wohnung war für zwei Individualisten halt doch etwas zu klein. Vielleicht, wenn sie beide ein eigenes Arbeitszimmer hätten oder zumindest Hanna, wo sie so viel Unordnung machen konnte, wie sie wollte. Aber wo sollte man in Bamberg schon eine Vier-Zimmer-Wohnung herkriegen, die man auch noch bezahlen konnte? Bamberg war zwar keine Boom-City, wurde aber als Wohnort zunehmend beliebter, für Leute, die hier arbeiteten ebenso wie für solche, die hier ihren Lebensabend verbringen wollten, und dazu kam auch noch die wachsende Zahl der Studenten. Bezahlbarer, ja selbst teurer Wohnraum war deshalb extrem knapp. Und was sollte werden, wenn sie mal Kinder …? Ein Haus mit Garten wäre … Er musste sich unbedingt mal wieder erkundigen, wie weit sein Bausparvertrag …

Das Telefon klingelte. Es war Frau Schnelein, die Sozialarbeiterin aus dem Gefängnis, eine überaus nette, vernünftige Person, wie er fand. Sie erzählte ihm von ihrem Projekt, der Gefängnis-Schreibwerkstatt, das er ja schon kenne, und wie erfolgreich es sei und dass sie es jetzt erweitern wolle und mit der VHS eine Vortragsreihe …

Wahrscheinlich ist es aussichtslos, eine passende Wohnung oder ein Haus über einen Makler oder das Internet zu finden; die interessanten Sachen gehen sicher unter der Hand weg, dachte Benno und rieb sich die Nase. Ich sollte mal den Hans anrufen; der kommt doch als Heimatpfleger in Hunderte von Häusern. Hanna würde es bestimmt freuen, ein Denkmal herzurichten.

»… bereit, einen solchen Vortrag zu halten?«, drang Frau Schneleins Frage wieder bis in sein Bewusstsein vor.

»Oh ja. Ja, natürlich«, antwortete Benno verlegen, weil er

nicht mitbekommen hatte, welchen Vortrag Frau Schnelein wohl von ihm erwartete. Er konnte sie das ja wohl nicht fragen, wenn sie gerade … Dann kam ihm eine Idee. »Vielleicht schicken Sie mir einfach eine E-Mail, in der Sie die Einzelheiten nochmals erläutern. Ich brauche so eine schriftliche Anfrage ja auch als Vorlage für den Herrn Generalstaatsanwalt, der das genehmigen muss.«

»Ja, gut, das kann ich machen«, sagte Frau Schnelein zurückhaltend; sie hatte wohl mehr Begeisterung erwartet. »Aber dann habe ich noch eine Frage. Es geht um den Gefangenen Hans Kromm. Die Anstaltsleitung meinte, ich solle mich vorsichtshalber bei Ihnen erkundigen. Da war heute früh …«

Benno kramte ein bisschen in seinem Gedächtnis, dann fiel ihm wieder ein: Hans Kromm, Versicherungsbetrug, Verhandlung vor ungefähr einem halben Jahr, älterer, untersetzter Mann mit tief zerfurchtem Gesicht und stark sächsischem Akzent.

»… Besucherin. Und jetzt ist Herr Kromm ganz aufgeregt und will unbedingt mit seiner Frau telefonieren. Können wir ihm das gestatten?«

»Ich denke schon«, sagte Benno. »Der Mann war ja sozial gut integriert. Da habe ich keine Bedenken.«

»Gut. Dann faxe ich Ihnen das Gesuch gleich rüber. Wenn Sie es mir bitte unterschrieben zurückfaxen könnten?«

Na, das ist wirklich ungewöhnlich, dachte Benno, als er den Telefonhörer auflegte. Er war drauf und dran, zurückzurufen und sich die Sache eingehender erläutern zu lassen. Doch dann verdrängte er das ungute Gefühl, das er im Nacken spürte, und wandte sich aufseufzend wieder seinen Akten zu.

Eine Viertelstunde später zeichnete er ein Haus mit Garten und begann zu rechnen. Sein Gehalt als Staatsanwalt und demnächst wohl Richter war zwar sicher, aber nicht üppig, und Hannas Einkünfte waren unsicher und erst recht nicht üppig. Allerdings – wenn sie ihr Häuschen verkaufen würde … Aber daran wollte er gar nicht denken.

Er hatte schon viele Blümchen und Bäumchen in seinen Garten gemalt, bis er das Wissen wieder zulassen konnte, dass er seine Rechnungen ja ohne Wirtin machte, dass Hanna gegangen war und ihn alleingelassen hatte und dass er überhaupt nicht wusste, wie es weitergehen sollte. Und dass er jetzt zu spät zu seinem nächsten Termin kommen würde.

12

1948 ging Franz Novak zur Polizei. 1945 war sein Vater gestorben, und Franz hatte, um Geld zu verdienen, als Waldarbeiter angefangen. Doch die Aussicht auf besseren Verdienst, eine Uniform und eine höhere soziale Stellung und der Wunsch, auch offiziell eine Waffe tragen zu können, veranlassten ihn, sich bei der Polizei zu bewerben. Und außerdem wollte er anfangs wohl auch beim Aufbau dieses neuen Staates mitwirken, der so anders sein sollte als das untergegangene Dritte Reich: friedlich und gerecht, demokratisch, antimilitaristisch und sozialistisch, in dem die Klassenunterschiede beseitigt und alle Menschen gleich sein sollten. Auf seinen Antrag hin wurde er 1948 in die SED aufgenommen, die Sozialistische Einheitspartei Deutschlands, die 1946 auf Druck der Sowjets entstandene und später allmächtige Staatspartei in der DDR.

Kunigunde betrachtete das einzige Foto des jungen Franz Novak, das sie hatte finden können: mit bloßem Oberkörper auf eine lange Axt gestützt, mit dichtem hellen Haar, offenem Blick und einem schelmischen Lächeln – ein wirklich gut aussehender Bursche, dachte sie. Dann las sie weiter.

1948 wurden in der sowjetischen Besatzungszone (SBZ) Polizisten händeringend gesucht. Nach dem Zweiten Weltkrieg waren die Deutschen ein Volk von Entwurzelten: aus der überheblichen Sicherheit ihrer Weltanschauung gestürzt, aus der Heimat vertrieben, vom Krieg traumatisiert, durch Bombenruinen irrend und hungrig. Die Sicherheitslage nahm katastrophale Ausmaße an: Diebstahl, Schwarzhandel und Schmuggel waren an der Tagesordnung, von schlimmeren Verbrechen ganz zu schweigen – Vergewaltigung, Raub, Mord. Ein Menschenleben wog damals nicht viel.

Schon 1945 stellte die Sowjetische Militäradministration in

Deutschland (SMAD) für ihre Besatzungszone eine erste Polizeiformation auf, die versuchen sollte, des Chaos irgendwie Herr zu werden. Doch die etwa viertausend Mann waren für diese Sisyphusarbeit viel zu wenige und auch noch schlecht gerüstet – ohne Uniformen und Waffen und angewiesen auf die Dorfbürgermeister, die sie verpflegen und unterbringen mussten. Völlig überfordert aber waren sie vor allem mit der Aufgabe, nach der Sperrung der Zonengrenze zwischen der Sowjetischen Besatzungszone und den drei Westzonen am 30.6.1946 die massenhaften illegalen Grenzübertritte zu verhindern.

Deswegen wurde am 1.12.1946 auf Befehl der SMAD die »Deutsche Grenzpolizei« gegründet. Zunächst waren es zweitausendfünfhundert Mann, die die eintausenddreihundertfünfzig Kilometer lange »Demarkationslinie« überwachen sollten. Das konnte nicht funktionieren. Bis 1947 passierten die meisten Menschen die Grenze ohne Erlaubnis, überwiegend von Ost nach West, wo sie dann blieben. Das wollten die Machthaber in der DDR jedoch unbedingt unterbinden. Deshalb wurden die Planstellen bei der Grenzpolizei ständig erhöht – von den anfänglichen zweitausendfünfhundert bis auf zweiundfünfzigtausend im Jahr 1962. Diese Sollzahlen wurden jedoch niemals erreicht. Von Anfang an – bis zur Einführung der allgemeinen Wehrpflicht 1962 – bestanden erhebliche Rekrutierungsprobleme. Nach dem gerade überstandenen Krieg waren nur wenige Männer bereit, erneut »Dienst mit der Waffe« zu übernehmen. Dazu kamen zunächst strenge Auswahlkriterien: Es durften weder ehemalige Mitglieder der NSDAP noch Berufsoffiziere der Wehrmacht eingestellt werden. Besonders im Grenzdienst sollten nur politisch zuverlässige Polizisten eingesetzt werden.

Erwünscht waren *gefestigte sozialistische Persönlichkeiten mit Klassenbewusstsein und revolutionärer Wachsamkeit*, die die Grenze aus ideologischer Überzeugung gegen den westlichen Klassenfeind bewachen wollten. Doch solche Idealgestalten waren selten. Die meisten gingen zur Grenzpolizei, weil das Essen gesichert und die Bezahlung nicht schlecht war oder weil sie keine andere Arbeit bekamen. Das drückte sich auch im Bildungsniveau der Truppen aus; noch 1956 hatten fünfundzwanzig Prozent der Mannschaften und sogar acht Prozent der Unteroffiziere gar keinen Schulabschluss, und nur null Komma vier Prozent der Offiziere hatten eine Hochschule besucht. Außerdem gab es erhebliche Probleme mit der Disziplin; die Zahl der Desertionen war hoch. Allein im Jahr 1949 flohen dreihundertsechs Grenzer in den Westen.

Die Partei startete umfangreiche Werbekampagnen, die in den Schulen und der allgegenwärtigen Jugendorganisation der »Freien Deutschen Jugend« (FDJ) erheblichen Druck auf die jungen Männer ausübten, sich für die Volkspolizei oder deren Unterabteilung Grenzpolizei zu verpflichten. Kriegsgefangene in sowjetischen Lagern wurden vor die Alternative gestellt, im Lager zu verbleiben oder als Grenzpolizisten heimkehren zu dürfen. Und dennoch konnten nicht genug Personen angeworben werden.

Vor diesem Hintergrund war einer wie Franz Novak trotz seiner dürftigen Ausbildung hochwillkommen – einen Arbeiter ohne Westkontakte, der freiwillig und überzeugt mitmachen wollte, nahm man sofort, und er hatte gute Karrierechancen. Nach einer kurzen Grundausbildung wurde er als Grenzposten zu Hause in Willersdorf eingesetzt, um bald auf alle möglichen Fortbildungslehrgänge geschickt zu werden, schließlich sogar auf die Politoffiziersschule in Berlin-Treptow. Auf jede Ausbildung folgte eine Beförderung, vom Volkspolizeiwachtmeister bis zum Leutnant.

Auch Hans Kromm, Franz Novaks Jugendfreund, hatte sich bei der Polizei beworben; gelegentlich hatten sie an denselben Lehrgängen teilgenommen, auch wenn Kromm nicht so schnell aufgestiegen war wie sein Freund.

In dieser Zeit muss sich eine Begebenheit abgespielt haben, die Hans Kromm Jahrzehnte später der Studentin Julia Mai bei ihrem Gespräch im Gefängnis schilderte.

SKIZZE 2 VON JULIA MAI NACH DEM BERICHT VON HANS KROMM

Die Zigarettenkippe war längst erloschen, doch Hans presste sie immer tiefer in den feuchten Boden. Er starrte auf seine sich windende Schuhspitze, doch er hätte genauso gut durch das Fenster in den hellen Saal schauen können, denn das Bild brannte in seinen Augen: Franz, der mit Sonja über die Tanzfläche wirbelte. Franz war ein guter Tänzer, begabt wie für so vieles, er war immer der Beste im Sport, ein leidenschaftlicher Jäger, der beim Schießen alle Pokale gewann und keinerlei Probleme mit Frauen hatte. Er sah sie an mit seinem selbstbewusst-fröhlichen Lachen, machte ein paar witzige Bemerkungen, und schon hatte er sie in der Tasche. Wenn Hans das versuchte, klang sein Lachen albern, und die Mädchen lächelten bestenfalls mitleidig. Sie schienen nie zu bemerken, dass für Franz immer nur er selbst im Mittelpunkt stand, und – das war vielleicht das Geheimnis seines Erfolgs – auch Franz selbst schien das nie zu bemerken. Dabei war er ein treuer Freund; er nahm Hans überallhin mit, erzählte ihm alles, behandelte ihn stets als fast ebenbürtig. »Wir sind doch Blutsbrüder.« Aber es gelang Hans nie, aus seinem Schatten zu treten.

Außer jetzt bei Sonja: Franz war wieder einmal ein paar Monate auf einem Sonderlehrgang gewesen, und Hans hatte seinen Urlaub zu Haus in ihrem Dorf verbracht. Sonja war am Dorfplatz aus dem Bus gestiegen, als Hans gerade vorbeikam, und Hans hatte ihr den Koffer nach Haus getragen. Sie war lange von zu Haus fort gewesen, zur Arbeit in der Kreisstadt. Jetzt kam sie zurück auf den Bauernhof ihrer Eltern, weil sie eine Stelle in der örtlichen Zigarrenfabrik gefunden hatte. Und am Sonntag hatten sie einen Spaziergang durch die Felder gemacht, und Hans hatte ihr einen Strauß Kornblumen gepflückt und gewagt, die Farbe mit ihren Augen zu vergleichen. Sonja hatte den Strauß in ihr Fenster gestellt, wie Hans beim Vorbeiradeln feststellte, und das machte ihn glücklich wie schon lange nichts mehr.

Und dann war Franz nach Hause gekommen, und Sonja hatte Hans gebeten, ihn ihr vorzustellen.

Blutsbrüder!

1949 heiratete Franz Novak Sonja Bauer, und nach sechs Monaten kam ihre Tochter Lotte zur Welt. Als Politoffizier wurde Franz Novak in verschiedenen Grenzkommandos eingesetzt, bis er 1953 auf eigenen Wunsch wieder nach Willersdorf versetzt wurde. Inzwischen hatte sich die Welt um ihn herum erheblich verändert. 1949 waren die Bundesrepublik Deutschland (BRD) und die Deutsche Demokratische Republik (DDR) gegründet worden, und die Kluft zwischen den beiden Teilen Deutschlands wurde ständig tiefer. Hunderttausende wurden beim Versuch, die Grenze zu passieren, abgefangen (im ersten Halbjahr 1949 allein eine Viertelmillion Menschen). Trotzdem kamen jeden Monat Hunderte durch. Die Machthaber in der DDR – die Sowjetische Kontrollkommission und die Staatspartei SED – reagierten darauf zunehmend paranoid. In Absprache mit Moskau ergriff die SED-Führung 1952 Maßnahmen, um aus der »Grünen Grenze« einen »Eisernen Vorhang« zu machen.

Am 15. Mai 1952 wurde die Deutsche Grenzpolizei zur strafferen Führung dem 1950 nach sowjetischem Vorbild gegründeten und bereits gefürchteten Ministerium für Staatsicherheit (MfS, Stasi, Geheimdienst) unterstellt. Bereits zwölf Tage später, am 27.5.1952, erließ das MfS eine Polizeiverordnung über die *Einführung einer besonderen Ordnung an der Demarkationslinie*. Paragraf 1 lautete: *Die entlang der Demarkationslinie [Dl] zwischen der Deutschen Demokratischen Republik und Westdeutschland festgelegte Sperrzone umfasst einen 10 m breiten Kontrollstreifen unmittelbar an der Dl* [der umgepflügt wurde], *anschließend einen etwa 500 m breiten Schutzstreifen* [in dem aller Baum- und Buschbewuchs zu beseitigen war] *und dann eine etwa 5 km breite Sperrzone.* Paragraf 4: *Das Überschreiten des 10-m-Kontrollstreifens ist für alle Personen verboten. Personen, die versuchen, den Kontrollstreifen in Richtung der Deutschen Demokratischen Republik oder Westdeutschland zu überschreiten, werden von den Grenzkontrollstreifen festgenommen. Bei Nichtbefolgung der Anordnungen der Grenzstreife wird von der Waffe Gebrauch gemacht.*

Am 5. Juni 1952 begann die »Aktion Ungeziefer«, die hier etwas ausführlicher geschildert wird, weil sie offenbar bei Franz Novak ebenso wie bei vielen DDR-Bürgern die innere Entfremdung zum bis dahin akzeptierten oder auch bewunderten System auslöste. Mit der »Aktion Ungeziefer« wurden alle Bewohner der Fünf-Kilometer-Sperrzone zwangsevakuiert, die als *negative und politisch unzuverlässige Elemente* gewertet wurden. Dazu gehörten auch alteingesessene Bauern, die nicht in die LPGs eintreten wollten, Leute, die in der Kirche aktiv waren, oder solche, die der örtliche SED-Funktionär nicht leiden konnte. Die *Säuberungen* erfolgten geheim und schnell; sie sollten innerhalb von zehn Tagen abgeschlossen sein. Unter Androhung von Gewalt mussten die völlig unvorbereiteten Menschen ihre Häuser innerhalb von wenigen Stunden verlassen. Es gab keine Gerichtsbeschlüsse oder schriftlichen Begründungen und keine Möglichkeit, sich zu wehren. In den betroffenen Gemeinden – die, in denen die Zwangsevakuierungen durchgeführt, und die, in denen die Ausgesiedelten untergebracht wurden – verbreitete man das Gerücht, es handle sich um *kriminelle Staatsfeinde*. Die Vertreibung und Diskriminierung betraf fast zehntausend DDR-Bürger; Tausende flohen, zum Teil ganze Dorfgemeinschaften.

Die Opfer, aber auch viele der »Helfer« wurden tief traumatisiert. In den Unterlagen zu Franz Novak fand sich ein Brief, den ein befreundeter Betriebsleiter ihm geschrieben hatte und der später von der Stasi beschlagnahmt worden war. Darin berichtet der Mann, dass er von der SED-Stadtleitung als »Helfer« mit dreihundert anderen eines Abends in einen Saal befohlen und ohne Mitteilung, worum es gehe, mit Lkws nach Hildburghausen gebracht wurde. Dort wurde ihnen gegen vier Uhr morgens gesagt: *Aus dem Grenzgebiet müssen Staatsfeinde, Grenzgänger, minderwertige Subjekte evakuiert werden. Ihre Aufgabe ist es, die Möbel zu transportieren. Es ist Ihnen verboten, mit dem verbrecherischen Gesindel zu reden.* Ein Polizist und ein ortskundiger Führer fuhren drei der »Helfer« zu einer Gaststätte, aus der die Besitzerfamilie vertrieben wurde: die schluchzende Frau mit zwei weinenden kleinen Kindern, der Großvater, der mit Selbstmord drohte, und der Ehemann, der wegen seiner Weigerung, das Haus zu verlassen, brutal zusammengeschlagen wurde. Schließlich verließ der Lkw mit den aufgeladenen Möbeln und Menschen das Dorf. *Niemals werde ich die Gesichter der Menschen vergessen, die beiderseits der Straße mit Heugabeln, Hacken und Äxten standen. Finstere, wütende Gesichter und Drohgebärden. Wir »Helfer«, nun zusammen in einem Lkw, schwiegen, alle fix und fertig. Ich kann mich nicht erinnern, je etwas so Brutales gesehen zu haben, nicht einmal im Krieg. Zu Hause habe ich zu meiner Frau gesagt: »Jetzt haben sie mir den Sozialismus ausgedroschen.«*

Dass auch die Verantwortlichen der Aktion um das Unrecht ihres Tuns wussten, zeigt die Tatsache, dass die DDR-Presse das Ganze schlichtweg leugnete. Am 18. Juni 1952 verbreitete die DDR-Nachrichtenagentur ADN die Meldung: *Die Bevölkerung an der Demarkationslinie hat die Maßnahmen zur Verteidigung der demokratischen Errungenschaften des Volkes vor den Anschlägen feindlicher Elemente aus Westdeutschland mit großer Genugtuung aufgenommen. In letzter Zeit werden jedoch verleumderische Gerüchte in Umlauf gesetzt, wonach aus Ortschaften, die in dem Fünf-Kilometer-Streifen an der Dl liegen, eine Massenaussiedlung von Einwohnern durchgeführt werden soll. Die Haltlosigkeit und der feindselige Charakter dieser Gerüchte ist offensichtlich. Es sind keinerlei Aussiedlungen vorgesehen.* Zu diesem Zeitpunkt waren die Vertreibungen bereits durchgeführt.

Bei vielen Grenzpolizisten führten derartige Erlebnisse zu wachsender innerer Distanz zu dem Staat, dem sie dienen sollten. Dazu kamen die internen Probleme der Truppe: mangelnde Verpflegung, schlechte Ausrüstung und – aufgrund der Rekrutierungsprobleme – übermäßig lange Dienstzeiten. Täglich acht Stunden Grenzdienst plus zwei Stunden Ausbildung, dazu Polituntericht, zahlreiche Alarme und Sonderschichten führten dazu, dass die Männer kaum ausreichend Schlaf fanden und immer wieder im Dienst einschliefen, wofür sie dann bestraft wurden. Offiziell war die Verpflichtung zur Grenzpolizei noch immer freiwillig und auf drei Jahre begrenzt. Doch auch nach Ablauf der drei Jahre wurden viele (vierzig Prozent beispielsweise im Jahr 1959) zu einer Verlängerung genötigt, etwa mit der Verweigerung einer Anstellung oder mangelnden Aussichten auf Beförderung.

Besonders unangenehm aber stieß vielen Grenzpolizisten die

zunehmende Militarisierung auf, die völlig konträr zur offiziell verkündeten antimilitaristischen und pazifistischen Haltung der Regierung verlief. Für die SED-Führung war die Grenzpolizei ein wichtiger Posten in ihren Plänen für die verdeckte Aufrüstung. Schon im Oktober 1948 begann man, die »Grepos« (Grenzpolizisten) aus ihren lokalen Quartieren zu holen, wo sie enge Kontakte zur Grenzbevölkerung aufgebaut hatten, und sie *zur Festigung der Disziplin* zentral in Kasernen unterzubringen. Sowjetische Kommandeure übernahmen die militärische Ausbildung. Seit Oktober 1952 wurden die Dienstgrade der Polizei in militärische Dienstgradbezeichnungen umgewandelt; statt der bisherigen Polizeiuniformen gab es nun khakifarbene, militärische Uniformen nach sowjetischem Vorbild, die sehr unbeliebt waren. Einige Grenzpolizisten weigerten sich, sie anzunehmen. Ein Kamerad sagte zu Franz Novak: *»Das sind doch Russenuniformen. Nun haben sie uns so weit, wie sie uns haben wollten.«*

Kunigunde legte die Blätter beiseite. Ganz gefiel ihr der Übergang zu der von Hans Kromm geschilderten Szene noch nicht, obwohl sie sehr froh war, damit wenigstens einen kleinen Einblick in das Gefühlsleben ihrer »Helden« zu bekommen. Aber sie beschloss, nicht mehr an dem Text herumzubasteln; irgendwann musste sie ja auch mal fertig werden.

13

Die Wohnung war ein einziges Chaos. Schubladen und Schranktüren standen offen, Wäsche und Bücher lagen auf dem Boden, das Bettsofa reckte aufgekippt seine Sitzfläche zur Decke und ließ sich in den leeren Bauch sehen.

»Du guter Gott, wie schaut's denn da aus«, entfuhr es dem Hausmeister des großen Wohnblocks am Heumarkt, der Charly Baumanns Ein-Zimmer-Appartement für Werner Sinz und Claudia Jung aufgeschlossen hatte.

»Ich hatte Ihnen doch gesagt, Sie sollen draußen warten«, fauchte Werner den Mann an, während er seine Plastikhandschuhe anzog.

Herr Deller schnaufte empört auf.

»Es ist wegen der Spuren, Herr Deller«, sagte Claudia Jung mit begütigendem Lächeln. »Aber bleiben Sie bitte in der Nähe, wir brauchen Sie nachher noch. Wir haben ein paar Fragen zu Herrn Baumann.«

Mit beleidigter Miene zog sich Herr Deller zurück.

»Ist die Spurensicherung verständigt?«, fragte Claudia Jung.

»Hm, ich hab sie schon mal vorgewarnt. Sie kommen, sobald sie am Tatort fertig sind«, antwortete Werner. »Wir müssen ja jedenfalls checken, was von den Sachen Kostner gehörte.«

Er zog sein Handy aus der Tasche und fotografierte das Zimmer im Ganzen und dann die Details: ein Kleiderschrank, eine Kommode, ein Schreibtisch mit PC und Laptop, daneben ein Regal mit wenigen Büchern – Science-Fiction, amerikanische Krimis, Pornos – und ein paar Aktenordnern. Am Fußende der Bettnische lag ein größerer Haufen Kleider, der möglicherweise auf Kostners Aufenthalt hier zurückzuführen war.

Claudia Jung inspizierte die Küchenecke: Der Kühlschrank war leer bis auf ein Senfglas und eine Tube Mayonnaise, in dem einen Hängeschrank standen Teller, Tassen und Gläser, während der Schrank, der offenbar für die Vorräte bestimmt war, offen stand und geplündert aussah.

Dann ging sie hinüber zum Badezimmer und öffnete die Tür.

»Oh nein, schauen Sie sich das mal an, Kollege. So eine Sauerei!«, rief sie.

Die Toilette und die Wand daneben waren mit Kot beschmiert; es stank fürchterlich. Werner fotografierte von der Tür aus das Bad.

»Ach du meine Fresse! Wer hat sich denn da ausgetobt? Da wird sich die Spurensicherung aber freuen.«

»Ich finde, wir sollten die Spusi bitten, sofort zu kommen.«

»Genau! Sagen Sie denen, hier sei die Kacke am Dampfen«, witzelte Werner und freute sich über sein gelungenes Wortspiel. Er machte ein paar weitere Fotos.

Claudia Jungs Augenbrauen zogen sich zusammen, aber sie tippte nur schweigend eine Nummer in ihr Handy.

»Hallo, Frau Wedel, hier ist Claudia Jung. Ich bin mit Hauptkommissar Sinz gerade an einem Tatort, wo wir dringend die Spurensicherung brauchen. Heumarkt 7. Könnten Sie Herrn Trunk bitte ausrichten …? Ja, ich weiß, so schnell wie möglich halt. Danke.«

Sie folgte Werner zurück ins Wohnzimmer. »Das ist doch kein einfacher Einbruch, oder?«

»Nee, scheint mir auch so. Da hatte wohl jemand eine gehörige Wut.«

Werner beobachtete, wie Claudia Jung, sich langsam um die eigene Achse drehend, den Raum in sich aufzusaugen schien.

»Irgendetwas ist hier komisch«, murmelte sie. »Irgendetwas stimmt nicht.« Plötzlich zeigte sie auf die mitten im Raum stehende kleine Reisetasche. »Was tut die Tasche hier? Jemand, der in eine Wohnung einbricht, um dem Besitzer einen Denkzettel zu verpassen, hat doch keine Reisetasche dabei, wie? Oder er lässt sie nicht stehen.«

Sie holte sich einen Stuhl und schaute oben auf den Schrank. »Genau, wie ich dachte. Hier oben ist ein großer Abdruck im

Staub. Charly Baumann hat seine Reisetasche hier oben aufbewahrt. Mache ich auch so. Aber der Abdruck ist viel größer als das kleine Ding dort. Wahrscheinlich hat er die kleine in eine größere Tasche oder einen Koffer gesteckt. Und dieses größere Teil fehlt.«

»Hm!« Werner Sinz schaute Claudia Jung anerkennend an. »Also hat der Einbrecher etwas Großes aus der Wohnung weggeschleppt.«

»Ja, das könnte natürlich sein. Aber ich habe irgendwie den Eindruck, als ob ... Ich kann mich natürlich täuschen, aber ...« Claudia Jung zögerte.

»Aber was?«

»Schauen Sie sich mal die Wäsche hier am Boden vor der Kommode an, da ist keine einzige Unterhose dabei, auch in den Schubladen nicht. Und auch nur ein einzelnes altes T-Shirt. Und im Bierkasten unter der Spüle sind nur fünf leere Bierflaschen, und der Kühlschrank ist leer. Wo sind die restlichen Flaschen aus dem Kasten?«

»Worauf wollen Sie denn hinaus? Hat sich der Einbrecher hier an Unterhosen und Bier vergriffen?«

»Na ja, ich könnte mir vorstellen ... also vielleicht ist das Durcheinander hier auf zwei verschiedene Vorgänge zurückzuführen. Es könnte doch so gewesen sein: Zunächst einmal hat der Wohnungsbesitzer in aller Eile gepackt, dafür sprechen die verschwundene Reisetasche und die fehlende Unterwäsche, und im Bad stand, soweit ich sehen konnte, kein Rasierzeug oder Deo oder so. Und dann kam jemand, der ihn nicht mehr vorfand und der aus Wut darüber das restliche Chaos angerichtet hat, die rausgerissenen Bücher und so weiter und die Sauerei im Bad.«

»Hm!«, machte Werner wieder. »Ja, das klingt ... Lassen wir das zunächst mal so stehen. Also, wenn Ihre Theorie stimmt, hieße das: Charly Baumann ist auf und davon, in großer Eile. Und zufällig wurde gestern Nacht sein Freund ermordet. Komisch, nicht? Ich würde sagen, damit gehört er zu unseren Hauptverdächtigen. Wir müssen ihn zur Fahndung ausschreiben.«

»Ich traue mich jetzt mal, noch eine weitere Vermutung auszusprechen.« Claudia Jung ging hinüber in die Küchenecke. »Ich finde, es sieht so aus, als ob er auch Lebensmittel eingepackt hätte …«

»Ach ja, die fehlenden Bierflaschen.«

»Ja. Und auch hier im Schrank. Sehen Sie, das wirkt, als ob hier vor Kurzem noch allerlei Päckchen gestanden hätten. In Küchenschränken neben dem Herd bilden sich doch immer innerhalb kürzester Zeit so schmierige Ablagerungen. Und da sieht man Ränder. Und im Kühlschrank riecht es nach Käse und im Brotkasten nach Brot, obwohl beides nicht mehr da ist.«

»Wow!«, machte Werner. »Ich sage Ihnen hiermit eine große Zukunft als Kriminalistin voraus, meine Liebe.« Er lachte und klopfte Claudia Jung auf die Schulter. »Also, was schließen wir aus Ihren Beobachtungen? Dass Charly Baumann sich irgendwo verstecken will, wo er in nächster Zeit keine Lebensmittel kaufen kann?«

Er rieb sich nachdenklich das Kinn. Die Bartstoppeln, die er in der Eile heute früh nicht gründlich rasiert hatte, kratzten. »Die Frage ist, wo und warum versteckt er sich? Und wer ist der Saubeutel, der ihm nachstellt und hier seine Wohnung verwüstet hat? Ich denke, wir müssen zunächst mal so viel wie möglich über diesen Charly Baumann herausfinden. Wo bleibt denn nur die Spusi?«

Werner ging hinaus auf den Gang vor der Wohnungstür und sah sich nach Herrn Deller um. Der stand am Ende des Flurs und rauchte, weit aus dem Fenster gelehnt. Als Werner ihm von hinten auf die Schulter klopfte, fiel ihm vor Schreck fast die Zigarette aus der Hand.

Er drehte sich um und sagte verlegen: »Eigentlich ist Rauchen im Haus nicht erlaubt, aber ich …« Dann holte er eine Art Patronenhülse aus der Tasche seines grauen Kittels und drückte seine Zigarette darin aus.

»Herr Deller, was können Sie mir denn über Herrn Baumann erzählen?«, fragte Werner.

Herr Deller hatte sich von seinem Schreck erholt und versuchte, etwas von seiner Hausmeisterwürde zurückzugewinnen. Er verschanzte sich hinter einer distanziert-hoheitsvollen Miene.

»Ich spreche grundsätzlich nicht über meine Mieter.«

Claudia Jung trat neben Werner und lächelte. »Aber wir brauchen Ihre Hilfe. Herr Baumann ist verschwunden, und Sie haben ja selbst das Chaos in der Wohnung gesehen. Das bedeutet nichts Gutes. Vielleicht ist Herr Baumann in Gefahr. Aber damit wir etwas unternehmen können, müssen wir uns ein Bild von ihm machen. Was ist er für ein Mensch? Welche Gewohnheiten hat er? Als guter Hausmeister hat man doch ein Auge auf seine Mieter.«

Herr Deller wurde weich. Er nickte Claudia Jung zu.

»Er ist eigentlich ein ganz angenehmer Mieter. Ganz ordentlich. Hat immer seinen Müll ordentlich getrennt. Ich hab nachgesehen. Ordentlich getrennt. Doch! Da kann man nicht klagen.«

»Und es hat keine besonderen Vorkommnisse gegeben, etwas, das Ihnen aufgefallen wäre?«, fragte Werner.

»Nee, war immer alles in Ordnung. Bis vor ein paar Wochen dieser Freund bei ihm eingezogen ist. Ich habe Herrn Baumann gesagt, dass das so nicht geht, aber er hat gemeint, das wär doch nur für ein paar Tage, bis der Freund was anderes gefunden hat. Sind jetzt schon ein bisschen viele Tage, meine ich. Und seitdem: jede Menge Bierdosen. Und da waren auch welche im Restmüll! Das ist doch nicht in Ordnung!«

Werner zog das Foto von Martin Kostner, das Frau Kostner ihm gegeben hatte, aus der Tasche und zeigte es Herrn Deller.

»Ja, ja, das ist er. Ein unangenehmer Mensch. Unhöflich! Doch! Grüßt nicht. Und erst die Kerle, die ihn besucht haben! Denen möchte ich nicht im Dunkeln begegnen. Was ist denn los mit ihm?«

Werner nickte Claudia Jung zu, und sie sagte: »Leider wurde Herr Kostner gestern Nacht ermordet.«

Herr Deller wurde etwas blass um die Nase. »Das ist ja … oh Gott … was sagt man …«

»Deswegen sind wir hier. Und jetzt ist auch noch Herr Baumann verschwunden, wie es scheint. Also, wann haben Sie Herrn Baumann das letzte Mal gesehen?«, fragte Werner.

Herr Deller zögerte ein ganz klein wenig. »Das … das weiß ich nicht mehr.«

»Oh, das ist aber schade!« Werner sah den Hausmeister scharf an.

Der wich seinem Blick aus und antwortete unsicher: »Aber wieso denn …? Also ich meine, es war doch alles in Ordnung bis …«

In diesem Moment kam das Team von der Spurensicherung die Treppe herauf.

Werner begrüßte die beiden, und Claudia Jung sagte: »Ich zeige ihnen die Wohnung, und dann mache ich mich an die Befragung der Nachbarn.«

Werner wandte sich wieder Herrn Deller zu: »Können Sie sich vielleicht erinnern, wann Sie Herrn Kostner das letzte Mal sahen?«

Herr Deller rieb sich heftig den Hals. »Ja, das schon. Das war gestern Nachmittag so gegen fünf. Da ging er mit einer Zeitung unterm Arm da unten ins DaCaBo, in das Café hier im Haus.« Und nach einer kleinen Weile fügte er kleinlaut hinzu: »Ich weiß auch … ich erinnere mich jetzt wieder, wann ich Herrn Baumann gesehen habe. Das war gestern gegen Mitternacht. Aber ich will nicht, dass meine Frau das erfährt. Sie ist eine ordentliche Frau, doch. Aber ein Mann hat halt auch manchmal Bedürfnisse.«

»Heißt das, dass Sie gestern gegen Mitternacht noch einmal aus dem Haus gegangen sind?«

Herr Deller nickte, widerstrebend. »Ja, als meine Frau eingeschlafen war.«

»Und wenn sie aufgewacht wäre?«, konnte Werner sich nicht enthalten zu fragen.

»Die wacht nicht auf. Die nicht! Wenn die schläft, dann schläft sie. Und schnarcht!« Herr Deller seufzte.

Werner unterdrückte ein Schmunzeln. »Und wo haben Sie Herrn Baumann bei Ihrem Ausflug gesehen?«

»Das war in der Tiefgarage hier im Haus. Ich saß in meinen Auto und hab noch überlegt, ob ich wirklich … Da kam er zur Tür herein und hat sich nach allen Seiten umgesehen, und dann ist er zu seinem Auto gerannt und hat sein Gepäck in den Kofferraum geworfen und dann ab durch die Mitte.«

»Was hat er denn an Gepäck dabeigehabt?«

»So eine große Reisetasche und noch ein paar Plastikbeutel oder so.«

»Und er hat Sie nicht gesehen?«

»Ich glaube nicht. Mein Auto steht in so einer dunklen Ecke. Ist halt der Platz für den Hausmeister.«

»Und seitdem ist Herr Baumann nicht zurückgekommen?«

»Nicht, dass ich wüsste.«

Werner ging mit Herrn Deller in die Tiefgarage, um sich die Situation vor Ort anzusehen, aber es gab dort nichts Erkenntnisförderndes zu sehen, nur, dass Herrn Baumanns Stellplatz tatsächlich leer war. Werner gab Herrn Deller seine Karte und sagte: »Vielen Dank. Und wenn Ihnen noch etwas –«

Herr Deller unterbrach ihn: »Meinen Sie, Sie könnten … Damit meine Frau nicht … Wegen der Zeugenaussage und so …«

»Ich werde sehen, was ich machen kann. Aber jetzt müssen wir Herrn Baumann erst mal finden. Also, wenn er hier wieder auftauchen sollte, bitte rufen Sie mich an. Jederzeit.«

14

Noch immer keine Nachricht von Hanna. Langsam begann Kunigunde, sich Sorgen zu machen. Hanna hatte noch nie ihren Geburtstag vergessen. Irgendetwas stimmte da nicht. Sie würde Hanna jetzt anrufen und zum Essen einladen, auch auf die Gefahr hin, das Kind ganz furchtbar zu beschämen.

Kunigunde nahm ihr Handy vom Tisch und ging hinaus ins Treppenhaus des Staatsarchivs. Durch das Fenster sah man hinüber auf die große Spielwiese vor dem Archiv zwischen Hainstraße und Waldrand. Ihr fiel heute zum ersten Mal auf, dass die Wiese gut einen Meter unter dem Straßenniveau lag. Da hatte man wohl im 19. Jahrhundert, als man das gesamte Haingebiet für die Bebauung hochwasserfrei gemacht hatte, gewaltig aufgeschüttet. Was für eine fabelhafte technische Leistung!

Auf der Wiese war merkwürdig viel los. Zwei Polizeifahrzeuge standen drüben vor der Brücke über den Hollergraben, wo es zum König-Ludwig-Denkmal ging, und eine Menge Leute standen und gingen herum in einer für Hainspaziergänger untypisch geschäftigen Weise.

Kunigunde trat aus dem kühlen, hallenden Treppenhaus in den kleinen Vorgarten des Archivs. Es hatte aufgeklart, das Regengrau war aus den Wolken verschwunden, und sie begannen an einigen wenigen Stellen schon aufzureißen.

Endlich meldete sich Hanna.

»Hallo, Hanna«, sagte Kunigunde vorsichtig. »Ich wollte dich fragen …«

»Tante Kunigunde?« Hanna atmete keuchend ein. »Was für ein Tag ist heu…? Oh nein! Mist! Entschuldige, ich … Ach Tantchen, alles, alles Gute zu deinem Geburtstag. Bitte verzeih mir, ich …«

»Ist ja gut, Kind. So was kann doch mal passieren.«

»Nein, darf es nicht. Ach Gott, ich bin so ein Trottel! Ich …«

Kunigunde legte ihre Hand auf das schmiedeeiserne Vorgartentörchen; es fühlte sich rau und kratzig an, so wie Hanna sich anhörte.

»Komm, lass gut sein! Aber … irgendetwas stimmt doch nicht mir dir. Was ist los, hm?«

»Ach, heute ist ein Scheißtag. Vorhin kam Tanja heulend hier an, weil ihre Wohnung von irgendwelchen Drogenjunkies verwüstet wurde. Ich muss jetzt gleich mit ihr dorthin, damit die Polizei das aufnehmen kann, und allein traut sie sich nicht. Und eigentlich muss ich doch mein Seminar vorbereiten.« Hanna seufzte abgrundtief.

Kunigunde versuchte erst gar nicht, aus Hannas hastig hervorgesprudeltem Sermon klug zu werden. Sie spürte, dass das geschilderte Problem nur ein Teil der Wahrheit war und etwas Wichtiges verdeckte.

»Und deswegen hast du meinen Geburtstag vergessen? Was ist mit dir? Geht's dir nicht gut?«

»Wieso? Nein, mir …«

»Hanna, komm. Ich hör's doch.«

»Ich, also … na ja.« Hannas Stimme klang belegt, und es fiel ihr offenbar schwer, den nächsten Satz herauszubringen: »Ich … ich habe mich von Benno getrennt.«

»Oh!« Kunigunde schluckte. »Und warum? Habt ihr euch gestritten?«

»Mit Benno kannst du doch nicht streiten. Der steht immer nur da, wenn man was sagt, kriegt schwarze Ringe unter den Augen und ist dann tagelang so deprimiert, dass man ihn ständig päppeln und trösten und aufbauen muss. Nein, das nicht. Ich … ich hab's einfach nicht mehr ausgehalten.«

»Was hast du nicht mehr ausgehalten?«

»Ach, alles. Diese ständigen Regeln. Tu dies, mach das nicht. Leg die Decke zusammen, bevor du das Wohnzimmer verlässt, tu die Tassen in der Spülmaschine nur links oben hin und im Besteckkasten die Löffel links, Gabeln rechts, Messer in der Mitte und …« Hanna schnaufte wütend durch die Nase und stieß einen leicht hysterischen Laut aus.

»Und wie möchtest du dein Besteck denn haben? Durcheinander?«

Hanna fiel ihr ins Wort. »Und heute früh hat er mich angefaucht wegen der Scheißzahnpastatube, die ich zumachen sollte, und da bin ich …«

»Du hast deinen Mann verlassen, weil er gesagt hat, du sollst die Zahnpasta zumachen?«

»Er ist nicht mein Mann! Und überhaupt, darum geht es doch gar nicht. Ich hab mich nur so … so eingesperrt gefühlt. Wie zwischen lauter Verkehrszeichen. Und ständig beobachtet und beurteilt. ›Das hast du aber fein gemacht!‹ Ich hatte das Gefühl, ich krieg keine Luft mehr.«

»Ach so.« Kunigunde hörte die unterdrückten Tränen. Trotzdem sagte sie das Falsche: »Aber Benno tut doch alles für dich, er trägt dich doch …«

»Natürlich! Der wunderbare Benno! Dass du mir jetzt in den Rücken fällst, das ist so … Aber Benno war ja schon immer dein Liebling. Benno hier und Benno da! Aber ich will gar nicht auf Händen getragen werden, ich will einfach selber gehen, meinen Weg gehen.« Jetzt kamen die Tränen, laut und stoßweise.

»Ach Kindchen!«, seufzte Kunigunde.

Sie schob ihre Ungeduld beiseite. Sie hatte zwar nicht die geringste Lust auf Beziehungsprobleme, und der Abgabetermin ihrer Arbeit saß ihr schwarz und drohend im Nacken, aber hier schien Erste Hilfe dringend vonnöten. Sie musste mit Hanna reden, aber nicht am Handy. Ade, liebes Schinkenbrot mit Gürkchen und Apfel, das sie schnell im Stehen in der Garderobe des Staatsarchivs hatte essen wollen, um anschließend gleich weiterarbeiten zu können. Aber wenn die geliebte Nichte in Not war …

»Ich wollte dich eigentlich heute Abend schön zum Geburtstagsessen einladen, aber wenn du dich gleich mit mir treffen willst, können wir reden.«

»Danke, das ist lieb von dir.« Hanna klang verlegen. »Aber … aber ich hab Tanja versprochen, sie zu begleiten, und außerdem … Doch heute Abend essen gehen, das wäre wunderbar. Wo denn?«

Eigentlich hätte Kunigunde jetzt doch gern gewusst, was das für eine Geschichte mit Tanja war, aber das konnte ihr Hanna ja beim Essen erzählen, das sparte Zeit. »Magst du Thailändisch? Wie wär's mit dem Thai im Domgrund?«

»Ja, gern. Um sieben Uhr?«

»Sagen wir, halb acht. Ich habe auch noch eine Menge zu tun. Und heute Nachmittag hat sich die Christa zum Geburtstagskaffee angesagt. Das passt mir zwar wie ein Furunkel am Po, aber sie wäre so gekränkt gewesen.«

»Also, wenn's dir nicht passt mit heut Abend …«

»Ach Quatsch, natürlich passt's mir. Ich freu mich schon die ganze Zeit drauf, Kind.«

»Na gut, dann bis halb acht.«

Kunigunde schaltete ihr Handy aus und runzelte nachdenklich die Stirn. Hannas Reaktion machte sie stutzig. Vielleicht hätte sie darauf bestehen sollen, sie gleich zu treffen. Doch sie stellte mit kleinen Gewissensbissen fest, wie erleichtert sie war, dass Hanna ihren Vorschlag abgelehnt hatte. Seufzend ging sie zu ihrem Lesesaaltisch zurück, um an ihrem Text weiterzuarbeiten.

Als Franz Novak 1953 nach Willersdorf zurückkam, tat er das unter veränderten Vorzeichen. Er war jetzt Politkommissar und damit der zweite Mann neben dem Kompaniechef, zuständig für das gesamte Personal der Truppe, ihre politisch-moralische Ausbildung und Führung und ihre technische Ausrüstung. Das war schon eine ordentliche Karriere – vom armen Waldarbeiter zum Politkommissar. Er hatte nun eine Frau und ein Kind, die ihn liebten, ein Haus am Waldrand, ein gutes Einkommen und die Sympathie eines großen Teils der Dorfbevölkerung. »Er war der tonangebende Mann in Willersdorf«, wird später ein Zeuge sagen, »der König im Dorf.«

Den Gipfel seines Glücks erreichte er, als er einen Jagdschein bekam. Die Jagd und der Wald waren für ihn das Wichtigste in seinem Leben. Nach dem Verlust seiner Heimat in der Kindheit hatte er in den Willersdorfer Wäldern eine neue Heimat gefunden.

Dort kannte er jeden Weg, jeden Felsen, jedes Tal, jeden Bach, die Tiere und die Pflanzen. Ein paar verletzte Rehkitze brachte er mit nach Hause und zog sie dort auf; sie wurden die liebsten Spielkameraden seiner Tochter.

Mit großem Eifer ging er daran, ein Jagdkollektiv zu gründen: Zehn Männer unterschiedlichen Alters gehörten dazu, die beiden Revierförster und zwei Waldarbeiter, ein Maurer, ein Bäcker, ein paar alteingesessene Bauern. Dem kontrollierenden Stasi-Mitarbeiter fiel auf, dass dieser Personenkreis *jegliche politische Arbeit für unseren Staat ablehnt und sämtliche Angehörige aktive Verbindungen nach Westdeutschland unterhalten*. Doch Franz Novak kam gar nicht auf die Idee, auf solche Aspekte zu achten. Wichtig waren für die Mitglieder des Kollektivs allein die Begeisterung für die Jagd und Kenntnisse in jagdlichen Dingen.

Franz Novak wusste so viel darüber, dass er Schulungen für die anderen abhalten konnte. Das Kollektiv traf sich häufig, bei Franz Novak zu Hause oder – wenn er Dienst hatte – auch in seinen Diensträumen. Das waren aus Sicht der Partei die ersten dunklen Flecken auf Franz Novaks weißer Weste. Noch übler vermerkten die Parteivertreter jedoch seine Freundschaft mit dem Pfarrer von Willersdorf, den er wegen seiner großen Allgemeinbildung bewunderte. Naserümpfend wird im entsprechenden Stasi-Bericht vermerkt, *dass er zum Jahreswechsel 1954/55 in Willersdorf sogar die Kirchenklocken* (sic!) *läutete*.

Franz Novaks innere Distanz zur offiziellen Parteilinie wurde immer größer. Zunehmend wurden ihm die Parolen dieses angeblich freiheitlichen, friedliebenden und gerechten Staates suspekt. Er hatte keine Lust mehr, als Politoffizier die jungen Soldaten, die ihm anvertraut waren, mit diesem Geschwafel zu indoktrinieren. Anfang 1955 verunglückte er mit seinem Motorrad schwer, zog sich Knochenbrüche zu und blieb lange seiner Arbeit fern. Als er im Herbst wieder zum Dienst kam, bat er um seine Ablösung als Politoffizier und um Versetzung zum sogenannten operativen Dienst. Er gab an, er sei in die Ausbildung zum Politoffizier nur so *hineingerutscht und habe noch nie Lust und Laune dazu verspürt*. Doch die Reaktion auf seinen Antrag ließ auf sich warten. Franz

Novak löste sein Dilemma dadurch, dass er sich vorbildlich um die technische Ausrüstung, die Wagen und die Waffen, kümmerte und um die anfallenden Personalangelegenheiten der Soldaten, aber kaum noch um die politische Ausbildung. Sofort nach Dienstschluss verschwand er im Wald; oft schlief er auch draußen, angeblich *um sich abzuhärten und den Soldaten ein Beispiel zu geben*.

Aber es war eine Flucht, denn auch im privaten Bereich hatte die heile Welt des Franz Novak zu bröckeln begonnen. Für Sonja war Franz ihr Ein und Alles. Auch Franz Novak liebte seine Frau, gewiss, aber das hinderte ihn nicht daran, verschiedene Liebschaften zu haben, wie man das damals nannte.

Der charmante, witzige Mann, der im Gegensatz zu seinen Kameraden nicht rauchte und kaum trank, gefiel den Frauen. Eine Zeugin aus Willersdorf beschrieb das so: »Er sah ja auch toll aus auf seinem Motorrad, braun gebrannt, durchtrainiert, mit so einem selbstbewussten Glitzern in den Augen ... Er roch nach Wald und Unabhängigkeit. Die Frauen machten es ihm leicht, und das tat ihm nicht gut.«

Schließlich wurde eine seiner Geliebten schwanger. Franz Novak bedrängte sie, das Kind abtreiben zu lassen, aber sie lief ihm davon, nach Leipzig. Dort kam im Herbst 1957 ihr Kind zur Welt. Also musste er Alimente zahlen und seiner Frau, die genau auf seine Einkünfte achtete, davon erzählen. Sie machte ihm fürchterliche Szenen.

In dieser Zeit muss die dritte Szene spielen, die Hans Kromm der Studentin Julia Mai im Gefängnis erzählt hat. Kromm war als Innendienstleiter nach Willersdorf versetzt worden. Novak lud ihn häufig zu sich nach Hause ein und nahm ihn oft mit auf die Jagd. So war das auch an jenem Tag geplant, den die Szene beschreibt.

SKIZZE 3 VON JULIA MAI NACH DEM BERICHT VON HANS KROMM

»Ist Franz nicht da? Wir wollten unseren Jagdausflug besprechen.«

»Komm doch erst mal rein. Magst du eine Tasse Kaffee?«

Sonja hatte ihre kleine Tochter auf der Hüfte sitzen und sah auch mit Schürze und verstrubbelten Haaren hinreißend aus. Sie setzte die Kleine in der Küche auf den Boden und holte die Kaffeekanne vom Herd.

»Franz ist heute früh weggefahren. Eine geheime Lagebesprechung, hat er gesagt. Er kommt erst morgen Abend zurück.«

Was für eine geheime Lagebesprechung?, dachte Hans. Davon hatte er gar nichts gehört. Und dazu sollten sie ausgerechnet Franz einladen, der wegen seiner kritischen Haltung von der Partei zunehmend distanziert behandelt wurde? Die kleine Lotte kam auf ihn zugekrabbelt, hangelte sich an seinem Stiefel empor und strahlte ihn an. Er hob sie auf seine Knie, vorsichtig, um dieses zarte Geschöpfchen nicht zu verletzen. Seine Hand schmiegte sich um den kleinen Kopf mit den hellen, dünnen Löckchen. Das vertrauensvolle Lächeln des Kindes zerriss ihm das Herz. Er hätte sich so innig wie nichts sonst auf der Welt gewünscht, dass sie sein Kind wäre, sein Töchterchen, ihr Lächeln glich so sehr dem der Mutter. Und wo war Franz?

In der Umkleidekabine der Sporthalle traf er Franz zwei Tage später.

»Was war das für eine geheime Lagebesprechung, auf der du die letzten Tage warst?«

Es war das erste Mal, dass Hans seinen Freund verlegen sah, für einen kurzen Moment. Dann drehte Franz sich weg und sagte hastig: »Tut mir leid, dass wir unseren Ausflug verschieben mussten. Wir holen das nach.«

Er sperrte seinen Spind ab und wollte gehen.

Aber Hans hielt ihn am Arm fest und stieß hervor: »Betrügst du Sonja?«

Seine Stimme war heiser vor Zorn.

Doch Franz machte sich los und lachte bemüht. »Sei doch kein Frosch. Wir sind doch Männer, oder?«

Damit verschwand er in der Sporthalle.

Erst als seine Hand zu bluten begann, hörte Hans auf, gegen die Metalltür von Franzens Spind zu schlagen.

Franz Novak war sich im Lauf der Zeit seiner Wirkung auf Menschen immer deutlicher bewusst geworden. Er begann, eine Art von Arroganz zu entwickeln, die vor allem seinen Vorgesetzten und den Parteivertretern zunehmend missfiel. Er wurde herrisch und ungeduldig. Kritik an seiner Person konnte er überhaupt nicht akzeptieren. In fast allen späteren Zeugenaussagen über ihn tauchten diese drei Eigenschaften auf: überheblich, herrisch, uneinsichtig.

Besonders problematisch war sein Verhältnis zu dem Parteisekretär, der seit 1955 die SED im Dorf vertrat. Peter Gruber war einer jener engstirnigen Eiferer, die gefährlich werden, wenn sie Macht bekommen, und die die wichtigste Stütze totalitärer Systeme sind. Die beiden Männer konnten sich vom ersten Moment an nicht ausstehen. Die Konfrontation eskalierte zum Kampf um die Macht in Willersdorf.

Noch hatte Franz Novak die Nase vorn. Gruber beschreibt das in seinem Bericht über Novak so: *In Versammlungen, in denen Novak das Wort ergriff, wurde ihm stets seitens der Bevölkerung beigepflichtet. Aufgrund seiner Redegewandtheit fühlte ich mich ihm oft unterlegen.*

Umso eifriger beobachtete Gruber Franz Novaks *unparteimäßiges Verhalten*: dass er die Einwohnerversammlungen nicht regelmäßig besuche, dass er mit dem Pfarrer verkehre, dass er eine Platte mit dem Lied vom Wildschütz *Gennerwein* (sic!), die er von seiner Schwester aus Österreich geschickt bekommen habe, laut auf der Dienststelle abspiele, dass er nur ein Paar Stiefel habe, die er bis zum Auseinanderfallen trage, weil es ihm nicht einfalle, sich Kleidung, die er im Polizeidienst tragen müsse, selbst zu kaufen, dass er auf seinen Patrouillengängen entlang der Grenze das falsche Gewehr mitnehme, um gleich nach Dienstschluss zur Jagd gehen zu können, dass er sich mit den bayerischen Grenzern über den Zaun hinweg unterhalte und gut verstehe. All das zeuge davon, *dass er nicht klassenverbunden und losgelöst von den Massen* sei.

Die Auseinandersetzungen häuften sich, vor allem als Gruber durch weitere stramme Parteigenossen verstärkt wurde, den neuen Bürgermeister und die beiden Lehrer. Franz Novak ertrug hierarchische Strukturen immer weniger, und außerdem hatte er insgesamt eigentlich keine Lust mehr auf die Polizeiarbeit. Er wünschte sich irgendeine Arbeit, die mit dem Wald und der Jagd zu tun hatte.

Aber seine militärischen Vorgesetzten wollten den fähigen jungen Mann angesichts ihrer erheblichen Rekrutierungsprobleme für den Dienst an der Grenze nicht gehen lassen. Anstelle von Ausstieg boten sie ihm Aufstieg an: Besuch der begehrten Offiziersschule in Sondershausen mit der Aussicht, anschließend als Kompanieführer in Willersdorf eingesetzt zu werden.

Keine Wandzeitungen mehr, kein Politgeschwafel. Und als Kompanieführer hätte er eine Stellung, in der ihn die Parteigrößen vor Ort am A... lecken könnten. So scheint Franz Novak gedacht zu haben, als er das Angebot annahm, und leider hat er es später auch laut gesagt.

Er absolvierte die Ausbildung mit Leichtigkeit und beendete sie mit einem sehr guten Staatsexamen. Zum Abschluss des Lehrgangs kam es zu einer bezeichnenden Szene: Eigentlich hätte er in einer feierlichen Zeremonie als vorbildlicher Offizier ausgezeichnet werden sollen. Vorher aber hätte er wie die anderen Teilnehmer des Lehrgangs ein Dokument unterzeichnen sollen, in dem sie sich verpflichteten, *so lange Dienst in den bewaffneten Organen zu versehen, wie es die Partei für erforderlich hält*.

Alle unterschrieben, nur Franz Novak nicht, mit der *fadenscheinigen, unparteimäßigen Begründung, er könne dies nicht*. Daraufhin bekam er keine Ehrenurkunde und wurde lediglich zum Oberleutnant befördert. Das erboste ihn so, dass er sich zunächst weigerte, die neuen Dienstgradabzeichen anzulegen. Erst auf Befehl seines Vorgesetzten zog er die Uniform an.

Im April 1957 kehrte er als Kompanieführer nach Willersdorf zurück. Von da an bezeichnen ihn die Akten der Stasi als *auffällig*. Immer wieder musste er sich wegen *dienstwidrigen Verhaltens* der Kritik der zuständigen Parteikontrollkommission stellen, zum Beispiel als er im Dezember 1957 einen westdeutschen Bürger ohne Genehmigung ins Grenzgebiet einreisen ließ oder weil er *seine Leute nicht scharf genug macht.*

Zum Eklat kam es am 17. Juni 1958, dem fünften Jahrestag des Aufstands von 1953. Dieser Aufstand gegen das Regime, der sich damals von Berlin aus rasch über das ganze Land verbreitet hatte und bei dem dreihundertdreiundachtzig Menschen während der Demonstrationen getötet, über fünftausend verhaftet und fast einhundert Personen standrechtlich erschossen worden waren (darunter siebzehn sowjetische Soldaten, die sich geweigert hatten, auf die deutschen Arbeiter zu schießen), war nach wie vor ein Trauma für die DDR-Oberen. Da die Niederschlagung dieses Aufstands im Westen so viel Empörung verursacht hatte, fürchteten sie *Grenzprovokationen* zum Jahrestag und ordneten verstärkte Grenzkontrollen an.

Doch Franz Novak glaubte, es besser zu wissen. Er hatte ja mit den bayerischen Grenzern gesprochen. Er setzte die Befehle nur teilweise um, holte zum Beispiel die privaten Grenzpolizeihelfer nicht von den Wiesen, wo sie Heu machten, an die Grenze. Doch er selbst war den ganzen Tag draußen auf Postenkontrolle, und als er um zehn Uhr abends auf die Dienststelle zurückkam, saßen da zwei Kontrolleure der Grenzabteilung. Sie kritisierten seine Maßnahmen und unterstellten ihm, er sei wohl auf der Jagd gewesen. Da zog er seinen Uniformrock aus, warf ihn auf den Tisch und schrie, sodass alle es hören konnten: *»Nun reicht's mir aber. Dieses Genöle habe ich jetzt satt. Ich betrachte mich als entlassen. Bitte machen Sie mit mir, was Sie wollen.«*

Sofort wurde ein Parteiverfahren gegen ihn in Gang gesetzt; am 29.7.1958 musste er sich vor der Parteikontrollkommission verantworten. Er entschuldigte sich und versuchte zu erklären, wie es so weit hatte kommen können, aber er hatte von vornherein keine Chance.

Er wurde aus der Partei ausgeschlossen und zum Feldwebel degradiert. Am 31.10.1958 wurde er aus der Grenzpolizei entlassen. Das alles hätte er hingenommen. Was ihn aber zutiefst traf, weil er es als absolut ungerecht empfand, war der Entzug seines Jagdscheins; damit konnte er sich bis zum Schluss nicht abfinden.

Nach seiner Entlassung musste er auf Arbeitssuche gehen. Doch jetzt saßen die Genossen am längeren Hebel. Mit *höhnischem Grinsen* bedeuteten sie ihm, für ihn hätten sie keine Arbeit. Diese Demütigung konnte sein Stolz nicht ertragen; er entschloss sich zur Flucht in den Westen. Es war so etwas wie eine Trotzreaktion. Eigentlich wollte er nicht fort von zu Hause, von seinem Dorf und seinen Wäldern. Aber wenn »die« nicht in der Lage waren, seine Qualitäten zu schätzen, und ihm sogar seinen Jagdschein wegnahmen, dann würde er seine Fähigkeiten eben *»dem Feind«* zur Verfügung stellen.

In der Nacht vom 14. auf den 15.11.1958 floh er. Er ging fünf Mal hin und zurück, brachte in Wäschekörben und Kartoffelsäcken einen Teil seines Besitzes (darunter sechzehn Geweihe) über die Grenze, versteckte die Sachen auf westlicher Seite im Gebüsch. Auch 1958, als die Grenze noch nicht so perfekt zum »Eisernen Vorhang« ausgebaut war wie dann nach 1961, ist eine solch ausgedehnte Aktion nur mit der speziellen Kenntnis Novaks von der Situation in seinem Grenzabschnitt zu erklären. Schließlich schob er mit Hilfe seiner Frau auch noch sein Motorrad hinüber, ging noch einmal zurück, wusch sich, verabschiedete sich von Sonja und verließ um vier Uhr früh das Gebiet der DDR, in der Meinung, es sei für immer.

Dieses Kapitel war schnell erledigt gewesen, alle Fußnoten hatten gepasst. Kunigunde stand auf, rekelte sich ein bisschen und ging in die Garderobe, um ihr Pausenbrot zu essen.

15

Als Werner Sinz das Auto im Hof der Polizeiinspektion parkte, hielt neben ihm ein weiterer Dienstwagen, aus dem Carla Kunder stieg, Sachbearbeiterin des K2, Eigentumskriminalität.

»Hallo, Carla«, rief Claudia Jung. Die beiden waren sich gleich an Claudia Jungs erstem Tag in der Kantine begegnet, hatten sich sofort gemocht und zu einem Kinoabend verabredet.

»Hallo, Claudia«, antwortete Carla Kunder. Sie ging mit den beiden Kollegen zur grauen Betonburg des Hauptgebäudes. »Also, ihr könnt euch nicht vorstellen, was ich gerade erlebt habe.« Carla Kunder redete gern. »Mich schüttelt's noch immer. So eine Schweinerei! Da ist jemand in eine Wohnung nicht nur eingebrochen und hat ein Riesendurcheinander angerichtet, er hat auch noch das ganze Klo mit Scheiße beschmiert! Wie pervers muss denn jemand –«

»Halt mal! Was sagst du da?«, unterbrach Werner sie.

»Da hat aber jemand eine gute Verdauung«, murmelte Claudia Jung.

Carla Kunder hob verwundert die Augenbrauen. »Was ist denn mit euch los?«

»Ach, nix weiter. Wir kommen bloß gerade aus einer Wohnung, die genauso ausgesehen hat. Das kann ja wohl kein Zufall sein. Kommst du bitte mit in mein Büro und erzählst mir Genaueres von deinem Fall?«

In Werners kleinem Büro im ersten Stock zog Carla Kunder ihren Notizblock aus ihrer Tasche und begann in sachlichem Ton: »Um zehn Uhr siebenundvierzig ging bei der Vermittlung der Anruf einer Frau Dr. Tal ein und –«

»Hanna? Hanna Tal?«, rief Werner. »Ist bei Hanna eingebrochen worden?«

»Ach, du kennst Frau Tal? Nein, sie rief für eine Freundin an, Tanja Steinhübel. In deren Wohnung im Haus Nonnenbrücke 2 wurde eingebrochen.«

»Nonnenbrücke 2? Das ist doch das Haus am Nonnengraben, oder? Stimmt, da ist Tanja Steinhübel ja jetzt als so eine Art Hausbesorgerin angestellt.«

»Ah, diese Dame kennst du also auch?«, bemerkte Carla Kunder spöttisch.

»Ja, aus einem früheren Fall. Ich kenne keineswegs größere Mengen der Bamberger Damenwelt, falls dein Gegrinse das andeuten sollte«, sagte Werner, halb amüsiert, halb geschmeichelt.

»Okay, das erklärt jedenfalls, warum Frau Tal anfangs unbedingt dich sprechen wollte. Aber erstens warst du in der Soko-Sitzung und zweitens nicht zuständig. Und da ihr ja alles, was laufen kann, für euren Mordfall abgezogen habt, bin ich halt allein zu der angegebenen Adresse gefahren. Schönes Haus übrigens.« Sie zog wieder ihre Notizen zurate. »Ich traf dort um kurz nach elf Uhr ein. Frau Steinhübel wirkte sehr verstört und hat wenig gesagt, und ihr Kind hat fast dauernd geschrien.« Sie blickte auf und schob sich eine widerspenstige Haarsträhne hinters Ohr. »Es war nicht einfach. Zum Glück war diese Dr. Tal dabei, die beruhigend auf die junge Frau eingewirkt hat, sonst wär's ganz katastrophal gewesen.«

»Wann war denn der Einbruch? War Tanja Steinhübel in der Wohnung?«

»Nein, es passierte, als Frau Steinhübel heute Morgen beim Einkaufen war. Woher der Täter das wusste, ist unklar. Er scheint durch den Garten gekommen zu sein. In der Gartenmauer zum Kanal hin ist so eine kleine alte Pforte. An der fanden sich Aufbruchspuren, und ein Fenster der Wohnung von Frau Steinhübel war eingeschlagen und geöffnet worden. In der Wohnung sah es aus wie nach einem Tornado, Schubladen ausgeleert, Sessel umgeworfen, die Betten herausgerissen, sogar das von dem kleinen Jungen. Und das Klo! So was Ekelhaftes!«

»Scheint so was wie das Markenzeichen von unserem Einbrecher zu sein. Damit haben wir eine klare Verbindung zu unserem Mordfall. Hast du die Spurensicherung schon verständigt?«

»Na klar, aber die sind ja alle bei euch zugange. Doch ich habe ihnen gesagt, sie sollen sich so bald wie möglich die

Steinhübel-Wohnung vornehmen. Ich habe sie jetzt jedenfalls einmal versiegelt. Frau Steinhübel kann zunächst bei Frau Dr. Tal unterkommen, hat sie gesagt.«

»Hat sie einen Verdacht geäußert, wer ihr das angetan haben könnte?«

»Sie nicht, aber Frau Dr. Tal. Sie hat Frau Steinhübel zuerst gedrängt, es selbst zu sagen, aber als diese nicht reagierte, hat sie erzählt, dass der Freund von der Steinhübel am Rand mit der Rauschgiftszene –«

»Stopp«, warf Werner hastig ein, »dieses Wort haben wir jetzt alle nicht gehört. Ich muss unbedingt zuerst mit der Steinhübel reden, denn wenn der feinfühlige Waitz, dieses Trampeltier …«, er drehte sich zu Claudia Jung um und schob erläuternd ein: »K4, Rauschgift … wenn der sie in die Finger kriegt, dann macht sie bestimmt dicht und sagt kein Wort mehr. Warum hast du sie denn nicht gleich mitgebracht zur Befragung?«

»Ich konnte doch nicht ahnen, dass dieser Einbruch was mit euerm Fall zu tun hat. Und außerdem war Frau Steinhübel in großer Eile. Sie hat nämlich neben ihrem Job als Hausbesorgerin noch mehrere Babysitteraufträge. Und um zwölf Uhr hatte eine ihrer Kundinnen einen wichtigen Termin, und sie musste deshalb unbedingt rechtzeitig deren Baby übernehmen. Sie kommt auf die Inspektion, sobald sie fertig ist.«

»So lange will ich nicht warten.« Werner schaute auf seine Uhr. »Hast du vielleicht die Handynummer von ihr?«

»Ja, die hat sie mir gegeben, wenn auch widerwillig.«

»Gut, dann will ich sie gleich mal anrufen.«

16

»Ich nehme das Tagesgericht«, sagte Werner. »Und du?«

»Ich hab keinen Hunger«, knurrte Benno und starrte in seinen Apfelsaft, als läge dort die Lösung seiner Probleme.

»Herrgott, was ist denn bloß mit dir los? Spuck's endlich aus. Das ist ja nicht zum Aushalten!«

Das Café Luitpold war voll wie meist um diese Tageszeit, aber sie hatten noch einen der begehrten Zweiertische im Wintergarten erwischt mit dem Blick auf den Harmoniegarten, in dem die Pfützen zu trocknen begannen.

Benno schwieg. Erst als die Bedienung Werners Bestellung aufgenommen hatte, sagte er tonlos: »Sie ist weg.«

Werner runzelte die Stirn. »Wer oder was ist weg?«

»Sie … sie hat mich … verlassen.« Benno tat sich hörbar schwer mit dem Wort.

»Hanna?«, fragte Werner fassungslos.

»Na, wer denn sonst? So viele Freundinnen habe ich ja nicht!«

»Das glaub ich nicht! Hanna? Ja aber … warum denn bloß?«

Benno trank einen Schluck, atmete tief ein, trank noch mal. »Weil ich … also na ja … weil ich zu ihr gesagt hab, sie soll die Zahnpastatube zumachen.« Seine Stimme klang flach und gepresst.

Werner starrte seinen Freund ein paar Sekunden lang an, dann wandte er sich ab und gab sich die größte Mühe, das Lachen, das in ihm aufstieg, nicht herausplatzen zu lassen. Er versteckte es mit rotem Kopf hinter einem Husten.

»Aha!«, sagte er, als er sich wieder einigermaßen unter Kontrolle hatte.

»Scheißkerl«, bemerkte Benno. Ein ganz kleines Lächeln erschien in seinen Augen, als hätte ihn Werners Reaktion unerwarteterweise getröstet. »Was soll ich denn nur machen?«

»Hol sie dir zurück«, antwortete Werner, jetzt sehr ernst. »Sie ist das Beste, was dir je begegnet ist.«

Benno zeichnete mit dem Fingernagel Streifen in den Bierfilz unter seinem Glas. »Und wenn sie nicht will? Wenn sie denkt, dass ich nicht … dass ich einfach nicht zu ihr passe?«

»Du Dösel«, sagte Werner liebevoll. »Probier's einfach.« Sein Essen kam.

»Na ja, ist ja schon egal«, murmelte Benno und bestellte sich nun auch die Shrimps auf Salat.

Nach einem kleinen Schweigen fragte Werner: »Das mit der Zahnpasta kann's ja wohl nicht gewesen sein. Was war denn los?«

»Ach, lass gut sein.« Benno seufzte. »Ich hab keinen Bock … Erzähl mir lieber, was ihr über die Königsleiche rausgekriegt habt.«

»Königsleiche?«, fragte Werner mit vollem Mund. »Ach so. Hübscher Name. Wir nennen den Fall ›Hainmord‹.« Dann berichtete er kauend, aber minutiös über den Stand der Ermittlungen, denn das war ja der Zweck ihres Treffens.

Zuletzt erzählte er von seinem nervigen Gespräch mit Tanja zwischen krabbelnden, quengelnden Kleinkindern, die alle paar Minuten aufgehoben, getröstet, gewickelt, gefüttert, ermahnt oder sonst wie betreut werden mussten.

»Das ist ein Stress, sag ich dir. Ich kann mir nicht vorstellen, wie man sich freiwillig so was antun kann – Kinder!«

Benno schwieg.

»Ein Glück, dass die Jung dabei war. Die hat sich wenigstens teilweise um die Knirpse kümmern können. Trotzdem war das eine der anstrengendsten Befragungen, die ich je durchgeführt habe. Schließlich aber hat sich bestätigt, dass dieser Charly Baumann, der Freund von unserem Toten, tatsächlich der boyfriend von der Steinhübel ist. Oder war. Er hat eine Zeit lang bei ihr gewohnt, solange Martin Kostner in seiner, Baumanns, Wohnung lebte. Doch vorgestern hatten sie Streit, und sie hat ihn ›geschasst‹, hat sie gesagt, ›ich habe ihn geschasst‹. Eine Sprache haben die jungen Leute heute! Doch dann kam allmählich das Spannendste zum Vorschein: Martin Kostner hat gedealt!«

»Bingo, daher hatte er also das viele Geld.«

»Hm. Und er hat – so sagt zumindest Frau Steinhübel –

Charly Baumann da mit hineingezogen. Der wollte zwar angeblich nicht so recht, konnte Martin Kostner aber offenbar nicht genügend Willenskraft entgegensetzen und hat sich für Kurierdienste einspannen lassen. Und jetzt ist Baumann verschwunden. Die Steinhübel hat seit dem Streit nichts von ihm gehört. Und ihre Wohnung wurde verwüstet. Das gefällt mir gar nicht!«

Benno nickte einem sich zwischen den Tischen hindurchzwängenden Bekannten zu. »Mich wundert, dass sie überhaupt mit dir gesprochen hat, und das so ausführlich – die Polizei steht ihrem Herzen ja nicht gerade nahe.«

»War anfangs auch schwierig. Aber die Jung kam über die Kinder an sie heran. Sie ist wirklich sehr geschickt im Umgang mit Menschen. Tanja Steinhübel wollte wegen Baumann zunächst nicht so recht mit der Sprache heraus, wollte sich wohl nicht illoyal verhalten. Sie scheint ihn trotz des Streits immer noch gern zu haben. Siehst du, so sind die Frauen – leidensfähig, äußerst leidensfähig. Da müsste es doch sogar dir gelingen …« Er zwinkerte Benno zu.

Der schnaubte. »Himmel, wer solche Freunde hat, braucht keine Feinde! Wie geht es eigentlich Katja?« Diese Frage war eine kleine Bosheit, denn Benno wusste, dass sich Werner und seine Freundin unlängst heftig gezofft hatten.

»Katja ist so ein Schatz!« Werner lächelte selig, fügte aber nach einem Blick auf das Gesicht seines Freundes hastig hinzu: »Aber sie kann ganz schön anstrengend sein.«

»Passt schon«, brummelte Benno mit einem klitzekleinen Schalk in den Augenwinkeln. »Und – ist sie eifersüchtig auf die neue Kollegin?«

»Claudia Jung? Ach, da droht keinerlei Gefahr«, meinte Werner, und nur der rote Rand seiner Ohren verriet ihn. »Sie ist bei Weitem nicht so hübsch wie Katja. Und flach wie … Und außerdem ein bisschen steif, norddeutsch eben. Wir sind noch immer beim ›Sie‹.«

»Na dann!«, sagte Benno und kam auf den eigentlichen Zweck ihres Treffens zurück. »Wie machst du denn jetzt weiter?

Hast du die Geschichte mit dem Rauschgift schon dem K4 mitgeteilt?«

Werner erkundete, ob sich unter den restlichen Salatblättern auf seinem Teller noch ein paar Shrimps finden ließen. »Nein. Mach ich nachher. Ich wollte zuerst selbst mit der jungen Frau sprechen. Du weißt ja, wie Waitz ist.«

»Okay.« Benno hatte verstanden. »Allmählich ist ja wirklich die ganze Dienststelle involviert. Fehlt bloß noch die Sitte. Seid ihr schon mit dem ominösen Zettel, den der Tote hielt, weitergekommen? Fingerabdrücke oder so?«

»Nö, die Ergebnisse waren vorhin noch nicht da. Ich hoffe, dass die Untersuchungen bis zur nächsten Soko-Sitzung nachher fertig sind. Aber so feucht, wie das Papier war, könnte es schwierig werden. Ein Glück, dass die Schrift noch lesbar war.«

»Und habt ihr schon eine Idee, was uns diese Schrift sagt? ›Tod dem Verräter‹? Welcher –«

»Wart mal!« Werner kniff die Augen zusammen und unterbrach Benno mit erhobener Hand. »Jetzt, wo du es sagst, fällt mir auf … Ich habe instinktiv genau wie du angenommen … Aber es heißt ja nicht ›Tod‹, sondern ›lebenslanges Leid‹. Lebenslanges Leid für einen, den man gerade umgebracht hat? Ist etwas unlogisch, oder?«

»Hm.« Benno faltete sein letztes Salatblatt zusammen. »Vielleicht wollte er ihn ja nicht töten, sondern nur verletzen, die Knie zerschmettern oder so.«

»Und dann schießt er ihn aus Versehen aus nächster Nähe in den Kopf?«

»Vielleicht ging ja was schief, im Kampf oder so?«

»Die Spusi wird uns nachher sagen, ob ein Kampf stattgefunden hat. Aber abgesehen davon scheint dein Hirn heut wirklich nicht gut zu funktionieren.«

»Danke!«

»Na, denk doch mal nach. Der Mörder hat den Kostner doch zuerst erschossen, und danach erst hat er ihm den Zettel zwischen die Finger geschoben. Das hätte er doch nicht mehr …«

»Ja, stimmt. Hm …« Benno rieb sich die Nasenwurzel. »Dann

würde sich das ›lebenslange Leid‹ also nicht auf Kostner beziehen, sondern auf jemanden, der unter seinem Tod leiden wird.«

»Genau das! Das heißt, wir müssen jetzt nur noch herausfinden, wer Kostner so nahestand, dass er oder sie unter seinem Tod leidet.«

»Charly Baumann vielleicht?«

»Hm, ich weiß nicht so recht. Aber wir müssen ihn unbedingt zur Fahndung ausschreiben. Wir wissen zwar noch nicht exakt, wann der Mord geschah, aber die zeitliche Nähe von Baumanns übereilter Flucht zum Tod seines Freundes ist doch mehr als verdächtig. Kannst du das veranlassen? Das Schreiben mit den entsprechenden Daten müsste schon in deinen E-Mails sein.«

»Mach ich.« Benno trank seinen Saft aus.

»Kommst du nachher zur Soko-Sitzung um zwei?«

»Ich kann leider schon wieder nicht. Ich hab um halb drei Verhandlung. Aber ich ruf dich gleich danach an. Und wenn irgendwas veranlasst ist, wo du mich sofort brauchst, schick mir eine SMS; dann muss die Verhandlung halt so lang unterbrochen werden.«

»Okay, bis später.«

17

Als Erstes fuhr Franz Novak durch die aufklarende Morgendämmerung mit seinem Motorrad zur Station der bayerischen Grenzpolizei im westdeutschen Nachbarort von Willersdorf. Die Polizisten halfen ihm, sein nahe der Grenze verstecktes Gepäck auf die Polizeistation zu bringen. Gegen acht Uhr morgens fuhren sie ihn zur Dienststelle der amerikanischen Armee in Kronach.

Die Amerikaner richteten ihm im Keller einen Raum zum Übernachten ein, und Angehörige des amerikanischen Geheimdienstes in Kronach und später in Bayreuth befragten ihn in den folgenden Tagen intensiv. Wie gut sie über die Grenztruppen der DDR Bescheid wussten, zeigt die Tatsache, dass zu Beginn der Vernehmungen ein Leutnant mit dem Decknamen »Ludwig« einen Karteikasten öffnete, Franz Novaks Karteiblatt heraussuchte und ihn aus dem Verzeichnis der Grenztruppenangehörigen strich.

Täglich sieben bis acht Stunden dauerten die Gespräche, in denen Novak den Amerikanern alles erzählte, was er wusste. Zum Schluss wurde er von einem Offizier mit dem Decknamen »Beiroth« befragt, ob er ein Exemplar der neuen Gasmaske der DDR-Truppen besorgen könne. Novak verneinte das, obwohl ihm der Amerikaner dafür das in Aussicht stellte, was er sich am allermeisten wünschte: eine Stelle als Jäger oder Förster. »Beiroth« gab ihm dennoch einen Briefumschlag mit einer Telefonnummer für den Fall, dass Novak doch einmal die Möglichkeit erhalten sollte, eine solche Gasmaske zu besorgen. Novak hob die Telefonnummer sorgfältig auf.

Aus Bayreuth schrieb Franz Novak zehn Tage nach seiner Flucht das erste Mal an seine Frau. Bereits dieser erste Brief wurde von der Stasi abgefangen, fotokopiert und archiviert, obwohl Novak den Brief an seine Schwiegermutter adressiert und als Absender seinen Onkel aus der Pfalz angegeben hatte.

Er hatte allerdings nicht bedacht, dass sein Verschwinden

natürlich große Aufregung im Dorf verursacht hatte. Seine Frau schrieb davon in ihrem Antwortbrief: Die meisten würden vermuten, dass er »in den Westen rübergemacht« habe, obwohl sie versuche, falsche Spuren zu legen, und erzähle, sie wisse nicht, wo er sei, und er sei wohl bei einer anderen Frau.

Novak ahnte bis zum Schluss nicht, dass jeder seiner Briefe geöffnet und gelesen wurde. Sonja war vorsichtiger; von ihr sind nicht alle Briefe erhalten; sie scheint sie in unterschiedliche Briefkästen geworfen zu haben. Sie kannte die Methoden der Staatssicherheit besser, denn sie wurde nach dem Verschwinden ihres Mannes immer wieder verhört.

Franz Novaks Briefe verraten dagegen ein naives Vertrauen in die Rechtsstaatlichkeit der DDR. Er betont immer wieder, dass *die* dieses oder jenes doch nicht machen dürften, Willkürakte, die bei der Stasi längst zum Alltagsgeschäft gehörten. Zuerst klingen Novaks Berichte sehr hoffnungsvoll und begeistert von dem neuen Leben. Er wurde in einem »Notaufnahmeverfahren« innerhalb kurzer Zeit als Bundesbürger anerkannt, der Mann vom Arbeitsamt war sehr freundlich und hilfsbereit, auch wenn er ihm keine Stelle im Forst vermitteln konnte, und mehrere Verwandte und Bekannte boten ihm an, ihn aufzunehmen und ihm zu helfen. In einem ersten Brief an seinen *besten Freund und ehemaligen guten Jagdgefährten* Werner Schödel beschreibt er, was ihm an der BRD besonders auffällt: Es gebe hier alles, im Monat würden vier verschiedene Jagdzeitungen erscheinen, die *eine Freude in Wort und Bild* seien. In der Bahn habe er *viele Leute mit Jagdgewehren getroffen, das sei ein so alltägliches Bild wie wenn drüben Leute mit dem Spazierstock herumlaufen*. Er bekomme allmählich den Eindruck, die letzten zehn Jahre seines Lebens umsonst gelebt zu haben. Aber das Heimweh plage ihn sehr, es sei ihm *unsagbar schwer gefallen, fortzugehen, er habe mit blutendem Herzen von seinen Wäldern Abschied genommen*, doch er habe die Ungerechtigkeit, dass ihm die Jagderlaubnis entzogen wurde, nicht ertragen können. Er müsse jetzt ganz von vorn anfangen.

Nach einigen Wochen in Aufnahmelagern in Gießen und

Lübeck-Blankensee ging er zu seiner Schwester ins Rheinland, wo er Arbeit als Fahrer in einer Molkerei fand. Diese Entscheidung war nicht gut für ihn. Ihm gefiel die Gegend nicht, denn es gab keine Berge und Wälder, die Arbeit war ihm langweilig, mit seiner Schwester und ihrem Verlobten verstand er sich immer weniger. Als positiv empfand er nur, dass er Geld verdienen und sparen konnte.

Viel schlechter allerdings erging es Sonja Novak. Die Trennung von ihrem Mann löste bei ihr offenbar eine Depression aus, in deren Strudel sie immer tiefer hineingeriet. Ihre Briefe sind ständige Klagelitaneien – sie habe solche Kopfschmerzen, dass sie oft nicht zur Arbeit gehen könne, sie sehe sehr schlecht aus, sie werde von allen schlecht behandelt, sie werde ständig überwacht wie ein Verbrecher, sie gehe gar nicht mehr aus und sitze nur noch zu Hause herum. In den Vernehmungen geriet sie mit den Parteivertretern im Ort und mit der Polizei in Streit und sagte *denen* gehörig die Meinung.

Daraufhin kamen sie Mitte Januar 1959 und holten die zahmen Rehe ab, die Franz Novak aufgezogen hatte, wohl in dem Wissen, dass ihn diese Maßnahme besonders treffen würde. Am meisten litt darunter jedoch Lotte Novak, der die Rehe besonders ans Herz gewachsen waren und die schon die Trennung von ihrem Vater kaum verkraftet hatte. Sie weine den ganzen Tag, schreibt Sonja, und wolle nichts mehr essen. Sonja kam mit ihr nicht mehr zurecht und ließ sie überwiegend bei ihrer Mutter.

Franz Novak schäumte vor Wut, als Sonja ihm die Geschichte mit den Rehen schrieb. Sie solle *denen* bei ihrem nächsten Besuch sagen, dass er zurückgekommen wäre, wenn sie ihm den Jagdschein und Straffreiheit zugesichert hätten, aber jetzt habe er so eine Wut auf das *Lumpenpack, das eigentlich ins Gefängnis gehört*, jetzt sei jede Rückkehr undenkbar.

Dennoch nährte das Heimweh in ihm den Zweifel, ob er richtig gehandelt hatte. Er hoffte immer noch, eines Tages zurückkommen zu können. So gab er seiner Frau Anweisungen, welche Bäume sie auf ihrer Wiese pflanzen solle – *Lärche, Pappeln, Esche, Kastanien. Das ist das Einzige, was mir noch am Herzen liegt. Du wirst sehen, wir kommen wieder mal zurück, und es dauert auch nicht mehr so lange. Ich werde auch noch mal ein Blockhaus auf der Wiese haben. Hier kannst du solche Blockhäuser kaufen, so viel du willst. Es gibt alles. Schade, dass wir die Wiese und den Wald nicht hier haben. Hier kannst du dir zehn Holzhäuser bauen, keiner sagt dir was. Ja wenn ich so daran denke, sage ich mir, wir haben viel versäumt und gelebt wie im Gefängnis.*

In fast jedem Brief schrieb er, sie solle doch kommen, entweder sofort oder doch, wenn er noch etwas mehr gespart habe. Schon vier Tage vor Weihnachten schickte er ihr einen genauen Fluchtplan; sie solle nicht über Berlin kommen, sondern daheim durch den Wald über die Grenze; er beschrieb jede Waldabteilung, die sie durchqueren, und jeden Weg, den sie benutzen solle. Sie brauche sich vor den Grenzern nicht zu fürchten; schließlich kenne sie den Wald dreimal besser als jeder von denen.

Doch Sonja konnte sich nicht entschließen zu diesem Schritt. Als Ersatzhandlung schickte sie mehrmals wöchentlich Pakete mit Sachen aus dem Haushalt – Abwurfstangen vom Bock, worüber Franz sich freute, Bilder, Kleider, Besteck und Geschirr oder Gläser, die zerbrochen ankamen, wofür er ihr Vorwürfe machte.

Warum zögerte Sonja ein halbes Jahr lang, ihrem Mann in den Westen zu folgen, obwohl die Trennung sie *fertig macht*, wie sie schrieb? Den Weg dorthin wusste sie ja genau: An Pfingsten 1959 zum Beispiel traf sie sich mit Franz jenseits der Grenze. Er erschrak, wie er ihr anschließend schrieb, über ihr schlechtes Aussehen; sie solle nicht in den alten Sachen herumlaufen, sondern sich zum Trotz etwas gönnen. Er liebe sie doch wie am ersten Tag und sei froh, in ihrer Nähe gewesen zu sein. Sie solle sofort kommen.

Doch Sonja ging immer noch nicht. Einerseits wollte sie wohl ihre Mutter nicht im Stich lassen, die ganz allein mit der Arbeit auf dem Bauernhof zurückgeblieben wäre, andererseits fiel es ihr offenbar schwer, sich von ihrem Haus, ihren Sachen und ihrer Heimat zu trennen. In ihren Briefen an ihren Mann schob sie allerdings immer die Gefahr einer Flucht vor. Franz versuchte, ihr das auszureden, und schickte ihr immer wieder Beschreibungen, wie sie zu gehen hätte. Doch Sonja wirkte wie gelähmt und panisch vor Angst.

Der Briefwechsel der beiden wurde immer gereizter; sie stritten sich ständig: über die Alimente für Franzens uneheliches Kind, die Sonja regeln sollte, über den Verbleib der Möbel, über Sonjas Verhältnis zu Lotte und über lächerliche Kleinigkeiten. Die Umstände zermürbten beide. Schließlich schrieb Franz im Juni 1959: *Das ist endgültig mein letzter Brief. Ich kann nicht mehr anders, es geht beim besten Willen nicht. Ich zwinge dich nicht, hierher zu kommen. Es war ein halbes Jahr Zeit, und du hast es von einer Woche auf die andere verschoben mit dem Umzug. Es ist festzustellen, dass man auch ohne Frau auskommen kann. Wenn du für das Kind Unterhalt beanspruchst, schreibe mir, ich schicke dir ausreichend. Ich schreibe kein einziges Wort mehr.*

Sonja muss am Boden zerstört gewesen sein. Sie fuhr am 12.6.1959 zu ihrer Schwester in die benachbarte Kreisstadt, um sich auszuweinen. Und ausgerechnet in dieser Situation traf sie im Bahnhofsrestaurant, wo sie auf den Anschlusszug wartete, auf Hans Kromm. Sie vertraute ihm und erzählte ihm von ihrer traurigen Situation, von ihren Fluchtplänen und ihrer Angst. Er tröstete sie, offenbar liebevoll, und brachte sie in seinem Auto zu ihrer Schwester.

Und dann tat er etwas überaus Verhängnisvolles: Er erzählte noch am selben Tag einem Mitarbeiter der Stasi von diesem Treffen. Was hatte ihn nur zu diesem schäbigen Schritt bewogen: Eitelkeit, Dummheit oder auch nur das Bedürfnis, zu reden? Er trat damit eine Lawine mit grauenhaftem Endresultat los. Der Informant leitete Kromms Nachricht umgehend weiter an die beiden Stasi-Offiziere, die mit dem Fall Novak betraut waren, Hauptmann Volk und Unterleutnant Teuber.

Diese wurden sofort aktiv. Sie hatten den Briefwechsel der Novaks ja die ganzen Monate mitverfolgt und immer darauf gehofft, Franz Novak bei der Flucht seiner Frau erwischen zu können. Mit Novaks Abschiedsbrief sahen sie diese Möglichkeit verschwinden.

Doch das Auftauchen von Hans Kromm bot ganz neue Chancen. Zwei Tage später kam es zum ersten »Treff« mit Kromm. Spätestens da hätte ihm bewusst werden müssen, worauf er sich einließ, dass er damit das Schicksal seines Freundes und der Frau, die er begehrte, besiegelte. Aber er machte nicht nur *notgedrungen* mit, er stieg intensiv in die Planung ein und entwickelte auch eigene Ideen.

Volk und Teuber instruierten ihn genau, wie er sich Sonja Novak gegenüber zu verhalten habe. Er solle ihr sagen, dass *sie etwas Besonderes habe, das ihn fessle*. Er solle ein intimes Verhältnis mit ihr anfangen und erzählen, dass er sich bei der Grenzpolizei entpflichten lassen und in den Westen gehen wolle. Aber er wolle sich vorher mit jemandem unterhalten, der diesen Schritt schon gemacht habe. Wenn Sonja Novak ihn bitte, ihr bei der Flucht zu helfen, solle er sich nur zögerlich darauf einlassen. Das würde glaubwürdiger wirken.

Kromm hielt seine Instruktionen genau ein. Er traf Sonja und fuhr mit ihr nach Karl-Marx-Stadt, wo sie über Nacht blieben. Allerdings konnte er Sonja nicht dazu verführen, Franz an die Grenze zu locken; dennoch bekam er für dieses Treffen zwanzig Mark von der Stasi.

Mitte Juli teilte Sonja Franz mit, dass sie wieder neuen Lebensmut gefasst und sich jetzt zur Flucht entschlossen habe. Sie habe Hans Kromm getroffen, der ihr nicht nur bei der Flucht helfen, sondern auch selbst in den Westen wolle. Auch auf Franz wirkte dieses Auftauchen seines alten Freundes aufrüttelnd. Plötzlich sah Franz eine Chance, sein aus den Fugen geratenes Leben wieder auf ein positives Gleis zu stellen.

Er erinnert sich an die Frage des amerikanischen Geheimdienstlers nach der Gasmaske und an sein Angebot, ihm dafür eine Stelle im Forst zu verschaffen, etwas, wonach er sich mehr denn je sehnt. Hans Kromm ist ja noch bei der Grenztruppe; für ihn müsste es doch ein Leichtes sein, eine solche Maske zu besorgen; außerdem könnte Hans sich mit dem Geld, das die Amerikaner für die Maske bezahlen, ein Startkapital für ein Leben im Westen verschaffen. Franz Novak ruft die ihm übergebene

Telefonnummer an und fragt nach, ob man noch an dieser Gasmaske interessiert sei. »Beiroth« bejaht dies.

Daraufhin schreibt Novak am 21.7.1959 jenen fatalen Brief an Hans Kromm, der aus einem einfachen Fall von Republikflucht einen Spionagefall mit tödlichem Ausgang macht.

Mein lieber Hans! *Endlich, nach langer Zeit einer unglücklichen Trennung, ist es mir möglich, durch einige Zeilen etliche Worte mit Dir zu wechseln. Durch die Sonja erfuhr ich Deine Hilfsbereitschaft, ihr und zugleich mir einen edlen Freundesdienst zu leisten, und ich erkenne daran, dass Du lieber* Hans, *magst Du meine Handlungsweise vielleicht auch anders eingeschätzt haben, letzten Endes doch Dein Herz auf meine Seite stellst. Du wirst schon allein für den Gedanken, meiner Frau zu helfen, solange ich atme, meine vollste Hochachtung genießen, und ich wünschte, ich könnte Dir diese edle Gesinnung jemals vergelten. Du weißt ja, wie sehr ich an Dir als Freund gehangen habe. Hoffentlich erleben wir die Zeit, dass wir unter friedlichen Verhältnissen und nicht über Grenzen hinweg unsere Freundschaft wieder aufnehmen können. Nun zur Sache, lieber* Hans. *Die Gefahr, meiner Frau über Berlin zu mir zu verhelfen, ist außerordentlich groß und nicht durchführbar ... Das, was ich von Dir will, ist tausendmal sicherer und ungefährlicher. Ich brauche schnellstens eine Gasmaske, die Du der Sonja übergibst. Ich meine, diese zu besorgen ist kein Problem. Es verschwindet eben eine von irgendeinem, der sowieso leichtsinnig ist. Was dabei herausspringt, geht zu gleichen Teilen ... Ich will Dich nicht mit all zu vielen Gedanken belasten; Du hast zu entscheiden. Wenn Du zu allem Nein sagst, bist Du in meinen Augen weiterhin mein bester Freund ...*

Diese Aufforderung, eine Truppenschutzmaske zu stehlen, erfüllte den Tatbestand der Spionage. Bei der Stasi wurde daraufhin am 27.7.1959 der »Operativvorgang 10/59« mit der Bezeichnung »Der Verräter« angelegt; als Grund dafür steht in der Einleitung, Novak führe von Westdeutschland *aus Spionage gegen die Deutsche Demokratische Republik* durch. Ziel des Operativvorgangs war es, Novak *in das Gebiet der Deutschen Demokratischen Republik zu ziehen und festzunehmen.*

Dafür wurden genaue Maßnahmenpläne ausgearbeitet. Der Vorgang sollte am 22. August 1959 durchgeführt werden. Bereits am Tag vorher sollte das Ziel-Gebiet auf westlicher Seite genau beobachtet werden, *um die Tätigkeit gegnerischer Kräfte in diesem Bereich festzustellen*, während alle Grenzposten dort abgezogen werden sollten. Am Nachmittag des 22.8. sollte *die Einschleusung der Festnahmegruppen und Sicherungsposten, elf Mitarbeiter in Tarnanzügen*, erfolgen. Hans Kromm sollte Sonja, Lotte und das Gepäck mit seinem Pkw um achtzehn Uhr dreißig abholen, durch den Wald zu einer bestimmten Stelle fahren und dort das Fahrzeug stehen lassen. Danach sollten sie zu einem ebenfalls genau bezeichneten Punkt am Grenzzaun gehen, um dort Franz Novak auf das Gebiet der DDR zu locken.

Bis ins Einzelne wurde jede mögliche Reaktion von Franz oder Sonja Novak durchdacht und für Kromm eine entsprechende Handlungsanweisung ausgearbeitet. Zum Beispiel: *6a) Ist N. allein bereits an der Stelle »C«, ist diesem durch die KP* (Kontaktperson, d.h. Kromm) *durch Zeichen verständlich zu machen, dass er zur Stelle »E« kommen soll. Geht N. darauf ein und kommt, betritt er das Gebiet der Deutschen Demokratischen Republik und kann durch die Festnahmegruppe »B« festgenommen werden. 6b) Geht N. nicht darauf ein, sondern verbleibt an der Stelle »A« und versucht, die KP und seine Frau dorthin zu bewegen, soll die KP die Gasmaske mit dem Gepäck der N. aufnehmen und sich mit der N. und dem Kind am 10-Meter-Streifen entlang zur Stelle »C« bewegen. An der Stelle »C« ist N. zu veranlassen, den Bach zu überschreiten und das Gepäck und die Gasmaske zu holen. Bei Überschreiten des Baches, ca. 2 m breit, befindet er sich schon auf unserem Gebiet und kann durch die Festnahmegruppe »A« festgenommen werden.*

Und so weiter und so weiter, in etwa dreißig Varianten.

Franz Novak erfährt von Sonja, dass Kromm sie am Abend des 22.8. zur Grenze bringen und dabei die Gasmaske mitbringen wird. Er nimmt sich Urlaub und fährt einige Tage vorher zur Dienststelle des amerikanischen Geheimdienstes nach Bayreuth.

Er will wissen, wie er sich verhalten soll und was er Hans Kromm für das Besorgen der Gasmaske in Aussicht stellen könne. Das Versprechen von zwei- bis dreitausend Westmark und die Zusicherung von Wohnung und Arbeit scheinen ihm zufriedenstellend.

Am 22.8. vormittags begeben sich Novak und ein Mitarbeiter der Amerikaner in einem geliehenen VW an die Grenze, um sich die Flucht- und Übergabestelle genau anzusehen. Danach fahren sie zum Mittagessen nach Kronach. Wären sie am Nachmittag da gewesen, hätten sie das »Einschleusen« der Festnahmegruppe beobachten können. Aber sie kommen erst um siebzehn Uhr dreißig zurück, als auf der anderen Seite alle auf ihrem Posten sind. Der Amerikaner versteckt sich im Gebüsch, während Franz Novak auf einen Baum klettert, um die Grenze mit dessen Fernglas zu beobachten.

Als es dämmert, kommt Hans Kromm mit Sonja und Lotte den gegenüberliegenden Hang herunter. Danach läuft alles genauso ab wie im Maßnahmenplan 6b festgelegt. Hans Kromm, der doch weiß, dass die Häscher im Wald lauern, der doch wissen muss, welches Schicksal seinem Freund und seiner Frau droht, Hans Kromm lockt Franz Novak mit der Bitte, ihnen beim Tragen der Koffer zu helfen, über den Grenzbach. Als Novak beim »Grab des Wilddiebs« am Stacheldrahtzaun vorbeigeschlüpft ist und auf seine Familie zugeht, stürmen die Festnahmegruppen aus dem Wald. Novak sieht sie, stößt Kromm, der ihn festhalten will, um und hechtet über den Zaun, dessen rostige Stacheln ihm in Hände und Beine dringen. Er rennt in Richtung Westen, hat ihn fast schon erreicht. Doch als er über den Bach springt, schießt ihm Leutnant Volk ins Bein. Novak fällt ins Wasser und kriecht auf das westdeutsche Ufer. Dort nehmen ihn die Häscher fest und schleppen ihn zurück in die DDR.

Die Akte über den Operativvorgang »Verräter« schloss Unterleutnant Teuber mit dem Vermerk: *Am 22.8.1959 wurde der Operativvorgang »Verräter« Reg.Nr. 10./59 durch die Festnahme des Novak, Franz und seiner Ehefrau Novak, Sonja realisiert. Komplikationen traten bei der Festnahme nicht auf.*

Der Genosse Hans Kromm wurde offiziell für seine sehr *gute Eigeninitiative* belobigt und erhielt für seinen *selbstlosen Einsatz* fünfhundert Mark. Er arbeitete weiterhin für die Staatssicherheit.

18

Was ist heute nur mit mir los?, dachte Hanna. Heute früh dieser Erinnerungssturm, und jetzt glaube ich Paolo auch noch zu sehen! Der Mann, der etwa zwanzig Meter vor ihr gerade zwischen den Gemüseständen verschwand, sah von hinten tatsächlich wie Paolo aus, groß und elegant gekleidet im taillierten Mantel, mit dichtem schwarzen Haar. Kopfschüttelnd betrat Hanna die Buchhandlung. Sie war nach ihrem Tanja-Beistand vom Haus am Nonnengraben zum Grünen Markt gegangen, um ein Geburtstagsgeschenk für Tante Kunigunde zu kaufen. Mit Büchern lag man bei ihr immer richtig.

Hanna nahm verschiedene Bände in die Hand, studierte die Klappentexte und las sich schließlich an Per Pettersons »Pferde stehlen« fest, dessen wasserklare Sprache sie sofort gefangen nahm. Das würde auch Tante Kunigunde gefallen.

Auf dem Heimweg kam sie an dem Stand – nur ein Tischchen und ein Stuhl – der winzigen, verhutzelten und immer fröhlichen Bäuerin aus Dörfleins vorbei, die donnerstags und freitags Produkte aus ihrem Garten verkaufte. Heute waren es Eier und Narzissen, Mini-Narzissen in einem Eimer. Hanna kaufte fast alle, vierunddreißig Stück für Tante Kunigunde und sechs für sich selbst. Sie konnte den Strauß nur mit beiden Händen halten und trug ihn, begleitet vom Lächeln der Hutzelfrau, wie einen Schatz nach Hause. Die Fülle der kleinen gelben Kelche, die sie in ihrer großen Bowlenschüssel vor das Fenster stellte, hob ihre Stimmung, und sie setzte sich aufseufzend, doch mit deutlich mehr Elan als vorher an ihren Schreibtisch.

Aber heute war eindeutig kein guter Arbeitstag. Schon eine knappe halbe Stunde später klingelte es wieder. Hanna war stark versucht, nicht an die Tür zu gehen, doch die Neugier war stärker. Wer wollte sie um diese Zeit besuchen?

Aus der Sprechanlage kam Paolos Stimme: »Hallo, Hanna.«

Also doch! Ihre Hände wurden feucht. Schon in dem Moment, als sie auf den Türöffner drückte, wusste sie, dass das ein Fehler war.

Sie beobachtete ihn, wie er über den Hof auf sie zukam mit jenem Gang, der sie schon bei ihrer ersten Begegnung gefesselt hatte – geballte Kraft hinter aristokratischer Lässigkeit. Wie ein Tiger auf der Jagd, dachte sie.

»Paolo! Welche Überraschung«, sagte sie mit belegter Stimme.

Alles war mit einem Schlag wieder da: das Herzrasen, das Kniezittern, das dringende Bedürfnis, ihn zu berühren. Hätte sie doch die Tür nur nicht geöffnet!

Er lächelte sein berühmtes grün glitzerndes Lächeln und legte den Kopf ein wenig schief, ein ganz klein wenig nur. »*Come bella!* Du bist noch schöner als früher.«

Hanna schaute an sich hinunter. Sie hatte ihre Schreibtischkluft angezogen, einen weiten Pullover und bequeme ausgebeulte Hosen.

»Bei dir hat noch nie Rolle gespielt, was du anhast und ob«, grinste Paolo. »Willst du mich nicht hineinbitten? Ist kalt hier in dein Hof.«

Sie hätte Nein sagen sollen, sie hätte Nein sagen sollen!

Aber sie sagte: »Entschuldige«, hielt ihm die Tür auf, hängte seinen Mantel an die Garderobe und führte ihn ins Wohnzimmer.

Paolo rieb sich die kalten Hände und sah sich anerkennend um.

»Schön hier. Schöner Raum«, sagte er. Dann trat er an die Balkontür und stieß einen leisen Pfiff aus. »*Mamma mia!* Welch ein Blick!« Er drehte sich zu ihr um und musterte sie ungeniert. »Kleine Hanna, lebt hier in Klein-Venedig in kleinem Palazzo. Du hast Venedig vermisst, *no*?«

»Venedig schon«, antwortete Hanna und hielt sich an der Lehne ihres Stuhls fest. »Was willst du hier, Paolo?«

»Vielleicht ein klein Espresso? Dein Espresso war immer so gut wie italienischer – fast.« Er freute sich augenzwinkernd über das freche Kompliment.

Hanna flüchtete sich in die Küche. Sie wollte, sie musste … sie musste nachdenken, aber ihr Kopf war völlig leer. Er folgte ihr mit einer Selbstverständlichkeit, als wäre er hier zu Hause.

»Lebst du allein hier?«

»Das ist mein Büro. Normalerweise wohne ich bei meinem – bei meinem Mann.«

»Ach so, normalerweise.«

Hanna schraubte die sanduhrförmige Espressokanne zu. »Und was ist mir dir? Wie geht es deiner Mutter?«

»Mamma ist tot. Ist vor einem Jahr gestorben.«

»Oh, das tut mir leid.«

»Lüg nicht. Das tut dir gar nicht leid … *Allora*, ich habe den Palazzo umgebaut. Ist jetzt auch in Winter warm. Es gibt Licht und keine *tovaglia* von Samt mehr.« Er sah sie an, als warte er auf ihr Lob.

»Ach.« Sie holte die Espressotässchen aus dem Schrank und vermied, ihn anzusehen. »Und was sagt denn eure Haushälterin, Signora Ortessa, zu den Veränderungen?«

»Maria ist in Rente. Kleines bisschen Druck genügte. Lebt jetzt bei ihrer Nichte in Rom.«

»So.«

»Palazzo ist ganz schön geworden. Nur bisschen leer.«

»Ach so.« Hanna war ihre Sprachlosigkeit peinlich. Sie sollte doch, verdammt noch mal, souverän genug sein, mit solch einer Situation umzugehen. Sie trug das Tablett mit Espresso und Zucker zum Couchtisch und setzte sich.

»Also, was willst du hier?«, fragte sie und hoffte, ihre Stimme klänge fest.

»Du bist immer noch so … so deutsch. Kannst du nicht …?«

»Also!«

»Du könntest mir Bamberg zeigen, *no*? Ich habe dir damals Venedig gezeigt. Das ist doch ein fairer Deal, oder?«

»Ach, machst du Urlaub hier?«

»Teils. Teils auch geschäftlich. *Bene*, willst du?«

»Ehm … nein. Tut mir leid, Paolo. Heute passt es mir ganz schlecht. Ich hab noch so viel Arbeit und …«

»Komm, nur ein Stündchen! Hast du gegessen schon? Ich lade dich zu Mittagessen ein.«

Hanna schaute auf die Uhr. Schon eins. Und sie hatte tatsächlich Hunger und nichts Essbares im Haus.

»Also gut. Aber wirklich nur ganz kurz. Sonst werde ich bis morgen nicht fertig. Ich geh mich schnell umziehen.«

Als Paolo aufstand, fügte sie streng hinzu: »Du bleibst hier sitzen. Du kannst schon mal die Tassen in die Küche bringen.«

»Ich liebe deine Logik, *cara mia*. Schon immer«, rief Paolo ihr nach, als sie nach oben in ihr Schlafzimmer ging.

Als Hanna wiederkam, hatte er die Tässchen sogar ausgespült und aufs Abtropfbrett gestellt. Er half Hanna in den Mantel und streichelte dabei ihren Hals. Bester Laune begann er, witzige kleine Anekdoten und venezianischen Gesellschaftsklatsch zu erzählen. Als sie aus der kleinen Gasse, an deren Ende Hannas Häuschen lag, in die Kapuzinerstraße einbogen, hatte er sie so weit: Sie musste lachen. Sie sah amüsiert zu ihm auf, und er legte den Arm um ihre Schultern.

Das ging denn doch zu weit. Hanna überlegte angestrengt, wie sie diesen Arm wieder loswerden konnte, ohne Paolo allzu offen zu kränken. Ein paar Meter weiter drehte sie sich plötzlich nach vorn von ihm weg, lief einige Schritte rückwärts und rief, als wäre ihr das gerade wieder eingefallen: »Ich sollte dir doch etwas über Bamberg erzählen, nicht wahr?«

Dann begann sie, in sicherer Entfernung neben Paolo hergehend, mit ihrer für Stadtführungen reservierten Stimme: »Also ganz kurz das Grundsätzliche: Bamberg war bis 1802 die Hauptstadt eines Staates, dessen Herrscher der Bischof von Bamberg war. Er war damit auch Herr der Stadt, und die Bürger versuchten immer wieder vergeblich, ihn loszuwerden. Denn es gab aber auch hier Patrizierfamilien, die durch Handel reich wurden und die Politik gern selbst bestimmt hätten.«

Paolo machte ein interessiertes Gesicht.

Inzwischen waren sie am »Kranen« angekommen, im Sommer ein fast mediterraner Platz, wo die Touristen in die Hafenrundfahrtboote stiegen, Studenten in der Sonne am Flussufer saßen und sich die Besucher des Straßencafés auch vom vorbeifließenden Verkehr nicht stören ließen. Aber jetzt im wässrigen Aprillicht sah der einstige Hafen ziemlich werktäglich aus. Dennoch liebte Hanna diesen Platz, weil sie sich gerade hier das Leben früherer Zeiten mit seinen Farben und Gerüchen so gut vorstellen konnte.

»Hier rechts war das Schlachthaus, das seine Abfälle direkt in den Fluss entsorgt hat. Siehst du den Ochsen da über dem Portal? Er hat echte Hörner von ungarischen Rindern, weil von denen früher ganze Herden hierhergetrieben wurden, um von hier aus nach Norden verschifft zu werden, über den Main und den Rhein. Vor einigen Jahren waren die alten Hörner kaputt, und unser Oberbürgermeister ist extra nach Ungarn gefahren, um neue zu holen.«

»Interessant«, sagte Paolo.

»Direkt neben den Fleischbänken lag der Fischmarkt. Kannst du dir vorstellen, wie es da gerochen hat? Und hier mit den eisernen Kranen – früher waren die viel größer und aus Holz – wurden die Waren ausgeladen. Dieses große Haus da ist das ›Hochzeitshaus‹, das die Stadt samt Personal für Feste vermietete. Im Mittelalter war das ein Gasthaus, in dem auch Albrecht Dürer übernachtete auf seiner Reise in die Niederlande. Es war früher viel prächtiger, aber im Zweiten Weltkrieg kriegte es einen Bombentreffer ab. Nach dem Krieg sollte es abgerissen werden, aber die Studenten sind durch die Stadt gezogen und haben einzelne Backsteine verkauft für den Wiederaufbau. Und in den siebziger Jahren wurde es dann die Keimzelle für die wiedererrichtete Universität in der Altstadt.«

Paolo nickte höflich. Er sagte nichts, aber Hanna konnte in seinem Schweigen so deutlich den Vergleich Venedigs mit diesem Provinzstädtchen hören, dass ihr die Lust am Erzählen verging. Und vage spürte sie, versteckt hinter seiner zuvorkommenden Miene, so etwas wie Ungeduld, als steuere Paolo auf etwas zu oder warte auf etwas.

Sie drehte sich zum Fluss hin um. »Das da rechts oben ist das ehemalige Benediktinerkloster Michelsberg.« Die großen dunklen Dächer der Klostergebäude begannen in der blassen Frühfrühlingssonne, die sich zaghaft durch den Wolkendunst kämpfte, metallisch zu glänzen.

»Und hier links, das Gebäude in der Flussmitte, ist das Alte Rathaus«, beendete Hanna ihre Ausführungen lahm.

»Aha«, sagte Paolo.

Jeder andere fragte an dieser Stelle, warum denn die Bamberger ihr Rathaus mitten in die Regnitz gebaut hatten. Paolo fragte nicht. Vielleicht war es für einen Venezianer einfach zu normal, dass Häuser im Wasser standen.

Hanna fiel nichts mehr ein. Die Tür zu ihrem Wissen über die Stadt, die sie sonst so begeistert öffnete, war plötzlich verriegelt. Eine unbehagliche Stille breitete sich zwischen ihnen aus, als sie weitergingen. Erst vor dem großen, schönen verletzten Bronzekopf von Mitoraj, über dem im diffusen Licht wie eine Vision der Michelsberg zu sehen war, brach Paolo das angespannte Schweigen.

»*Mamma mia*, ein echter Mitoraj? Bamberg scheint es ja gut zu gehen!«

»Die Skulptur wurde nicht von der Stadt gekauft, sondern mit den Spenden der Bürger erworben«, erklärte Hanna steif.

Im Weitergehen erzählte sie dann doch mit verhaltenem Stolz, wie der Direktor des Internationalen Künstlerhauses es fertiggebracht hatte, alle zwei Jahre die ganze Altstadt zum Ausstellungsraum für einen bedeutenden zeitgenössischen Bildhauer zu machen – Mitoraj, Avramidis, Wortelkamp, Luginbühl, Lüpertz –, und welche Aufregung vor allem die rundlichen »Blunzn« von Botero anfangs ausgelöst hatten, dass die Kunstinteressierten dieser Stadt aber jeweils so viel Geld gesammelt hatten, dass von jedem Künstler ein Exemplar angekauft und im Stadtraum aufgestellt werden konnte.

»Interessant«, sagte Paolo.

Er wunderte sich auch nicht über das aus der Wand hängende Engelsbeinchen, als Hanna ihn auf die monumentalen Fresken am Alten Rathaus hinwies, ein Detail, das bei ihren Gästen üblicherweise freundliche Erheiterung hervorrief. Irgendetwas stimmte nicht – Paolo interessierte sich überhaupt nicht für das, was sie da über Bamberg erzählte. Aber warum hatte er sie denn dann um eine Stadtführung gebeten?

Als sie neben dem urmuttergroßen Lächeln der Kunigundenstatue stehen blieb, um ihm die Fischer- und Schifferhäuser von Klein-Venedig zu erläutern, packte Paolo plötzlich ihr Handgelenk und drehte sie zu sich herum.

»Komm zurück«, sagte er heiser. »Lass Klein-Venedig. Komm mit mir nach Venedig!«

Hanna sah ihn verblüfft und erschrocken an. Sie entzog ihm ruckartig ihr schmerzendes Handgelenk und fragte stirnrunzelnd: »Ich soll … Aber … aber wie stellst du dir das denn vor?«

Er trat ganz nah auf sie zu und sagte in ihr Haar: »Gib kleines Palazzo weg für richtiges Palazzo!«

Hanna wandte sich ab und rieb ihr Handgelenk. »Richtigen«, korrigierte sie.

»Scusi?«

»Es heißt ›für einen richtigen Palazzo‹.«

Paolo lächelte dünn. »Also gut, der richtigen Palazzo wartet auf dich, meine Schöne.«

Hanna zögerte. Vor ihrem inneren Auge sah sie die spitzengerahmten Fenster zum Canal Grande, den idyllischen, götterumstandenen, brunnenplätschernden Innenhof und die ehrfurchtgebietende Marmortreppe, sie spürte Paolos Atem in ihrem Haar, seine durchdringende Präsenz und sah seine schönen Hände, Hände, die so zärtlich sein konnten, Hände, die sie geschlagen hatten.

»N-nein«, sagte sie.

»Sag jetzt nicht Nein«, raunte Paolo. Er drehte mit dem Zeigefinger ihr Gesicht zu sich. »Denk darüber nach noch.« Das Grün seiner Augen vertiefte sich. »Denk darüber nach!«, flüsterte er, drehte sich um und ging weiter.

Hanna folgte ihm benommen. Als sie ihn eingeholt hatte, fragte er in beiläufigem Ton, als hätten sie gerade eine ganz alltägliche Konversation geführt: »Wie geht es eigentlich deinem Vater?«

Hanna schaute ihn ungläubig an. »Meinem Vater?« Sie schüttelte den Kopf und schluckte. »Meinem Vater geht es hoffentlich gut«, sagte sie nach einigen Sekunden. »Ich bin überzeugt, dass er im Himmel ist.«

Paolo blieb abrupt stehen. *»Tuo padre è morte?«* Er schien erschrocken.

»Ja, er ist vor fünf Jahren gestorben, vor fast sechs Jahren schon.«

»O dio«, murmelte Paolo. *»Come …?«*

»Es war ein Herzinfarkt. Es ging ganz schnell.«

Hanna wunderte sich über Paolos betroffene Reaktion. Er hatte ihren Vater doch nur einmal getroffen, damals, als sie ihn ihren Eltern vorgestellt hatte, bevor sie nach Venedig fuhren. Sicher, die beiden hatten sich recht gut verstanden, hatten den halben Abend über irgendwelche Finanzdinge gefachsimpelt. Aber das war doch schon so lange her.

Aus dem Augenwinkel nahm sie wahr, dass ein Mann zu ihnen herübergrüßte, bevor er durch das namenlose Gässchen zwischen Oberer und Unterer Brücke davonging. Er kam ihr vage bekannt vor, auch wenn sie im Moment nicht wusste, wo sie ihn einordnen sollte. Paolo ging weiter, als habe er nichts bemerkt. Also hatte der Gruß wohl ihr gegolten.

Paolo sah sie von der Seite an und grinste etwas schief. »Dann bist du jetzt ja eine reiche Erbin?«

»Nein, reich wahrhaftig nicht«, erwiderte sie kläglich.

»Nein?«, fragte er ungläubig.

»Nein. Ich komme gerade so über die Runden. Geerbt hat meine Mutter. Ich bekam damals aber mein Häuschen. Das hatte Papa schon in den siebziger Jahren gekauft, als Klein-Venedig noch keine begehrte Adresse war. Und er wollte immer, dass ich es bekomme.«

»Aha.«

Sie waren in die Sandstraße eingebogen, wo selbst um diese Jahreszeit Touristengruppen unterwegs waren, die von ihren Führern auf die Brauerei »Schlenkerla« hingewiesen wurden.

»Da gibt es das berühmte Rauchbier. Pflicht für jeden

Bamberg-Besucher. Willst du es versuchen? Wir könnten hier essen, was meinst du?«, fragte Hanna.

Paolo nickte. »Na gut, wenn es ist Pflicht.«

Sein Pflichtgefühl schien aber nicht sonderlich ausgeprägt. Nach dem ersten Schluck stellte er das Bierglas mit angewidertem Gesichtsausdruck weg. »Ist ja grauenhafter Geschmack. Wie verbrannt. *Que va storta?* Haben sie es verdorben?«

»Nein, das gehört so. Das Malz wird über brennenden Buchenscheitern ...«

Paolo runzelte die Stirn. »Ich trinke lieber Wein.«

»Mach das ... nicht«, wollte Hanna warnen.

Aber Paolo hatte schon mit herrischer Geste die Kellnerin herbeigewunken.

»Haben Sie Wein?«, fragte er mit jener selbstverständlichen Arroganz, die jahrhundertelanger Züchtung bedarf.

Kellnerinnen waren im »Schlenkerla« traditionell unfreundlich. Doch durch einen beklagenswerten Verfall der Sitten hatten einige von ihnen in den letzten Jahren das Lächeln gelernt. Paolos Anfrage vertrieb diese Schwäche gründlich.

»Ham'mer«, brummte die Bedienung und nickte.

»Bringen Sie mir Weinkarte.«

Hanna glaubte Belustigung in den Augen der Frau aufblitzen zu sehen.

»Ham'mer net«, stellte sie kategorisch fest. »Weißn odder rodn?«

Paolo schien ein wenig verwirrt.

Hanna übersetzte: »Es gibt hier keine Weinkarte. Sie fragt dich, ob du Weißwein oder Rotwein willst.«

»W... Weißwein.«

»Dauerd a wengla. Der muss erscht ausm Keller gholt wern.« Die Bedienung schritt zufrieden davon.

»Das hättest du nicht tun sollen, Paolo. Sie wird dich warten lassen.«

Paolo blickte mit jenem Anflug von Degout in den Mundwinkeln, den Hanna von seiner Mutter kannte, hinter der Kellnerin her.

»Weißt du, es ist schon fast ein Sakrileg, im ›Schlenkerla‹ Wein zu bestellen. Schlimmer wäre es nur noch, Cola zu wollen. Hier trinkt man einfach die Spezialität des Hauses, Rauchbier halt.«

»Dir schmeckt doch auch nicht. Trinkst nur wenig.«

»Oh, ich mag Rauchbier gern. Aber ich muss noch arbeiten, und wenn ich mehr als die Hälfte von dem Seidla trinke, schlafe ich garantiert am Schreibtisch ein.«

Paolo stocherte lustlos in der Hackfleischfüllung seiner »Bamberger Zwiebel« herum.

»Welcher Art von Arbeit musst du so dringend erledigen?«

»Ich muss die Referate meiner Studenten korrigieren, die ich ihnen morgen zurückgeben will.«

»Studenten? Arbeitest du an Uni? Bist du *professoressa*?«

»Schön wär's«, seufzte Hanna. »Aber es ist nur ein Lehrauftrag, leider. Und du? Was machst du inzwischen?«

»Oh, dies und das. Geht alles bestens mit Geschäften.«

»Geschäfte? Bist du denn nicht mehr Kurator von –«

»Nein, nicht mehr«, unterbrach Paolo sie. »Zu viel zu tun mit Geschäften.«

Etwas in Paolos Gesicht veranlasste Hanna, zu fragen: »Paolo, was willst du wirklich hier?«

Paolos grüne Augen verengten sich. »Du glaubst mir nicht? Warum?«

»Sag du mir's!«

»Was willst du? Dass ich vor dir auf Knie falle? Oder? Ich biete dir Chance, und du –«

In diesem Moment klingelte Paolos Handy. Beunruhigt schaute er auf das Display. Sein *»Sì. No, no. Naturalmente«* klang alarmiert. Er sah aus, als würde er mit Mühe Beunruhigung, ja Angst verbergen. Er klappte sein Handy zu und sah Hanna aus schmalen Augen einige Sekunden lang nachdenklich und fast bedauernd an. Dann seufzte er und stand abrupt auf.

»Ich muss gehen, leider. *Ciao bella.* Ich ruf dich an.«

Und fort war er. Keine Begründung, keine Entschuldigung. Hanna saß wie vor den Kopf geschlagen da. Was war denn das? Das konnte doch wohl nicht wahr sein! Verwirrt betrachtete sie die Reste der gefüllten Zwiebel auf Paolos Teller. Automatisch und ohne etwas zu schmecken, aß sie ihre Bratwürste auf.

Als sie nach einem letzten Schluck Bier ebenfalls gehen wollte, sagte die Kellnerin: »Das macht achtzehn Euro fünfzig.«

So viel zu dieser gelungenen Einladung, dachte Hanna. Super, jetzt komme ich wenigstens schneller als erwartet wieder an meinen Schreibtisch! Doch irgendwie war der Gedanke nicht so richtig tröstlich.

Auf dem Heimweg fiel ihr in einem Papierkorb an der Ecke zu ihrer kleinen Gasse ein herzförmiger Rosenstrauß auf, in den seltsamerweise drei Zahnpastatuben eingebunden waren. Die Floristinnen wurden auch immer verrückter. Die schönsten Sträuße verdarben sie durch die Beigabe von Dornenzweigen, Heubüscheln oder neonfarbenen Schleifen. Aber wer band denn schon Zahnpastatuben in einen Strauß?

Hanna sah sich nach allen Seiten um, wem wohl dieser weggeworfene Blumengruß gehören könnte. Aber nirgendwo war jemand zu sehen, der sich dafür zu interessieren schien. Das nette Herz aus roten Rosen sah in dem Papierkorb so verloren und verfroren aus, dass Hanna es kurz entschlossen herausholte und mit nach Hause nahm.

19

Und dieser Frau hatte er vertraut, mit dieser Frau hatte er sein Leben verbringen und alt werden wollen! Lang hatte sie ja nicht gebraucht, um sich einen neuen Lover zu angeln! Er, ein gestandener Staatsanwalt, war dagestanden wie ein schüchterner Pennäler mit seinem blöden Rosenherz mit den drei Zahnpastatuben drin, als sie aus ihrer Gasse geschlendert kam mit diesem Scheißkerl, mit dem sie gelacht hatte und der seinen Arm um sie gelegt hatte, als wäre dies das Selbstverständlichste von der Welt. Wie vertraut waren die zwei denn miteinander? Waren sie vielleicht sogar schon im Bett …? In Hannas Bett?

Mit masochistischer Lust malte er sich die beiden auf diesem Bett aus. Hatte sie ihn etwa wegen dieses Schönlings verlassen? Ja, natürlich, so musste es gewesen sein. Und er hatte sich wegen der Scheißmistkackzahnpastatube Gedanken gemacht!

Was für ein hirnverbrannter kleinbürgerlicher Idiot er doch war!

Benno pfefferte seinen Blumenstrauß in den nächsten Papierkorb und trat dann gegen jedes Verkehrsschild, das es wagte, sich ihm in den Weg zu stellen, bis jemand im Vorübergehen zu ihm sagte: »Grüß Gott, Herr Staatsanwalt.« Die Scham darüber, von einem Bekannten beim Treten von Verkehrsschildern beobachtet worden zu sein, verbesserte seine Laune nicht gerade.

In einer spiegelnden Schaufensterscheibe sah Benno sein mürrisches Ebenbild. Unwillkürlich verglich er sich mit dem Kerl, der den Arm um Hannas Schultern gelegt hatte. Und erntete nur Minuspunkte.

Statt gegelter schicker Frisur standen um seinen Kopf wirre braune Locken, die, wie meist, viel zu lang waren. Er hasste es, zum Friseur zu gehen, und schob den Besuch immer so lange wie möglich hinaus. Außerdem war er nur mittelgroß und eher kompakt und nicht groß und schlank wie dieser … dieser … Ihm fiel gar kein Ausdruck ein, der ihm mies genug vorkam für diese Kreatur. Und dann war der auch noch so angezogen wie ein Filmstar, lässig-elegant und, das konnte sogar er sehen, diskret teuer. Sein eigener Kleidungsstil dagegen … na ja …

Aber zumindest das konnte er ändern. Und das würde er ändern, jawoll, und zwar auf der Stelle. Bis zu seiner Verhandlung hatte er noch eine Dreiviertelstunde Zeit. Wenn so einer das konnte, so ein Heini, dann … Aber wo war denn in dieser blöden Langen Straße nur ein Kleidergeschäft für Herren?

Er versuchte angestrengt, sich zu erinnern, wann er sich denn das letzte Mal etwas zum Anziehen gekauft hatte und wo. Aber ihm fielen nur Hannas anfangs gut gelaunte, dann immer resigniertere Versuche ein, ihn in ein »vorzeigbares Etwas«, wie sie das nannte, zu verwandeln. Er hatte sich dem mit stiller Passivität widersetzt. Er fühlte sich einfach wohl in seinen ausgebeulten Jeans, in seinen alten vertrauten Hemden und Pullundern.

Aber hier war ja wenigstens ein Schuhgeschäft. Neue Schuhe wären vielleicht auch … Und den Verkäufer konnte er dann unauffällig nach einem Herrenausstatter fragen, der auf seinem Weg zum Gericht lag.

Aber es gab keinen Verkäufer, sondern nur eine blutjunge Verkäuferin, die ihn kritisch von Kopf bis Fuß musterte und ihn in Verlegenheit brachte, indem sie auf seine höfliche Anfrage nach Schuhen zurückfragte, was für Schuhe er denn haben wolle.

»Nun ja, normale Schuhe halt, zum Laufen«, antwortete Benno verwirrt.

»Naa, ich mein, brauchen S' an Business-Schuh oder an Freizeitzeitschuh, Halbschuh oder Stiefeletten, Slipper oder Sneakers oder Outdoorshoes?«

Benno schwieg erschrocken.

Sie sah ihn mitleidig an. »Soller aus Leder sein, aus Velours, aus Leinen oder *mixed*?«

»Ich … ich weiß noch nicht.« Benno wünschte sich kilometerweit weg.

»Wissen S' denn wenichstens a Farb?«

»Ich dachte … vielleicht … schwarz?« Benno ermannte

sich. »Jetzt zeigen Sie mir halt einfach mal was, dann kann ich entscheiden.«

Er verließ den Laden mit drei Paar Schuhen und der Auskunft, zum Kleiderkauf doch zum Ali an der Oberen Brücke zu gehen. In dem Moment, als die Verkäuferin ihm das empfahl, fiel ihm wieder ein, dass Hanna ihm dort einmal einen Pullover gekauft hatte, der ihm schon bald zu eng geworden war.

Benno hatte das auf eine falsche Waschweise geschoben. Entsetzlich unbequem, das Teil. Aber in seiner heroischen Aufbruchstimmung war Benno bereit, sich auch noch den Besuch bei Ali anzutun.

Natürlich drückten die neuen Schuhe. Die alten hatte er gleich zum Wegwerfen im Schuhladen gelassen, nachdem die Verkäuferin resolut erklärt hatte, die seien absolutes No-Go. Schon am Obstmarkt meinte Benno, an der rechten Ferse eine sich entwickelnde Blase zu spüren.

Auch bei Ali gab es keinen verständnisvollen Verkäufer, sondern wieder nur eine, diesmal bildschöne, junge Verkäuferin mit gepiercteem Bauchnabel. Sie eskortierte ihn in den Kellerverkaufsraum, legte ihm auf ihre vergebliche Frage nach seiner Hosengröße fünf Jeans zur Auswahl vor und schickte ihn dann mit dreien davon in die Umkleidekabine, während sie Hemden und Pullover für ihn heraussuchen wollte. Bei jedem Blick in einen der Spiegel zog Benno den Bauch ein und dachte sich für diesen Mistscheißkerl an Hannas Seite, für diesen Drecks-Arm-um-die-Schulter-Leger, eine neue Art von Folter aus.

Dass der ihn zwang, sich in so einer engen stickigen Umkleidekabine … es gab wenig, was er scheußlicher fand …

Benno stand gerade in der Unterhose da und wollte sich seinen Pullunder über den Kopf ziehen, als sein Blick auf seine Armbanduhr fiel. Oh, Scheiße, Scheiße, Scheiße!

In zehn Minuten fing seine Verhandlung an, und er hätte vorher unbedingt noch etwas mit dem Richter besprechen müssen. Er fiel beinahe aus der Kabine, als er wie ein Springteufel in seine Hosen, seine Schuhe und seinen Mantel fuhr. Er fegte ein paar Jeans von einem der Tische, als er daran vorbei- und die Treppe hinaufrannte.

»Ich komme wieder«, rief er der verblüfften Verkäuferin über die Schulter zu.

In der Kabine hinterblieben zwei Plastiktüten mit neuen Schuhen.

Es war definitiv nicht Bennos Tag.

20

Werner Sinz betrachtete die Mitglieder »seiner« Sonderkommission. Sie saßen in einem großen U um aneinandergeschobene Konferenztische und sahen in dem unbarmherzigen Licht der alten Neonröhren blass und angespannt aus. Es roch nach feuchter Wolle und sanft nach dem Brokkoli, den es zu Mittag in der Kantine gegeben hatte. Die lebhafte Unterhaltung verstummte, als Werner auf sein Pult klopfte und die neu hinzugekommenen Ermittler aus Hof, Bayreuth und Coburg begrüßte. Mit der Verstärkung aus verschiedenen Ressorts der Bamberger Dienststelle war die Soko »Hainmord« inzwischen auf neunzehn Personen angewachsen, dreizehn Männer und sechs Frauen.

»Nun gut«, begann Werner, »Frau Jung hat euch dankenswerterweise ein Papier zusammengestellt, das die Grundtatsachen des Falles, soweit wir sie bisher wissen, übersichtlich darstellt, sodass wir jetzt alle auf dem gleichen Kenntnisstand sein müssten. Ist das akzeptiert? Gibt es bisher Fragen?«

Allgemeines Kopfschütteln.

Nur die Kommissarin aus Hof meldete sich: »Ist so eine schriftliche Zusammenfassung nach den jeweiligen Ermittlungsabschnitten hier üblich? Ich finde das überaus nützlich.«

»Wir versuchen es, wenn es die Zeit irgend erlaubt. War eine Idee von Frau Jung. Sie ist erst seit Kurzem hier und wagt es schon, Ideen zu haben.« Werner schaute mit einem Augenzwinkern zu Claudia Jung hinüber.

Die ersten Punkte waren schnell abgehandelt. Die Befragung der Joggerin hatte keine neuen Erkenntnisse gebracht, das K3 hatte gemeldet, dass die Geldscheine, die Martin Kostner bei sich hatte, nicht gefälscht waren, und die Spurensicherer hatten an Kostners Körper keine verwertbaren Spuren sichern können. Auch am Tatort hatte der Regen alle brauchbaren Spuren vernichtet. Das Obduktionsergebnis lag noch nicht vollständig vor, doch man konnte mit ziemlicher Sicherheit von einem

Todeszeitpunkt zwischen elf und zwölf Uhr am vorhergehenden Abend ausgehen.

Werner hakte diese Themen auf seiner Fragenliste ab und sagte: »Okay. Nächster Punkt. Paul und Harald, ihr habt doch mit den Eltern Kostner gesprochen.«

Paul Weber hatte sich Vater Kostner vorgenommen. »Der ist ja wirklich ein Goldstück vor dem Herrn.« Er schüttelte sich. »Zunächst hat er rumgebrüllt, wollte sich beschweren beim Chef, beim Oberbürgermeister, wenn nicht gleich beim Ministerpräsidenten und so weiter und so weiter. Es dauerte lange, bis ich ihn geknackt hatte, aber schließlich ist er doch damit herausgerückt, dass er seinen Sohn rauswarf, als er mitgekriegt hatte, dass der mit Drogen dealt. Vorher gab es wohl eine Auseinandersetzung, bei der sich die beiden fast umgebracht haben. Das trägt natürlich nicht gerade zu seiner Entlastung bei. Aber für gestern Abend scheint er ein Alibi zu haben. Er war bis gegen dreiundzwanzig Uhr bei seinem Stammtisch in der Brauerei Keesmann, und gegen dreiundzwanzig Uhr dreißig kam er nach Hause. Der Nachbar hat gehört, wie er seinen Wagen in die Garage gefahren hat. Und Kostners Frau hat das bestätigt.«

»Damit können wir ihn wohl von der Liste der Verdächtigen streichen?«

»Na, er kann ja wohl kaum um elf vom Keesmann losfahren, mal schnell im Hain seinen Sohn umbringen und um halb zwölf zu Haus in der Wattstraße sein.«

»Und die Zeitangaben stehen fest? Hast du das gegengecheckt?«

Weber zögerte etwas. »Hm, das müssen wir schon noch mal überprüfen. Die Nachbarn sind sich uneins: Er sagte, gegen halb zwölf, sie meinte, es sei eins gewesen. Die Diskussion darüber wurde etwas emotional, aber er versicherte glaubhaft, seine Frau habe schon geschlafen, und wenn sie dann aufwache, sei sie immer etwas desorientiert. Hinter vorgehaltener Hand hat er dann noch hinzugefügt, das sei nicht nur nach dem Aufwachen so. Das hat die Stimmung nicht gerade verbessert. Wir hätten fast den nächsten Mord gehabt. Aber Kostners Frau hat glaubhaft versichert, dass ihr Mann kurz nach den Spätnachrichten nach Hause kam.«

»Das war fast das Einzige, was sie gesagt hat.« Harald Meyer, der Frau Kostner vernommen hatte, wirkte sichtlich verlegen. »Ansonsten hat sie ständig geheult. Ich konnte sie fragen, was ich wollte, sie hat nur geheult. Ich kann weinende Frauen ganz schlecht ertragen, und ich bin nach einiger Zeit raus aus dem Zimmer, damit sie sich erst mal beruhigt. Und Ilse …«

»Kasinski?«

»Soweit ich weiß, haben wir nur eine Ilse«, antwortete Harald Meyer leicht pampig. »Ilse hat angeboten, die Frau zu trösten, und ich dachte, es wäre doch ganz gut, wenn sie Erfahrungen sammelt und sich etwas bewährt. Und bei der hat Frau Kostner plötzlich geredet wie ein Buch.«

»Wo ist sie denn überhaupt?« Werner war bisher nicht aufgefallen, dass Ilse Kasinski nicht da war.

Harald Meyer räusperte sich. »Also, das war so: Als sie die Vernehmung vom Band abgeschrieben hat, na ja, da ist sie plötzlich aufgesprungen und hat gesagt, sie müsse etwas verifizieren. Seitdem ist sie noch nicht wiedergekommen.«

»Wo ist sie denn hin?«

»Ich weiß es nicht. Ich dachte, sie will vielleicht einen Kollegen befragen. Ich war gerade am Telefon, als sie raus ist.«

»Nein, sie ist weggefahren. Ich hab sie mit einem von den jungen Kollegen in ein Dienstfahrzeug steigen sehen«, warf Stefanie Brustmann ein.

»Was? Also hört mal, das geht ja gar nicht!« Werner knallte die flache Hand auf den Tisch. »Ihr könnt sie doch nicht einfach so weggehen lassen! Seit wann ist sie denn weg?«

»Seit einer knappen Stunde. Ich dachte natürlich, sie ist zur Sitzung wieder da. Ist doch eine Chance für sie, da dabei sein zu dürfen.«

Wie aufs Stichwort öffnete sich in diesem Moment die Tür, in der die kleine Kasinski erschien, zerzaust und außer Atem.

»Entschuldigung, ich hab's nicht schneller geschafft«, sprudelte sie mit ihrer hellen Stimme hervor und hielt Werner ihren Bericht hin. »Aber ich …« Dann fielen ihr die unheilvoll auf sie gerichteten Blicke auf. Sie schlug die Hand vor den Mund und schaute sich erschrocken um. »Es war wirklich …«, stammelte sie.

Werner ließ sie nicht ausreden. »Wo warst du denn, verdammt noch mal?«

»B… bei Frau Kostner, weil … wegen …« Ilse Kasinski schien noch kleiner zu werden, als sie ohnehin schon war.

»Du kannst doch nicht allein irgendwohin fahren, ohne deinen Vorgesetzten zu informieren«, fuhr Werner sie an.

Ilse Kasinski schluckte, aber dann sagte sie tapfer: »Ihr wart alle so beschäftigt, und ich wollte doch das vor der Sitzung hier noch klären, und bei Kostners ging niemand ans Telefon, und da dachte ich, ich frag sie halt einfach noch mal, und ich bin ja auch nicht allein, der Peter ist doch mit, und es ist auch wirklich wichtig!« Flehend sah sie Werner an.

Etwas besänftigt legte der ihren Bericht auf den Tisch, zeigte auf einen freien Platz und knurrte: »Jetzt setz dich erst mal hin und dann erzähl gefälligst der Reihe nach.«

Aber Ilse Kasinski war zu aufgeregt, um sich hinzusetzen. Sie legte nur ihre Tasche ab und wandte sich dann an die versammelte Runde.

»Es war wegen Kostners Alibi. Seine Frau hatte doch gesagt, er sei gleich nach den Spätnachrichten nach Haus gekommen, und da hab ich nachgesehen, wann die kamen. Gestern Abend waren aber die Tagesthemen im Ersten schon um zweiundzwanzig Uhr vierzig zu Ende und das heute-journal um zweiundzwanzig Uhr fünfzig. Und das geht doch nicht zusammen, wenn Herr Kostner erst um dreiundzwanzig Uhr beim Keesmann aufgebrochen ist. Also wollte ich Frau Kostner fragen, welche Nachrichten sie denn gesehen hat. Und weil keiner bei Kostners ans Telefon gegangen ist, hab ich gedacht, ich fahr halt mal hin. Ich hatte irgendwie so ein ungutes Gefühl. Ich hab unten auch Bescheid gesagt, ich brauchte ja ein Auto.«

Sie wischte sich die Hände an ihren Jeans ab.

»Okay. Aber besser wäre es gewesen, du hättest gewartet, bis du das mit Harald hättest besprechen können.«

»Nein, das wäre nicht besser gewesen.« Die junge Kriminalhauptmeisterin atmete tief durch. »Als wir dort vorfuhren, kam Frau Kostner gerade aus dem Haus gestürzt, weil ihr Mann sie verprügeln wollte. Sie hatte sich nämlich entschlossen, ihn zu verlassen, das hatte sie mir in der Vernehmung schon gesagt – steht auch in dem Bericht ...« Sie zeigte auf die Papiere, die vor Werner lagen. »Da ist er, der Herr Kostner, völlig ausgerastet. Wir haben sie dann zu ihrer Schwester gefahren, und darum bin ich auch zu spät gekommen.«

»Gut, also ... Aber in Zukunft geht so was ...« Werner räusperte sich.

»Und was ist denn jetzt mit dem Alibi von Herrn Kostner? Darum ging's doch. Oder?«, fragte Meyer zwo.

»Ja, genau, das ist ja das Aufregende – Frau Kostner hat die Nachtnachrichten oder wie das heißt, im ZDF angeschaut, und die kamen um null Uhr fünfundvierzig. Herr Kostner ist also nicht kurz nach elf, sondern erst gegen ein Uhr nach Haus gekommen!«

Die kleine Kasinski sah sich triumphierend um und strahlte übers ganze Gesicht, als alle sie sprachlos anstarrten.

»Oha! Oha!« Werner presste die Lippen zusammen. »Das heißt, dass unser Herr Kostner ein kleines Erklärungsproblem hat. Er hat genau für die fragliche Zeit kein Alibi. Was genau hat er zu dir gesagt, wo er war, Paul?«

»Er hat ausgesagt, er sei von seinem Stammtisch direkt nach Haus gefahren und dort gegen halb zwölf eingetroffen, seine Frau könne das bestätigen. Wir haben den Wirt und zwei seiner Stammtischbrüder und die Nachbarn befragt. Das schien alles zusammenzupassen.«

Paul Weber rieb sich betreten den Nacken.

»Tja, damit steht Heinrich Kostner wieder ganz oben auf unserer Verdächtigenliste. Paul, kümmere du dich darum. Ilse soll dir helfen. Pass gut auf sie auf. Da scheint ja kriminalistisches Potenzial heranzuwachsen.« Er nickte der kleinen Kasinski anerkennend zu. »Holt Kostner noch mal zu einem Verhör her. Er muss ausspucken, wo er in der fraglichen Zeit gewesen ist. Was ist mit den Konten der Firma? Wer sollte das überprüfen?«

Gerda Kummer hob die Hand. »Der Chef wollte ja bei Staatsanwalt Berg einen Durchsuchungsbeschluss beantragen. Aber als er gegen Mittag dort anrief –«

»Warum erst gegen Mittag?«, unterbrach Werner. »Das sollte doch schon …«

»Ich war erst gegen Mittag dort, um nachzufragen, wo der Beschluss bleibt.« Sie gab sich hörbar Mühe, ihre Stimme neutral klingen zu lassen. »Und als der Chef dann anrief, war der Herr Staatsanwalt gerade zum Mittagessen.«

»Ja, und zwar mit mir. Verdammt! Ruf noch mal bei ihm an.« Werner schaute auf die Uhr. »Du könntest ihn gerade noch erwischen vor seiner Verhandlung.« Die Kommissarin zückte ihr Handy und verließ den Besprechungsraum.

Werner seufzte. »Leider haben wir außer Herrn Kostner noch ein paar andere kleine Baustellen: Rauschgift, Einbruch, Vandalismus und einen verschwundenen Hauptverdächtigen. Fangen wir mal mit dem Problemfeld Rauschgift an. Es steht durch mehrere Zeugenaussagen fest, dass der Ermordete mit Drogen gehandelt hat, wofür auch die große Summe spricht, die er bei sich hatte. Waitz, hast du inzwischen etwas über seine Rolle in der Szene herausfinden können?«

Herbert Waitz, Leiter des für Drogendelikte zuständigen Kommissariats 4, trug, wie fast immer, eine beleidigte Miene zur Schau.

»Ich bin ja leider erst sehr spät zu dem Fall zugezogen worden. Ich habe dann sofort alles andere stehen und liegen lassen und einen unserer zuverlässigsten V-Männer angerufen. Doch diesem war Martin Kostner nicht persönlich bekannt. Er hatte allerdings vom Hörensagen erfahren, dass eine neue Gruppe versucht, sich im Geschäft zu etablieren, und dabei nicht zimperlich vorgehen soll. Er will sich weiter umhören und mir dann wieder Bescheid sagen. Aber –«

Werner unterbrach ihn, und nur in seinen Augenwinkeln

saß ein kleines bisschen Schadenfreude. »Ich kann da glücklicherweise etwas weiterhelfen. Die Zeugin, die ich heute Mittag befragt habe – Tanja Steinhübel ...«

»Die aus dem Fall im Haus am Nonnengraben?«, fragte Uwe Vollmar.

»Ja, genau die. Sie ist oder war mit dem Freund des Ermordeten, Charly Baumann, befreundet. Sie hat mir erzählt, dass Martin Kostner mit dem Dealen schon in der Schule angefangen hat. Seit etwa einem Jahr scheint er mehr und mehr das Geschäft auf den Schulhöfen übernommen zu haben. Ein richtiger Sympathieträger, dieser Martin Kostner!«

»So! Das hat diese Tanja Steinhübel ausgesagt. Na, dann werde ich mit der mal ein paar Takte reden müssen!« Herbert Waitz blickte gequält.

»Das ist nicht nötig«, sagte Werner bestimmt. »Ich habe ihre Aussage auf Band. Das kannst du jederzeit abhören.«

»Ach so, jetzt wird mir schon vorgeschrieben, wie ich meine Ermittlungen zu führen habe.« Waitz stand auf und blickte gekränkt. »Dann kann ich ja gehen.« Er zog seine Zigarettenschachtel aus der Jackentasche.

Werner, der genau wusste, dass der Kollege schon längst nach der nächsten Zigarette fieberte, erklärte trocken: »Nein, du kannst noch nicht gehen. Die nächsten Punkte, die wir besprechen müssen, hängen nämlich ganz eng mit Kostners Dealertätigkeit zusammen.«

Herbert Waitz setzte sich missmutig wieder hin und begann mit einer Streichholzschachtel zu spielen, die er immer wieder drehte und auf den Tisch klopfte, drehte und klopfte. Werner versuchte, das enervierende Geräusch nicht zu beachten.

»Wir kommen jetzt zu den beiden Einbrüchen, die in der euch vorliegenden Zusammenfassung erwähnt sind. Den Einbruch in der Wohnung von Frau Steinhübel hat Carla Kunder aufgenommen. Ich habe sie deshalb zu dieser Sitzung dazugebeten. Carla, du hast das Wort.«

Carla Kunder schilderte nochmals kurz, was im Haus am Nonnengraben vorgefallen war, und konzentrierte sich dann auf die Verbindung dieses Einbruchs zu Martin Kostner. »Frau Steinhübel befürchtet, dass die Einbrecher bei ihr nach Rauschgift gesucht haben. Sie hat Angst, Freunde von Martin Kostner würden vermuten, Charly Baumann habe welches bei ihr versteckt. Sie meint allerdings, dass er das sicher nicht getan habe, weil sie ihm immer wieder nachdrücklich klargemacht hat, dass sie mit Drogen absolut nichts zu tun haben will. Sie hat schreckliche Angst um ihren kleinen Sohn.«

Das Streichholzschachtel-Geklapper verstummte.

»Na so was! Und ich glaube an den Weihnachtsmann! Das liebe Mädchen – will absolut nichts mit Drogen zu tun haben, hat Angst um ihr Söhnlein. Pff! Hat die gut informierte Lady, die man nicht befragen darf, vielleicht auch die Namen jener gefürchteten Freunde gewusst?«, fragte Herbert Waitz.

Carla Kunder ließ sich nicht provozieren. »Sie kannte, wie schon Frau Kostner, nur die Spitznamen dieser beiden Herren: Harry und Manno.«

Kommissarin Krüger meldete sich. »Deren richtige Namen sind Hans Hennig und Manfred Schechinger. Meine Schwägerin wusste sofort, nach wem ich frage, und hat mir eine Menge Storys über die beiden erzählt. Sie wohnen beide in der Wattstraße, noch bei ihren Eltern, sind beide arbeitslos und in der Gegend total verhasst. Das mit dem … mit dem Kot machen sie wohl öfters, in Gärten und auf Sitzbänken und so weiter. So etwas macht sehr beliebt. Ich habe nachgesehen: Beide sind aktenkundig, wegen Ruhestörung, Erregung öffentlichen Ärgernisses und Körperverletzung. Bisher kamen sie immer mit Bewährung mit Auflagen davon. Nur Hans Hennig musste einmal zwei Wochen Jugendarrest verbüßen. Nette kleine Bürschchen.«

»Es sieht ganz danach aus, als wären diese beiden auch für den Einbruch in Charly Baumanns Wohnung verantwortlich. Das reicht«, stellte Werner fest.

»Gut, ich besorge mir die Haftbefehle«, bot Anita Krüger an, »und hole sie her.«

»Nein, nicht du. Das sind brutale Kerle. Welche Kollegen stehen denn …«

»Ach was!« Die Krügerin lachte und zeigte ihren beachtlichen Bizeps. »Ich nehme den großen Rowolt mit, der wird mit dreien von der Sorte fertig.«

»Na gut, aber sei trotzdem vorsichtig«, mahnte Werner.

Sie sah spöttisch über die Schulter zu ihm zurück, als sie mit festen, schnellen Schritten den Raum verließ.

Werner lächelte. »Kommen wir also zum letzten Punkt, zu Charly Baumann. Er ist, wie unsere neue Kollegin aus dem hohen Norden …« Er wies auf Claudia Jung, die murmelte: »Ich bin, verdammich, aus Essen. Das ist doch nicht hoher Norden!«

Uwe Vollmar beugte sich zu ihr hinüber und flüsterte vernehmlich: »Für einen Franken ist alles jenseits der Rhön hoher Norden.« Er verschluckte ein Lachen.

Werner überhörte die Unterbrechung und fuhr fort: »Wie die Kollegin mit scharfer Beobachtungsgabe festgestellt hat, hat sich Charly Baumann übereilt aus seiner Wohnung wegbegeben unter Mitnahme von Lebensmitteln. Die Umstände deuten auf eine Flucht hin. Er wurde von einem Zeugen beobachtet, wie er gegen dreiundzwanzig Uhr fünfundvierzig Gepäck in seinen Wagen lud und schnell davonfuhr, also wahrscheinlich kurz nach dem Mord. Das macht ihn natürlich zu unserem zweiten Hauptverdächtigen. Er ist bereits zur Fahndung ausgeschrieben. Was haben wir denn inzwischen über ihn herausgefunden?«

Stefanie Brustmann meldete sich wie immer korrekt und bescheiden mit erhobenem Zeigefinger.

»Für diesen Ermittlungsabschnitt war ja ich eingesetzt«, begann sie. »Ich konnte Namen und Adresse seiner Eltern ermitteln.« Sie konsultierte ihre Notizen. »Es sind Hans Kromm und Patricia Baumann-Kromm. Karl-Heinz, genannt Charly, behielt den Mädchennamen seiner Mutter. Die Kromms kamen 1990 nach der Wende aus Thüringen nach Bamberg, wo sie seitdem in einer Wohnung in der Sieboldstraße leben, also in der Nähe der Wattstraße. Hans Kromm war bis 1989 Offizier bei der Grenzpolizei der DDR, in Bamberg hat er als Hilfsarbeiter in der Metallwarenfabrik Bühler gearbeitet. 1993 ist er in vorzeitigen Ruhestand gegangen, und 1995 wurde er zu einer Bewährungsstrafe verurteilt. Seitdem steht die Familie nur unter ›Baumann‹ im Telefonbuch. Momentan sitzt Hans Kromm wegen Versicherungsbetrugs in Untersuchungshaft im Bamberger Gefängnis. Frau Baumann-Kromm, die erheblich jünger ist als er, ist Arbeiterin bei der Firma Bosch.«

»Und was macht der Sohn beruflich?«

»Er hat nach der mittleren Reife eine Ausbildung als Mechatroniker absolviert und ist im Moment bei der Firma Auto-Gräf beschäftigt.«

»Man sollte dort anrufen und …«

»Das habe ich bereits getan. Er ist heute Morgen nicht zur Arbeit erschienen, was für ihn offenbar ungewöhnlich ist. Deshalb hat die Sekretärin in seiner Wohnung und bei seiner Mutter angerufen, aber niemanden erreichen können. Und auf seinem Handy meldet sich nur die Mailbox. Ich habe mir die Nummern geben lassen und es seitdem auch schon einige Male vergeblich versucht. Eine Telefonüberwachung habe ich schon beantragt, aber die Standortermittlung hat leider nichts gebracht. Das Handy wurde seit gestern Abend nicht benutzt.«

»Gute Arbeit, Stefanie! Ich werde nachher mal zu der Wohnung von den Kromms fahren. Sieht nicht gut aus für den jungen Baumann.«

Es klopfte kurz, dann betrat Christoph Düsel den Raum, hager, langnasig und nervös, aber unschlagbar in allem, was Waffen betraf.

»Entschuldigt bitte, es ging nicht schneller. Die Spusi hat das Projektil gefunden. Und ich habe es erst identifizieren müssen.«

»Und?«, fragte Werner gespannt.

»Es stammt von einer Makarow IŻ-70.« Düsel hielt eine Abbildung der Waffe hoch. »Das ist die Pistole, die bis 1991 in der Sowjetunion die militärische Standard-Seitenwaffe war.«

»Oha!«, machte Werner. »Und was schließen wir daraus?«

»Leider nicht viel«, antwortete Christoph Düsel. »Die Dinger kamen nach dem Zerfall der Sowjetunion massenweise in Umlauf. Es bedeutet lediglich, dass unser Mörder irgendwie

Kontakt zur Unterwelt, eventuell Kontakt zur Mafia hat. Die Auftragskiller der Mafia benutzen angeblich gern diese Waffe.«

»Die Mafia?«, fragte Meyer zwo skeptisch. »Ist das nicht etwas sehr weit hergeholt?«

»Von wegen! Schade, dass die Kollegin DiVito noch nicht da ist; sie kann erst morgen kommen. Die hat sich nämlich auf das Thema ›Mafia in Deutschland‹ spezialisiert. Ich hab letzthin einen Vortrag von ihr gehört – da wird's dir ganz anders!« Christoph Düsel hob nachdrücklich die Stimme. »Die kalabrische ›'Ndrangheta‹ ist inzwischen in Deutschland fest etabliert, vor allem im Drogengeschäft. Das ist die reichste kriminelle Organisation der Welt. Und sie unterwandert mit ihrem Geld die Wirtschaft, gerade hier in der Bundesrepublik, weil wir diese Gefahr noch nicht recht ernst nehmen und nicht konzentriert was dagegen tun! Weil es zunächst auch gar nicht auffällt. Die Vertreter der Bosse kommen häufig aus gehobenen Gesellschaftsschichten, die erkennst du nicht als Kriminelle. Und die machen die Drecksarbeit natürlich nicht selbst. Dafür stellen sie andere an, in Deutschland häufig Russen. Also, so weit hergeholt scheint mir der Gedanke nicht!«

Als Christoph Düsel sich gesetzt hatte, war es einen Augenblick ganz still im Raum. Werner schaute in die nachdenklichen, skeptischen oder überraschten Gesichter seiner Kollegen. »Ich denke, dass wir diese Spur durchaus weiterverfolgen sollten. Herbert, bist du damit einverstanden, dass Christoph diesen Ermittlungsabschnitt übernimmt? Ist ja sowieso euer Ressort. Joachim soll ihm helfen – okay, Joachim? – und ab morgen natürlich Frau DiVito. Es wäre ziemlich schrecklich, wenn diese Leute ihre Fühler schon bis hierher ausgestreckt hätten.«

»Und du würdest unserem verehrten Chef mit seiner Vorliebe für organisierte Kriminalität auch ungern recht geben, nicht wahr?«, warf Meyer zwo ein.

Werner schüttelte ärgerlich den Kopf und klappte seine Mappe zu. »Wir treffen uns um sechs Uhr wieder hier. Bis dahin, frohes Schaffen!«

21

Es war ein Mehrparteienhaus wie viele in dieser Straße, zwei Stockwerke, ein Satteldach, etwas heruntergekommen. Frau Baumann-Kromm wohnte im Erdgeschoss. Sie öffnete nach dem zweiten Klingeln, im Bademantel und mit ungekämmten Haaren.

Sie muss früher einmal hübsch gewesen sein, dachte Werner Sinz. Aber zwanzig Kilo Übergewicht und eine graue großporige Zigarettenhaut hatten davon nicht viel übrig gelassen.

Werner zeigte seinen Ausweis und fragte: »Frau Baumann-Kromm? Wir würden Ihnen gern ein paar Fragen stellen. Dürfen wir hereinkommen?«

Die Frau öffnete die Tür: »Gomm Se! Gomm Se rinn!« Ihr Thüringer Akzent war unüberhörbar. »Aber ich muss Sie warnen, ich hab noch nich aufgeräumt. Ich arbeit Schicht, bei die Bosch, Nachtschicht, da schläft man am Tag.«

»Noch nicht aufgeräumt« war eine gigantische Untertreibung: Auf dem Couchtisch und am Boden krümelten Chips und Flips vor sich hin, der überquellende Aschenbecher verstärkte den intensiven Zigarettengeruch in der Wohnung, auf dem Sofa und den Sesseln häuften sich Kleidungsstücke, vom gewaltigen BH bis zu ebenso ausladenden Jeans. Frau Baumann-Kromm bewegte ihre Massen mit erstaunlicher Wendigkeit zwischen den Möbeln umher, sammelte Kleidungsstücke ein und warf den Haufen dann durch die nur wenig geöffnete Tür ins Nebenzimmer. Dabei redete sie ununterbrochen – von den Schwierigkeiten der Nachtschicht und deren körperlichen Folgen und wie die Arbeitskolleginnen damit fertigwurden und was sie deswegen in der Zeitung gelesen hatte und … Zusammen mit dem Fernsehapparat, in dem gerade ein heftiger Streit ausgetragen wurde, stieg der Geräuschpegel fast an die Schmerzgrenze.

Schließlich ließ Frau Baumann-Kromm sich in einen Sessel

plumpsen und sagte einladend: »Setzen Se sich, setzen Se sich doch. Was wolln Se denn wissen?«

Für sie war es eindeutig nichts Neues, von der Polizei befragt zu werden. Sie zündete sich eine Zigarette an. »Is was mit meinem Mann?«

»Bevor wir anfangen, machen Sie doch bitte Ihren Fernseher aus«, sagte Werner genervt.

Frau Baumann-Kromm schaute erstaunt zu dem Gerät – sie hatte offensichtlich nicht bemerkt, dass es noch lief – und versuchte mühsam, sich aus dem Sessel hochzustemmen.

Claudia Jung reichte ihr die Fernbedienung und bat freundlich: »Und Ihre Zigarette bitte auch.«

Als Frau Baumann-Kromm etwas hilflos auf den übervollen Aschenbecher blickte, nahm Claudia Jung ihn und fragte: »Wo ist denn die Küche? Ich leere ihn schnell aus.«

»Die zweite Tür rechts«, antwortete Frau Baumann-Kromm und ließ sich schnaufend zurücksinken.

»Wir haben nur ein paar Fragen«, begann Werner. »Wohnt Ihr Sohn Karl-Heinz noch bei Ihnen?«

Werner begann gern mit Fragen, deren Antworten er schon wusste, um die Reaktionen seines Gegenübers besser einschätzen zu können.

»Karli?« Ein Anflug von Angst flackerte über das Gesicht seiner Mutter. »Nein, der hat schon lang eine eigene Wohnung. Schon vier Jahre. Es is ja wichtig, dass junge Leute selbstständig werden. Obwohl, das is ja immer weniger der Fall. Viele, gerade Jungs, bleiben nur zu gern im Hotel Mutti. Hab ich erst neulich einen Bericht da drüber gesehen. Und wenn ich ganz ehrlich sein soll, ich hätt ja mein' Karli schon auch gern noch dabehalten. ›Du alte Glucke‹, sagt mein Mann immer. Aber der Karli wollte was Eigenes. Hat ja 'ne schöne Wohnung, da am Heumarkt, ganz zentral und so …«

»Frau Baumann-Kromm, wann haben Sie Ihren Sohn denn das letzte Mal gesehen?«

»Nu, vor drei Wochen war das, am Sonntag vor drei Wochen. Er kommt ja regelmäßig alle vier Wochen am Sonntag zum Mittagessen. Da koch ich ihm immer sein Lieblingsessen: Königsberger Klopse.«

Bei ihr klang das wie »Gönigsberscher Globbse«.

»Ich sag immer, Junge, ich kann doch auch mal was anderes machen, Dhüringer Glöße und Sauerbradn oder … nee, immer will er seine Königsberger Klopse.«

Claudia Jung kam mit dem geleerten Aschenbecher zurück, und Frau Baumann-Kromm drückte ihre inzwischen schon halb gerauchte Zigarette darin aus.

»Und das war das letzte Mal, dass Sie mit ihm gesprochen haben?«, hakte Werner nach.

»Nee, wir haben noch zweimal telefoniert. Einmal hab ich ihn angerufen, um ihm zu sagen, dass Tante Karla gestorben is. Tante Karla is nämlich die Schwester von meiner Mutti gewesen, und die hat Karli immer so gerngehabt, und jetzt hat sie ihm doch gar nichts hinterlassen, und das is doch … Und der Karli hat mich neulich angerufen und …«

»Ist Ihnen dabei etwas aufgefallen? War Ihr Sohn anders als sonst, nervös oder aufgeregt?«, unterbrach Werner den Redefluss.

»Nee, nervös war der nich. Obwohl, nu, irgendwie anders war das schon. Er hat nämlich nach seinem Vater gefragt, und wie das so war, damals in der DDR, das hat er noch nie gemacht. Er war ja erst sechs, als wir rübergemacht haben. Für ihn is Bamberg ja sein Zuhause. Das war schon komisch.« Sie zögerte, streckte die Hand nach der Zigarettenschachtel aus, ließ sie wieder sinken und schaute Werner verstohlen an. »Warum fragen Se das denn alles? Is was mit dem Karli? Hat er was angestellt?«

»Warum meinen Sie denn, Ihr Sohn habe etwas angestellt?«

»Nu, ja, weil …« Plötzlich wirkte sie um Worte verlegen. »Oder is was mit meinem Mann? Wissen Se, er ist im Grund ein guter Kerl. Er wollte doch bloß, dass wir's ein bisschen besser haben und unsere Schulden bezahlen können. Weil seit der Wende, wo er doch nicht mehr Offizier sein durfte, also das war nicht einfach … Aber der Richter hat ja nicht mal mildernde Umstände gelten lassen.«

»Ihr Mann ist im Gefängnis?«, fragte Claudia Jung in anteilnehmendem Ton.

»Jaa«, seufzte Frau Baumann-Kromm. »Aber ich halt zu ihm, ja, das tu ich. Ich geh ihn regelmäßig besuchen. Manchmal telefonieren wir auch. Grad heut erst hat er angerufen, weil ihn da so jemand Komisches besucht hat und –«

Doch Werner wollte keinen weiteren Wortschwall zulassen, sondern endlich zum Anlass ihres Besuches kommen. »Frau Baumann-Kromm, können Sie sich vorstellen, wo wir Ihren Sohn finden könnten? Er ist nämlich heute nicht bei seiner Arbeitsstelle erschienen, und in seiner Wohnung ist er auch nicht.«

Frau Baumann-Kromm fuhr in ihrem Sessel hoch. »Nicht bei Auto-Gräf erschienen? Der Karli? Nicht bei seiner Arbeit … ach, du meine Güte! Da muss ihm was passiert sein! Aber warum haben die denn nicht bei mir angerufen? Deswegen ruft man doch nicht gleich die Polizei!«

»Die Firma hat versucht, Sie zu erreichen. Aber Sie haben es anscheinend nicht gehört.«

»Das könnt sein. Am Anfang schlaf ich immer so fest.« Sie hatte rote Flecken am Hals bekommen. »Wo könnt er denn nur sein, wo könnt er …?«, stammelte sie. »Vielleicht hat er einen Unfall gehabt. Man müsste beim Krankenhaus …«

»Das haben wir schon geprüft«, versicherte Claudia Jung. »In den Krankenhäusern in Bamberg und Umgebung ist er nicht.«

»Haben Sie schon seine Freundin gefragt?« Als würde sie das von ihrer Angst ablenken, plapperte sie hektisch weiter, und es klang wie ein oft wiederholter Refrain: »Also mein Geschmack ist die ja nicht – grüne Haare, das muss man sich mal vorstellen! Aber mir muss sie ja auch nicht gefallen. Bei der war er in letzter Zeit öfter, auch über Nacht.«

Um sicherzugehen, fragte Werner: »Wissen Sie den Namen des Mädchens?«

»Ein Mädchen ist die nimmer. Die hat nämlich ein Kind. Tanja heißt sie. Aber wie die mit dem Nachnamen heißt, keine Ahnung.«

Werner nickte beruhigend, um anzudeuten, dass das kein Problem sei. »Wir suchen nach Personen, zu denen Ihr Sohn Kontakt hatte. Kennen Sie Freunde von ihm? Martin Kostner zum Beispiel?«

»Den Martin? Den kenn ich schon von klein auf. Der war oft bei uns, weil, der war nich so gern zu Haus. Aber in den letzten Jahren … ich weiß nich … ich hab ihn ja nich mehr so oft gesehen.«

Werner zögerte kurz, aber morgen würde die Nachricht sowieso in der Zeitung stehen. »Martin Kostner ist tot. Er wurde heute früh ermordet aufgefunden.«

Frau Baumann-Kromm fiel in sich zusammen. Mit schreckgeweiteten Augen sah sie von Werner zu Claudia Jung.

»Ich wusst's doch, ich wusst's doch!«, jammerte sie. »Ach, hätt er doch bloß … Aber der Martin, der war so … Immer hat er ihn nach Italien geschickt. Und ich hab mir gleich gedacht … Immer wieder hab ich's ihm gesagt. Aber auf mich …« Sie wischte sich unsichtbare Spinnweben vom Gesicht und begann zu weinen.

»Warum hat Martin Kostner Ihren Sohn denn nach Italien geschickt, Frau Baumann-Kromm?«

»Das weiß ich nicht. Aber so, wie der Karli da nicht drüber geredet hat … das kann nichts Gescheites gewesen sein. Und jetzt? Und jetzt? Jetzt ist der Martin tot. Und mein Karli …? Meinen Sie … glauben Sie, dem Karli ist auch was passiert?«

Flehentlich schaute sie Werner an, während ihr die Tränen an der Nase herunterliefen.

»Ich weiß es nicht. Wir können es leider nicht ausschließen.«

»Sie müssen ihn finden, Sie müssen …« Schluchzend klammerte Frau Baumann-Kromm sich an Werner.

Er bekam seine Hand nur mit Mühe zurück. »Wir tun unser Bestes, ganz bestimmt, Frau Baumann-Kromm.«

Während sie sich verabschiedeten, legte Claudia Jung der Weinenden die Hand auf den Arm und sagte: »Wir finden ihn bestimmt.«

Es war als Trost gemeint.

Im Auto fragte Werner: »Was war das denn für eine merkwürdig lange Aschenbecherausleeraktion, Frau Kollegin?« Er ließ den Wagen an.

»Ach«, antwortete Claudia Jung mit Unschuldsmiene. »Ich fand einfach die Küche nicht. Deshalb musste ich in alle Räume sehen. Er war nicht da.«

»Das habe ich jetzt überhaupt nicht gehört.« Werner warf ihr lächelnd einen schnellen Blick zu. Als er an einer roten Ampel halten musste, bemerkte er: »Interessantes Gespräch, nicht wahr? Ist Ihnen dabei etwas aufgefallen?«

»Nun, eigenartig war es schon, wie lange sie gebraucht hat, um zu fragen, warum wir ihren Sohn suchen. Es ist doch nicht normal, dass die Polizei erscheint, weil ein junger Mann einmal nicht zu seiner Arbeit kommt.«

»Genau. Da stimmt doch etwas nicht. Ich denke, dass sie mehr weiß, als sie zugibt. Vielleicht hat sie ja doch eine Ahnung, wo er sich aufhält. Und das ganze Getue …«

»Das glaube ich nicht. So viel Schauspielkunst trau ich ihr nicht zu. Wahrscheinlich hat sie nicht gefragt, weil sie Angst vor der Antwort hatte. Vielleicht fürchtet sie, dass ihr Sohn die gleiche kriminelle Energie entwickeln könnte wie sein Vater.«

»Tja, könnte sein. Aber da war etwas …?« Werner überlegte. Irgendwann hatte es in dem Gespräch den Anfang einer Spur gegeben. Er spürte es ganz deutlich, er schmeckte es auf der Zunge, aber er kam einfach nicht darauf. Schließlich sagte er: »Jedenfalls war der Hinweis auf Italien sehr wichtig. Charly Baumann wurde von Kostner also in Angelegenheiten nach Italien geschickt, von denen er seiner Mutter nichts erzählen wollte.«

»Wir wissen doch schon von Tanja Steinhübel, dass er ihn als Kurier benutzt hat«, warf seine Kollegin ein.

»Italien – das könnte zu den Hinweisen von Düsel passen. Wir müssen ihm nachher gleich Bescheid sagen. Ein Glück, dass morgen die Coburger Kollegin kommt. DiVito – ihre Familie kommt ursprünglich aus Italien. Und sie soll angeblich sehr hübsch sein.«

»Hm«, lächelte Claudia Jung. »Vielleicht kann sie Waitz ein bisschen von seinem Ärger über uns ablenken. *Viva bella Italia.*«

22

Als Hanna ihre Haustür öffnete, stolperte sie zuerst über ein Spielzeugauto und dann über Tanjas linken Turnschuh. Sie fiel gegen die Windfangtür und stieß sich den Arm an. Ärgerlich hob sie das Auto auf und stellte Tanjas Schuh unter die Garderobe. Im Wohnzimmer roch sie sofort den Rauch. Es war ziemlich kalt im Raum, offenbar hatte Tanja gelüftet. Sie saß mit angezogenen Beinen auf dem Sofa vor dem laufenden Fernsehapparat und dem Laufen lernenden Will, der jetzt zwei Schrittchen auf Hanna zu machte, auf den Hintern fiel und zu schreien begann.

»Verdammt, Tanja!«, murrte Hanna und nahm Will auf den Arm. »Ich hab dir doch gesagt, dass du hier drinnen nicht rauchen sollst!«

Will hatte zu schreien aufgehört, schmiegte sein Köpfchen an ihre Schulter und putzte sein verrotztes Näschen und die Schokolade an seiner Hand an ihrem neuen hellen Pullover ab.

Tanja schaute schuldbewusst zu Boden.

»Sorry, Hanna, eigentlich rauch ich ja gar nicht mehr. Aber ich bin immer noch total down, und draußen ist es so ätzend, und Will kann doch hier drin nicht allein bleiben. Keine Sekunde kann man den Schnörpfel mehr aus den Augen lassen.«

Hanna schaute sich im Zimmer um. Es war unvorstellbar, dass zwei Menschen in so kurzer Zeit eine solche Unordnung zustande bringen konnten. Der Kinderwagen hatte Dreckspuren auf dem Parkettboden hinterlassen, neben ihm lagen Wills Overall, seine Mütze und seine Handschuhe auf dem Boden, Tanjas Mantel war auf den Sessel geworfen worden, Wills Fläschchen hatte eine Milchpfütze auf dem Couchtisch hinterlassen, und neben Hannas Schreibtisch stand Tanjas große Tasche, aus der Will offenbar mit Entdeckerfreude diverse Gegenstände und

Kleidungsstücke herausgezogen und in der Gegend verstreut hatte.

Tanja hatte Hannas Blick gesehen und sagte, den Tränen nahe: »Ich räum gleich auf, Hanna. Ich bin nur auch erst vor Kurzem nach Haus gekommen und brauchte einfach mal ein paar Minuten zum Hinsetzen.«

»Wieso bist du denn überhaupt hier? Du hast doch gesagt, dass du bis fünf arbeiten musst?«

»Meine zweite Kundin hat abgesagt. Ihr Kleiner ist die Treppe runtergefallen, und sie musste mit ihm zum Arzt.«

Hanna war noch immer ärgerlich. Wie sollte sie in diesem Durcheinander denn nur arbeiten?

»Weißt du was?«, schlug sie resigniert vor. »Ich mach uns jetzt erst mal einen Tee, und dann nimmst du Will und gehst mit ihm nach oben und baust dir mit ihm auf meinem Bett eine Burg. Ich muss unbedingt ein paar Stunden ungestört arbeiten. Und mach den verdammten Fernseher aus!«

Hanna hatte nach dem Tee den Rosenstrauß – ohne Zahnpastatuben – in eine Vase gestellt, den Kinderwagen beiseitegerollt, den Dreck vom Boden gewischt, die Kleider aufgehängt und fünf Arbeiten korrigiert, als aus dem Oberstock ein fürchterliches Geschrei ertönte.

Tanja erschien kreidebleich mit einem blutüberströmten Will oben an der Treppe.

»Scheiße! Er hat deine Nachttischlampe runtergeschmissen und sich daran geschnitten. Ich glaube, das muss genäht werden.« Sie sah aus, als würde sie gleich in Ohnmacht fallen.

Hanna schloss verzweifelt die Augen. Das durfte doch einfach nicht wahr sein!

Doch dann schaltete sich das ein, was sie selbst ihren »Krisenmanagementsinn« nannte. In schwierigen Situationen handelte sie instinktiv kühl und zielorientiert und verfiel erst hinterher, wenn alles vorbei war, in eine Art hysterischer Taumeligkeit.

»Ja, das sieht nicht gut aus«, sagte sie entschlossen. »Komm, wir gehen erst mal ins Bad und waschen ihm das Blut ab und verbinden die Wunde vorläufig. Wer ist denn dein Kinderarzt? Ich ruf dort schon mal an, während du Will anziehst.«

Sie würde morgen mit ihren Studenten einfach eine Diskussionsstunde machen und ihnen dann freigeben.

23

Aha!, dachte Kunigunde. Sie will reden. Mitten in die umständlichen Klagen ihrer Freundin über ihre verschiedenen Zahnoperationen, zu denen Christa angeregt Bienenstich verzehrte, war Hannas Anruf geplatzt.

»Ich würde heut Abend viel lieber bei dir zu Haus feiern. Ich bestelle eine Pizza, damit du nicht kochen musst, okay?«, hatte sie gesagt.

Eigentlich hatte Kunigunde protestieren wollen: »Pizza an meinem achtundsechzigsten Geburtstag? Nur über meine …«

Aber wenn sie es recht bedachte: Sie hatte ja tatsächlich keine Zeit, groß aufzukochen, denn sie hatte sich fest vorgenommen, heute das letzte Kapitel im Hauptteil ihrer Arbeit noch einmal kritisch durchzulesen, bevor sie zum Interview mit der Tochter ihres »Helden« fuhr, damit sie ihre Fragen gezielt stellen konnte. Und jetzt nahm ihr dieser blöde Geburtstagskaffee schon kostbare eineinhalb Stunden weg.

Es fiel ihr zunehmend schwerer, ihrer Freundin zuzuhören, obwohl sie sich dazu verpflichtet glaubte, weil die ihr schon oft in schwierigen Situationen tatkräftig geholfen hatte. Sie empfand die Diskrepanz zwischen der Banalität bundesrepublikanischer Alltagsklagen und dem Grauen, mit dem sie sich gleich würde beschäftigen müssen, als beinahe körperlichen Schmerz. Natürlich hatte Christa Zahnweh, unabhängig davon, was damals geschehen war und was an Schrecklichem unentwegt in der Welt geschah, aber trotzdem … Sie verabschiedete die Freundin, sobald es die Höflichkeit zuließ, und setzte sich sofort an ihren Schreibtisch.

Am Abend des 22.8.1959 wurde Franz Novak angeschossen und von Stasi-Offizieren in die DDR zurückverschleppt. Trotz seines – laut Festnahmeprotokoll *unbedeutenden* – Oberschenkeldurchschusses wurde er noch in dieser Nacht in die

Stasi-Untersuchungshaftanstalt Magdalenenstraße im über dreihundert Kilometer entfernten Berlin eingeliefert.

Bereits am nächsten Morgen um sechs Uhr dreißig begann die erste, siebenstündige Vernehmung. Novak unterschrieb mit zittriger Hand jede Seite des Vernehmungsprotokolls, offenbar unfähig, dessen zahlreiche Fehler wahrzunehmen oder zu beanstanden.

Sechsunddreißig Mal wurde er in den folgenden Monaten bis Mitte Januar 1960 verhört. Die Haftbedingungen und Verhörmethoden waren grauenhaft. Er wurde nicht geschlagen oder physisch gefoltert. *Das haben wir nicht nötig*, sagte einer seiner Vernehmer einmal.

Die Stasi setzte ganz auf Psychoterror. Franz Novak wurde im Keller des Zuchthauses von Hohenschönhausen in eine winzige dunkle Zelle gesperrt, in totaler Isolationshaft. Er durfte nicht lesen, nicht schreiben, mit niemandem sprechen, sich tagsüber nicht hinlegen oder sich anlehnen und stand unter ständiger Beobachtung – immerzu allein mit seinen Gedanken. Er begann, sich nach den Verhören zu sehnen.

Die Protokolle dieser Vernehmungen lesen sich gespenstisch: bürokratisch stilisiert, steif, hölzern und bar jeden menschlichen Gefühls, obwohl sie doch über eine emotional extrem aufgeladene Situation berichten. Viele Aussagen, die Franz Novak angeblich gemacht haben soll, sind zweifellos gefälscht; sie widersprechen vom Stil und Inhalt allem, was er in seinen Briefen geschrieben hat: *Mein Verhalten musste sich dahingehend auswirken, dass die im Grenzgebiet Willersdorf stehenden Aufgaben in Bezug der sozialistischen Umgestaltung des Dorfes nicht erfüllt wurden.* Oder: *Ich entschied mich, ein Feind der Deutschen Demokratischen Republik zu werden; ich wollte durch meine Flucht die Deutsche Demokratische Republik schädigen.*

So hat Franz Novak, nach allem, was wir von ihm wissen, einfach nicht gedacht. Doch er hat all diese Protokolle unterschrieben, Seite für Seite. Zu seinem Pflichtverteidiger sagte er später: *Nach vier Monaten ohne Licht, nach vier Monaten im Keller von Hohenschönhausen, in dieser Hölle, unterschreiben Sie alles.*

Aber selbst in diesen Machwerken gibt es Antworten, die echt klingen und die zeigen, wie lange Franz Novak standgehalten hat. Man kann Ärger erkennen, Trotz, Wut, Resignation, aber er hat sich nicht angebiedert: *Wenn mir hier nicht geglaubt wird, dann habe ich eben gelogen ... Sämtliche Angaben, die ich bisher gemacht habe, entsprechen der Wahrheit ... Dieses weiß ich ganz genau und brauche deshalb nicht erst darüber nachzudenken!*

Er hat Fehler zugegeben, auch Selbstkritik geäußert und, wo immer es ihm möglich war, versucht, seine Angehörigen und Freunde zu schützen, indem er die ›Schuld‹ auf sich nahm. Weder seine Nachbarn noch einer seiner Jagdkollegen hätten von seinen Fluchtplänen gewusst, sein Bruder und seine Frau hätten versucht, ihm das Vorhaben auszureden.

Er berichtete offen und wahrheitsgemäß über sein Leben, seine Karriere, seine Arbeit bei der Grenzpolizei, die Vorgänge, die zu seiner Flucht führten, und seine Erlebnisse in Westdeutschland.

Besonders interessierte sich die Stasi jedoch für seine Vernehmungen durch den amerikanischen Geheimdienst in Bayreuth unmittelbar nach seiner Flucht. Immer und immer wieder wurde er danach gefragt, und er antwortete jedes Mal erneut, dass er keine militärischen Geheimnisse verraten habe, da er sich trotz allem noch an seinen Fahneneid gebunden gefühlt und ja auch gehofft habe, einmal wieder in die DDR zurückkehren zu können.

Das aber wollten die Stasi-Offiziere, die ihn vernahmen, absolut nicht hören. Er sei ein Spion und solle endlich gestehen, dass er sein umfangreiches Wissen über die DDR-Grenzsicherungsmaßnahmen an den amerikanischen Geheimdienst verraten habe. Als er das aber auch nach dem dreißigsten Verhör nicht »zugab«, fertigten sie ein gefälschtes Geständnis an. *Ich habe plötzlich eingesehen, dass mein Verhalten bisher falsch war ... Ich bin jetzt gewillt, darüber zu berichten, was ich über dienstliche Angelegenheiten der Deutschen Grenzpolizei angegeben habe.* Die umfangreiche und exakte Auflistung all dessen, was er angeblich verraten haben soll, hätte Franz Novak schon umständehalber – ohne Papier und Stift – gar nicht anfertigen können: *Struktur der Deutschen Grenzpolizei, Angaben über die 4. Grenzbrigade Rudolstadt, die 11. Bereitschaft Zschachenmühle, die Grenzabteilung Weitisberga ... Stärke der Bereitschaften, Abteilungen und Kompanien ... Waffen und Fahrzeuge, Tierbestand, Tagesdienstablauf, Sicherung der Grenze, Schlagbäume, Erdbeobachtungsbunker und Verlauf des Grenzmeldenetzes, Einsatz von Signalgeräten* ... und so weiter – acht Seiten lang.

Schließlich habe er, laut Protokoll, gestanden: *Meine Beziehungen, die ich damals zum amerikanischen Geheimdienst hatte, trugen den Charakter einer Spionageverbindung. Darüber war ich mir im Klaren.*

Er weigerte sich lange, diese Lügen zu unterschreiben. Daraufhin wurden die Haftbedingungen nochmals verschärft. Sie brachen ihn schließlich durch Hunger, Durst, Kälte oder Hitze in der Zelle, durch ständige Bedrohungen und Demütigungen des Wachpersonals. Den Ausschlag aber gab letztlich das Versprechen, seine Frau aus der Haft freizulassen, wenn er unterschreibe.

Denn am 23.12.1959, dem Tag vor Weihnachten, servierte die Stasi Franz Novak ein besonderes »Weihnachtsgeschenk«: die Gegenüberstellung mit seiner Frau. Es war die erste Begegnung der beiden seit ihrer Festnahme.

Bis dahin hatte Franz Novak immer noch gehofft, Sonja sei in Freiheit – sie hatte sich in seinen Augen doch nichts zuschulden kommen lassen. Jetzt musste er erkennen, dass sie im selben Gefängnis saß wie er. Die Lektüre des eiskalten Protokolls dieser Begegnung verursacht Übelkeit. Es beginnt mit der Frage: *Kennen Sie die Person, die Ihnen gegenübergestellt wird?*

Alle weiteren Fragen des Ermittlers betrafen die Gasmaske: Was Franz Novak unternommen habe, um sie zu bekommen, warum er es getan habe und welchen Anteil Sonja daran gehabt habe. Auch dabei versuchte Franz wieder, seine Frau zu schützen – er habe ihr nicht mitgeteilt, wofür er die Maske benötige, sie habe von seinen Kontakten zum amerikanischen Geheimdienst nichts gewusst. Sie antwortete aber, sie sei intelligent genug, dass sie sich das selbst hätte denken können. Beide mussten jede einzelne Aussage unterschreiben: Sonja mit kleiner, verzagter Kinderschrift, Franz mit zornig hingeschmierten großen Krakeln. Diese Unterschriften sind die einzigen Hinweise auf die Gefühle, die die beiden bei dieser Begegnung bewegt haben müssen. Sie haben sich danach nie mehr gesehen.

Im Januar 1960 erstellte Stasi-Hauptmann Rademacher, der die Vernehmungen durchgeführt hatte, die Schlussberichte, zunächst den für Sonja. Sonja Novak hatte sich danach *der Militärspionage, der erfolglosen Anstiftung zum Diebstahl und in mehreren Fällen* des Verstoßes gegen das Passgesetz schuldig gemacht. Sie habe eine feindliche Einstellung zur DDR, sie habe gegenüber den Untersuchungsorganen den Eindruck eines primitiven Menschen zu erwecken versucht, aber sie sei *intelligent und raffiniert, dabei verlogen und unbelehrbar.* Im Juli 1969 wurde Sonja Novak zu vier Jahren Zuchthaus verurteilt.

Wesentlich umfangreicher waren die Vorbereitungen für den Prozess gegen ihren Mann. Der Fall hatte die Aufmerksamkeit der höchsten politischen Stellen in Ost-Berlin erregt. Noch vor dem Ende der Ermittlungen machte Oberstleutnant Neumann, Leiter der Hauptabteilung IX/6 des Ministeriums für Staatsicherheit, am 14.1.1960 den Vorschlag, den Prozess gegen Franz Novak vor dreißig verantwortlichen Offizieren der Grenzpolizei durchzuführen, damit diese erkennen, *dass seitens der imperialistischen Geheimdienste die Preisgabe militärischer Geheimnisse rücksichtslos zum Zwecke der Feindtätigkeit gegen die Deutsche Demokratische Republik ausgenutzt wird.* Er krönte seine lichtvollen Ausführungen mit der Erkenntnis: *Das Verfahren ist geeignet, aus erzieherischen Gründen gegen Novak die Todesstrafe zu verhängen.*

Dieses Papier wurde dem berüchtigten Chef der Stasi, Erich Mielke, vorgelegt. Seine handschriftlichen Anmerkungen sind in den Akten erhalten. Er ordnete an, den Zuhörerkreis auf achtzig Personen zu erweitern: je dreißig Offiziere der Grenzpolizei und der nationalen Volksarmee und zwanzig Mitarbeiter des Ministeriums für Staatssicherheit. Gleichzeitig sollte der

Prozess jedoch unter größter Geheimhaltung stattfinden; der Westen sollte keinesfalls davon erfahren, denn Franz Novak war schließlich rechtmäßiger Bürger der Bundesrepublik und auf westdeutschem Gebiet ergriffen und in die DDR verschleppt worden.

Der Prozess wurde an das Bezirksgericht Erfurt überwiesen, Staatsanwalt und Richter entsprechend instruiert. Die Anklageschrift der Staatsanwaltschaft Erfurt stammt vom 4.4.1960: *Den berufslosen Franz Novak ... klage ich an, die innere und äußere Sicherheit des Arbeiter- und Bauern-Staates in der Deutschen Demokratischen Republik auf das Schwerste angegriffen und gefährdet zu haben.* Von da an ist der Text wortgleich mit dem Schlussbericht des Stasi-Ermittlers, Hauptmann Rademacher, vom 21. Januar 1960: *Wesentliches Ermittlungsergebnis: Während die friedliebenden Menschen, vor allem aber die Werktätigen Gesamtdeutschlands, mit großem Interesse der bevorstehenden auf Initiative der Sowjetunion einberufenen Gipfelkonferenz entgegensehen ... setzen vor allem der westdeutsche Imperialismus sowie die anderen aggressiven imperialistischen Kräfte die Störtätigkeit gegen jegliche Entspannung fort. Die militaristisch-klerikalen reaktionären Kreise der deutschen Monopolisten sind bestrebt, den von ihnen geführten Kalten Krieg in ein neues Völkermorden umzuwandeln ...* Dabei sei vor allem der amerikanische Geheimdienst bestrebt, Einzelheiten der Grenzsicherung in Erfahrung zu bringen. *Zur Organisation seiner Feindtätigkeit* habe er sich auch auf den ehemaligen Grenzpolizei-Offizier Franz Novak gestützt. *Er ist ein geworbener Agent, der sich auf die Seite des Kriegs gestellt hat. Durch seinen Verrat hat er dazu beigetragen, dass die imperialistischen Kräfte in die Lage versetzt werden, ihren geplanten »kleinen Krieg« gegen die Deutsche Demokratische Republik vorzubereiten.* Er habe Millionen von friedliebenden Menschen in Todesgefahr gebracht.

Der Erfurter Staatsanwalt Wieseler schickte den Entwurf seiner Anklage an die Generalstaatsanwaltschaft in Berlin. Doch dann passierte etwas Ungewöhnliches. Die Generalstaatsanwaltschaft schloss sich dem Antrag auf Todesstrafe nicht an. Generalstaatsanwalt Sobisch schrieb an das Zentralkomitee (ZK) der SED, in dem alle wichtigen Entscheidungen in der DDR gefällt wurden: *Wir sind der Meinung, dass die Todesstrafe nicht vollstreckt werden sollte, und bitten nach Rechtskraft des Urteils nochmals um weitere Entscheidung.*

Novaks Fall sollte also im Zentralkomitee entschieden werden. Doch dort ließ man sich Zeit. Erst in letzter Minute – der Prozess hatte bereits begonnen – wurde ein Emissär von Berlin nach Erfurt geschickt, der dem Staatsanwalt die vom damaligen Sicherheitssekretär des ZK Erich Honecker und der mächtigen Justizministerin Hilde Benjamin unterschriebene Verfügung überbrachte: *In diesem Verfahren ist Todesstrafe beschlossen. Es wird vertraulich geführt und in den Einheiten ausgewertet.*

Der Prozess wurde damit zur reinen Schauveranstaltung. Der Pflichtverteidiger von Franz Novak, Dr. Hölz aus Weimar, spielte praktisch keine Rolle. Franz Novak hatte bis dahin gehofft, die erzwungenen Geständnisse während der Verhandlung widerrufen zu können. Darauf hatte er sich lange vorbereitet. Aber der Richter ließ ihn gar nicht zu Wort kommen. Am Ende des Prozesses stand weisungsgemäß das Todesurteil, das am 5. Mai verkündet wurde.

Alle Versuche, dieses Urteil abzuwenden, fruchteten nicht. Dr. Hölz legte natürlich Berufung gegen das Urteil ein. Die Verhandlung des Obersten Gerichts der DDR fand am 22. Juni 1960 statt. Der Berufungsrichter hielt sich beinahe wörtlich an seine Vorlagen; nur den Schlusssatz des Ermittlungsberichts formulierte er um. Der hieß ursprünglich: *Als der Angeklagte das Gebiet der Deutschen Demokratischen Republik betreten hatte, wurde er angerufen und zum Stehenbleiben aufgefordert. Er flüchtete jedoch wieder durch den Stacheldrahtzaun auf westdeutsches Gebiet, wo er leicht angeschossen und festgenommen wurde.* Die damit zugegebene Tatsache der Grenzverletzung störte die zuständigen Stellen der SED. Auf ihre Weisung strich der Berufungsrichter den letzten Satz durch und verbesserte ihn handschriftlich: *Er versuchte zu flüchten, konnte jedoch festgenommen werden.* Das Todesurteil bestätigte er.

Danach flüchtete Dr. Hölz in die BRD und machte die Öffentlichkeit auf den Fall aufmerksam. Die Empörung war groß. Mehrere Zeitungen berichteten. Zahlreiche Protest- und Bittbriefe wurden an die Staatsführung der DDR geschrieben, der Bundeskanzler intervenierte. Doch all das führte eher zu einer Verhärtung der Haltung des Politbüros. Ein Gnadengesuch der Angehörigen von Franz Novak wurde von Staatspräsident Wilhelm Pieck persönlich abgelehnt.

Am Nachmittag des 11. Juli 1960 verkündeten Vollzugsbeamte Franz Novak, dass er am nächsten Morgen hingerichtet werde. Novak bat um Papier und Stift und schrieb einen Abschiedsbrief an seine Lieben, in denen er nochmals seine Unschuld beteuerte, sie um Verzeihung bat für alles, was er falsch gemacht habe, und versuchte, sie zu trösten. Er schloss mit dem Goethegedicht: *Über allen Gipfeln ist Ruh, in allen Wipfeln spürest du kaum einen Hauch. Die Vögelein schweigen im Walde. Warte nur, balde ruhest du auch.*

Der Brief befindet sich noch heute bei den Akten. Auf dem beigehefteten Briefumschlag steht: *Der Brief wird nicht weitergeleitet da provokatorischer Inhalt.*

Im Morgengrauen des 12. Juli 1960 wurde Franz Novak mit der neu errichteten Guillotine in Leipzig enthauptet. Seine Angehörigen wurden nicht über seinen Tod informiert. Erst fünf Jahre später erhielt seine Frau auf hartnäckiges Nachfragen hin seine Sterbeurkunde ausgehändigt.

In all diesen offiziellen Vorgängen – gespeichert auf Tausenden von Aktenblättern über Vernehmungen, Gegenüberstellungen, Zeugenaussagen, Korrespondenzen diverser Staatsorgane, in Anklage und Todesurteil – ist unentwegt von Verrat die Rede. Gemeint ist immer der Verrat, den Franz Novak angeblich an der DDR begangen hat. Es findet sich nicht ein einziger Hinweis auf den anfänglichen, schäbigen Verrat, ohne den die ganze Tragödie niemals ins Rollen gekommen wäre – die Judastat des Hans Kromm an seinem Freund Franz Novak. Novak hat erst in seinem

Prozess von diesem Verrat erfahren, und er hat ihn nach Aussage seines Anwalts fast ebenso erschüttert wie das Todesurteil. Wären nicht die Stasi-Akten des geheimen Operativvorgangs »Verräter« erhalten geblieben, in dem das Vorgehen von Hans Kromm Schritt für Schritt dokumentiert ist, wäre seine Spur für immer verloren. Doch der »Lange Schatten der Vergangenheit« ...

Kunigunde klappte, erneut erschüttert durch die Lektüre, ihren Laptop zu. Sie war sich noch nicht sicher, wie sie den letzten Satz beenden sollte. Das würde sie sich nach dem Gespräch mit der Tochter Franz Novaks überlegen, das für morgen auf dem Programm stand.

24

Es war schon nach achtzehn Uhr, als Benno bei Werner anrief. »Ich komm gerade erst aus der Verhandlung«, sagte er müde. »Das zog sich und zog sich. Dieser Rechtsanwalt Krautnagel ist wirklich zum Kotzen.«

»Das kannst du laut sagen. Den hab ich auch schon erlebt. Kein Vergnügen«, bestätigte Werner. »Und wie geht's dir sonst?«

»Beschissen. Reden wir nicht drüber.«

Werner seufzte mitfühlend. »Also keinen Erfolg gehabt?«

»Nein.« Eine Woge der Unlust ergriff Benno, umhüllte ihn wie eine zu enge Haut, Unlust am Reden, Unlust am Zuhören, Unlust am Leben. Er biss die Zähne zusammen. »Bring mich lieber auf den neuesten Stand.« Er hörte selbst, wie spröde seine Stimme klang, und fügte leise hinzu: »Entschuldige.«

»Okay«, antwortete Werner ebenso leise und fuhr lauter fort: »Also: Hier hat sich allerlei getan. Der Obduktionsbericht ist inzwischen da. Todeszeitpunkt tatsächlich gegen halb zwölf Uhr gestern Nacht. Keinerlei Anzeichen eines Kampfes. Dieses Schwein von einem Mörder scheint Kostner ohne Vorwarnung mitten ins Gesicht geschossen zu haben. Ansonsten war Kostner pumperlgesund und hatte Spaghetti zum Abendessen. Was aber viel interessanter ist: Wir haben diese Freunde von Kostner, Harry und Manno, gefasst.«

»Herzlichen Glückwunsch!«

»War eine ziemlich spektakuläre Angelegenheit. Die Krügerin hatte ja die Adresse der beiden ermittelt … du hast doch das Protokoll der Soko-Sitzung bekommen, oder? Und auch lesen können?«

»Hm«, brummte Benno. »In einer Sitzungspause. So weit bin ich informiert.«

»Also gut. Die Krügerin ist wie geplant mit Rowolt zunächst zu diesem Schechinger gefahren. Sie haben ihn vor dem Computer erwischt und relativ problemlos festnehmen können. Dann aber ging es weiter wie im Krimi. Wie sie mit Schechinger vor die Tür getreten sind, um ihn ins Auto zu verfrachten, hat der laut nach seinem Kumpel gerufen, der im Nebenhaus wohnt, und geschrien, dass der abhauen soll. Dieser Harry ist eindeutig der viel Blödere von beiden und ist erst mal vors Haus gekommen und hat geschaut, was los ist. Aber als dann der Groschen gefallen war, ist er losgerannt wie ein Irrer. Doch die Krügerin war schneller – bei den Polizeiwettkämpfen gewinnt sie immer die hundert Meter –, und sie hat Hennig schließlich filmreif mit einer Grätsche zu Fall gebracht. Bis Rowolt da war – der hatte ja Schechinger am Hals und musste den erst mit einer Schließacht an einem Verkehrsschild festmachen –, hatte die Krügerin Hennig schon gefesselt.«

»Du erzählst das, als wärest du dabei gewesen.« Benno empfand die Begeisterung seines Freundes als fast anstößig.

»Wir haben jede Menge Zeugen, die das Ganze gesehen und in allen Details geschildert haben – die waren alle froh, dass die zwei festgenommen wurden. Und die gesamte Dienststelle spricht von nichts anderem. Du kannst dir nicht vorstellen, was hier los war, Zeugen und Presse und Durcheinander! Gott sei Dank habe ich das nur am Rande mitgekriegt, weil ich ja derweil die beiden Freundchen vernommen habe, das heißt vor allem den Schechinger, den anderen hat Waitz bearbeitet.«

»Und, haben die beiden was gesagt?« Eigentlich interessierte es Benno nicht die Bohne, was die beiden gesagt hatten, eigentlich hatte er nur noch Lust abzuschalten und sich irgendwo zu betrinken.

»Sag mal, bist du sicher, dass du okay bist?« Werner war eben doch ein guter Freund, der auch Untertöne wahrnahm.

»Jaja, ist schon in Ordnung. Also, was war jetzt?«

»Na gut. Hennig hat relativ wenig gesagt, aber der ist zu zusammenhängenden Aussagen sowieso nur bedingt in der Lage. Aber Schechinger hat relativ schnell ausgepackt. Ich glaube, er hat inzwischen begriffen, dass dieser Mord an ihrem Freund, wenn er denn von der Drogenmafia verübt wurde, auch eine Gefahr für ihn und Hennig bedeutet. Anfangs dachten die zwei, es sei Charly Baumann gewesen, den sie sowieso im Verdacht hatten, Kostner und sie wegen einer Lieferung Drogen übers Ohr gehauen zu haben. Erst im Lauf des Tages scheint es Schechinger gedämmert zu haben, dass hinter dem Mord ja auch jemand ganz anderes stecken könnte.«

Benno kratzte sich mit seinem Bleistift hinterm Ohr. »Na hör mal! Der verarscht euch doch! Wer in dem Geschäft ist, muss doch mit so was rechnen.«

»Nö, glaub ich nicht. Weißt du, das sind keine Profis. Meint Waitz auch. Das sind im Grunde dumme Jungs, die gemacht haben, was Kostner ihnen angeschafft hat.«

»Und was war das dann mit diesen beiden Einbrüchen?«

»Pass auf, ich maile dir mal das Protokoll von Schechingers Aussage. Dann hast du's als Grundlage für die nächste Soko-Sitzung in einer Stunde. Du kommst doch diesmal?«

»Muss ich wohl. Und mein Bedürfnis, nach Haus zu fahren, tendiert eher gegen null.«

Benno fuhr seinen PC hoch und öffnete sein Postfach. Kurze Zeit später tauchte Werners Mail oben in der Liste auf.

Zusammenfassung des Vernehmungsprotokolls, 5. April, 16 Uhr 10 bis 17 Uhr 45

Aussage Manfred Schechinger: Wir waren am Mittwoch, dem 4. April, abends um elf Uhr mit Martin Kostner in der Gaststätte »Zur Feuerwache« verabredet. Martin Kostner erwartete an diesem Abend eine größere Lieferung Haschisch, die wir mit ihm in der Wohnung von Charly Baumann zur Verteilung in kleinere Portionen abpacken sollten. Wir waren pünktlich vor Ort, denn wenn Martin [vom Vernommenen »Marty« genannt, der Protokollant] »elf Uhr« sagt, hält man sich besser daran. Aber »Marty« kam nicht. Wir haben ihn immer wieder auf seinem Handy angerufen, aber er antwortete nicht. Um halb zwölf setzte uns der Wirt vor die Tür, weil er schließen wollte. Wir warteten noch eine Weile vor dem Eingang, aber weil es zu regnen begann, beschlossen wir, in Charlys Wohnung zu gehen und dort zu warten.

Nein, einen Schlüssel hatten wir nicht, aber für Harry [Hans Hennig, d. P.] ist so ein Schloss kein Problem. In der Wohnung fanden wir ein großes Durcheinander vor. Wir erkannten, dass Charly [Baumann, der Besitzer der Wohnung, d. P.] sich offenbar aus dem Staub gemacht hatte. Auf dem Tisch fanden wir diesen an Charly gerichteten Brief [s. Anhang].

Benno öffnete den Anhang. Der abgebildete Brief war mit einem PC geschrieben und begann ohne Anrede und Datum: *»Treffpunkt Bamberger Hain, König-Ludwig-Denkmal, 4. April, 23 Uhr. Dort werde ich Ihnen, wie besprochen, das Material übergeben.«* Darunter stand ein handschriftlicher Vermerk: *»Das wirst du mir büßen, du Verräter.«*

Benno runzelte die Stirn und klickte zurück zum Protokoll.

Wir erkannten, dass die handschriftliche Anmerkung von Marty geschrieben war, dessen Handschrift wir schon oft gesehen hatten, wenn er uns Zettel mit Anordnungen zukommen ließ. Wir schlossen daraus, dass Charly Marty irgendwie betrogen hatte. Den Brief habe ich dann als Beweisstück an mich genommen, um ihn Charly zeigen zu können, wenn wir ihn treffen. Wir waren sehr wütend wegen des Betrugs. Harry begann nun, Bücher aus den Regalen und Bilder von der Wand zu reißen. Dann ging er auf die Toilette. Das macht er immer, wenn er sehr wütend ist, das ist wie ein Drang für ihn. Ich habe ihn angebrüllt, er soll aufhören, weil wenn Marty zurückkommt und wieder da wohnen will, müssten wir alles wieder in Ordnung bringen, und er wäre sehr sauer. Aber wenn Harry erst einmal in diesem Zustand ist, ist er schwer zu stoppen. Ich musste ihn mehrfach anschreien.

Wir haben immer wieder auf Martys Handy angerufen, und weil er nicht antwortete, haben wir gedacht, er wird es sich halt anders überlegt haben. Aber das war ungewöhnlich. Weil wir nicht wussten, was wir machen sollten, haben wir beschlossen, am nächsten Tag nach Charly zu suchen, und sind heimgefahren. Heute Vormittag habe ich wieder Martys Handy und

in Charlys Wohnung angerufen, und weil ich keine Antwort bekam, habe ich bei Martys Mutter angerufen, um sie zu fragen, ob sie weiß, wo er sein könnte. Da hat sie mir erzählt, dass er gestern ermordet wurde.
Es ist eigenartig, was einem in so einem Moment durch den Kopf geht. Im ersten Augenblick dachte ich nur: Gut, dann müssen wir die Wohnung nicht sauber machen [der Vernommene meint damit die Wohnung von Charly Baumann, d. P.]. Dann erfüllte mich großer Zorn, weil ich dachte, dass Charly den Mord verübt und das Rauschgift an sich genommen habe. Harry und ich überlegten, wo wir Charly finden könnten, und fuhren zunächst zu seiner Wohnung. Da aber war alles unverändert. Deshalb fuhren wir dann zu der Wohnung seiner Freundin Tanja. Dorthin hat Charly uns einmal mitgenommen, als wir gemeinsam unterwegs waren und er etwas, das er vergessen hatte, holen wollte. Es war damals spät in der Nacht, und er wollte seine Freundin und das Kind nicht wecken, weshalb er den Weg durch den Garten nahm.
Auch wir nahmen nun diesen Weg, da man von dieser Seite leichter unbemerkt in die Wohnung gelangt [der Vernommene meint damit, dass man auf der wenig begangenen Kanalseite besser einen Einbruch verüben kann als am Haupteingang vorn an der Straße, d. P.]. In der Wohnung war niemand, und wir begannen, nach den Drogen zu suchen. Harry zog wieder seine Nummer mit dem Klo ab, obwohl ich ihm davon abriet wegen möglicher DNA-Spuren. Er wollte auch auf Tanja warten, um, wie er sagte, »die Wahrheit aus ihr herauszuvögeln«. Aber mir war das zu riskant, da ich wusste, dass über Tanjas Wohnung ein Büro ist, wo tagsüber gearbeitet wird. Weil wir nicht wussten, wo wir sonst noch nach Charly suchen sollten, fuhren wir wieder nach Hause.
Erst später kam ich auf die Idee, dass vielleicht nicht Charly Marty gekillt hat, sondern der Mann, mit dem Charly verabredet war, und dass der vielleicht einer von den anderen Dealern sein könnte, die sich an uns rächen wollten.

Benno druckte den Bericht aus. Was ist denn das für ein Geeiere?, dachte er mürrisch.

Er rief Werner an, der sich auch tatsächlich schon nach dreimaligem Läuten meldete.

»Sag mal, wer hat denn dieses Protokoll geschrieben?«

Werner lachte. »Ich weiß, was du meinst. Dippold macht aus diesen Zusammenfassungen immer so nette kleine Erlebnisaufsätze. In Wirklichkeit war es eine Sauarbeit, die Geschichte aus Schechinger herauszubekommen. Das Verhör hat fast zwei Stunden gedauert, und der Knabe hat eine etwas weniger sanfte Sprache, als sie in diesem Protokoll verwendet wird, das kannst du mir glauben. Und seinen Dialekt versteh sogar ich manchmal kaum. Aber den Ablauf der Ereignisse und die wichtigsten Tatsachen hat Dippold schon korrekt dargestellt.«

Benno blies verächtlich durch die Nase. »Das klingt fast, als würdest du diese Geschichte glauben!«

»Weißt du, ich denke, die beiden sind nicht intelligent genug, um sich so eine komplizierte Geschichte auszudenken.«

»Und du bist dir sicher, dass die da nicht mit drinstecken?«

»Du meinst, ob sie was mit dem Mord zu tun haben? Haben sie nicht. Vor zwei Stunden wurde Kostners Handy in einem Gebüsch im Hain gefunden. Es wird gerade ausgewertet. Waitz freut sich schon wie ein Schneekönig. Aber die letzten zehn, zwölf Anrufe waren eindeutig von Harry und Manno, auch noch heute früh. Und dass die diese Anrufe getätigt hätten, um sich sozusagen ein Alibi zu verschaffen – dazu haben sie eindeutig zu wenig Grips.«

»Als Verdächtige bleiben also Vater Kostner, Charly Baumann und der unbekannte Drogendealer.« Allmählich begann Benno die Geschichte doch wieder zu interessieren.

»Nö, du vergisst den Brief, den Schechinger bei sich hatte. Warum sollte Kostner seinen Sohn mit so einer Nachricht in den Hain bestellen, um ihn dort zu erschießen? Und ihm dann auch noch einen Zettel mit der Aufschrift ›Lebenslanges Leid‹ und so weiter in die Hand drücken? Und außerdem ist der dazu überhaupt nicht der Typ. Dass er im Affekt zuschlägt, das kann ich mir vorstellen. Aber so eine kaltblütig-raffinierte Planung – nie im Leben.«

»Aber was ist mit seinem Alibi? Da hat er doch glatt gelogen!«

»Er hat vorhin zugegeben, dass er bei einer Prostituierten war. Die Aussicht auf eine Nacht in der Zelle hat ihn etwas gesprächiger gemacht. Wir überprüfen das gerade.«

Benno rieb sich die Nasenwurzel und sagte nachdenklich: »Dieser Brief – der stellt irgendwie die ganze Situation auf den Kopf, nicht wahr? Könnte es sein, dass Charly Baumann ihn selbst geschrieben hat?«

»Um Kostner an einen abgelegenen Ort zu locken? Hm, ja, das wäre vorstellbar. Den Gedanken sollte man weiterverfolgen ... Aber entschuldige, ich muss jetzt die Sitzung vorbereiten. Wir sehen uns nachher, dann können wir darüber diskutieren, okay?«

»Okay, bis nachher.«

Benno beugte sich in seinem Stuhl zurück und dachte nach. Irgendetwas war merkwürdig an diesem Fall. Ihn störte die Melodramatik, die überall zum Vorschein kam: die Aufbahrung der Leiche, der Zettel und jetzt dieser Brief. Warum sollte jemand Charly Baumann nachts in den Hain bestellt haben, und warum sollte der darauf eingegangen sein? Was für ein Spiel war denn das?

Benno saß da, das Kinn in die offene Rechte gestützt, und stierte ins Leere. Doch es fiel ihm keine einzige mögliche Antwort auf seine Fragen ein. Schließlich fuhr er den PC herunter, schaltete die Schreibtischlampe aus und stand auf.

Was war denn nur mit seinen Füßen los? Die fühlten sich komisch an. Oh Gott, die Schuhe! Er hatte ja neue Schuhe. Und die beiden anderen Paare hatte er in der Umkleidekabine bei Ali vergessen! Aber was viel schlimmer war: Bei dem mittäglichen Sprint von der Oberen Brücke zum Gericht hatte er bei allen Heiligen geschworen, sich seine alten Schuhe aus dem Schuhgeschäft wiederzuholen. Wie hatte er nur so dumm sein und seine braven, alten, bequemen Begleiter so vieler Jahre treulos zurücklassen können?

Auch ein Kompliment der Richterin über seine »schicken neuen Schuhe« nach der Verhandlung heute hatte ihn nicht über die Blasen an seinen Fersen und den Verlust hinwegtrösten können. Aber jetzt, um halb sieben, hatte der Schuhladen bestimmt schon geschlossen. Und morgen früh würden sie seine alten Schuhe garantiert schon entsorgt haben. Mist, Mist, Mist!

Doch vielleicht hatte er ja Glück, vielleicht war ja doch noch jemand in dem Laden, wenn er sich sehr beeilte.

Er rannte in den Hof zu seinem Fahrrad. Es hatte wieder zu nieseln begonnen, ein Nieseln, das gerade in Regen überging. Eilig riss Benno seinen Plastikponcho aus der Satteltasche und streifte ihn über. Fünf Minuten später stand er vor dem Schuhladen. Aber natürlich war der schon dunkel, und die Eisengitter waren heruntergelassen. Leise fluchend bog Benno von der Langen Straße ab in den Grünen Markt. Bei diesem Wetter war fast niemand mehr unterwegs.

Da konnte er es wohl riskieren, durch die Fußgängerzone zu radeln. Sonst käme er vielleicht auch noch zur Soko-Sitzung zu spät. Nein, heute war wirklich nicht sein Tag.

25

Hanna spannte ihren Regenschirm auf. Das Nieseln begann gerade in Regen überzugehen. Unter den Straßenlaternen sammelte sich tropfende Trostlosigkeit. Hanna fror trotz ihres Daunenmantels. Die sonst so geschäftige Kapuzinerstraße war menschenleer. Am Kranen dümpelten die Ausflugsschiffe dunkel und verschlossen vor sich hin.

Nur oben am Obstmarkt sah Hanna einen einsamen, ponchoverhüllten Fahrradfahrer von der Langen Straße in den Grünen Markt abbiegen. Er erinnerte sie irgendwie an Benno. Doch an den wollte sie nicht denken. Und an Paolo schon gar nicht. Nicht-Denken war eine gute Methode, nur schwer zu verwirklichen. Der Mistkerl! Er hatte nicht angerufen, den ganzen Nachmittag nicht.

Sie war immer noch fassungslos wegen Paolos unbegreiflichem Abgang und hatte dauernd darauf gewartet, dass er anrufen oder vorbeikommen würde, um zu erklären, was ihn dazu getrieben hatte. Aber von Paolo war kein Lebenszeichen gekommen. Mehrmals hatte Hanna ihren rudimentären Stadtrundgang von heute Nachmittag vor ihrem geistigen Auge Revue passieren lassen. Was war da nur geschehen?

Irgendwann war die Stimmung gekippt, als wäre plötzlich ein Schalter umgelegt worden. Danach wirkte Paolo hinter seiner höflichen Fassade verändert, als ginge er nicht mehr auf sie zu, sondern von ihr weg. Hanna versuchte sich zu erinnern, was denn der Auslöser dafür gewesen sein könnte. Als der Mann sie gegrüßt hatte an der Ecke der namenlosen Gasse hinter der Unteren Brücke? War das der Moment gewesen? Paolo war so bemüht unbeteiligt weitergegangen. Hatte er vielleicht Verbindungen hier in der Stadt, von denen sie nichts wissen sollte?

Sie war sowieso erstaunt, dass er nur ihretwegen nach Bamberg gekommen sein sollte. Schluss jetzt – sie wollte einfach nicht mehr darüber nachdenken.

Hanna tauchte in die Helle von Tante Kunigundes Küche ein wie in ein warmes Bad. Sie schälte den Narzissenstrauß aus der Plastiktüte. »Alles, alles Gute zum Geburtstag, liebste Tante. Vierunddreißig Narzissen, weil du höchstens halb so alt bist, wie du aussiehst.«

»Freches Ding«, lachte Kunigunde und warf Hanna über den Strauß hinweg einen Luftkuss zu. Sie stellte die Blumen in einen alten Steinguttopf. »So viel Frühlingsversprechen! Danke.«

»Vom Markt. Heute früh erst geschnitten. Die halten ewig, sagt die Frau Dechant.«

Die Narzissen leuchteten von der Fensterbank.

Tante Kunigunde nahm ihr Päckchen entgegen. »Das mach ich später auf, ja? Jetzt komm erst mal mit ins Wohnzimmer. Ich hab den Sekt schon vorbereitet.«

Im Wohnzimmer war der Tisch liebevoll gedeckt: das gute Porzellan, dreierlei Gläser, gefaltete Stoffservietten, brennende Kerzen. Natürlich gab es nicht nur die von Hanna bestellte Pizza. Das brachte Kunigunde nicht fertig. Nach der Vorspeise – gebratener Ziegenkäse auf blumenkastengezogenem Rucola mit steirischem Kürbiskernöl – stellte sie zwei Teller mit cremiger Spargelsuppe auf den Tisch, aufgetaut, aber mit Sekt aufgelockert. Und die Pizza hatte sie mit Oliven vom Türken, Parmaschinken vom Italiener und wieder ein paar von den Rucolablättern garniert.

»Aber du solltest doch nicht …«, protestierte Hanna.

»Ach was, das Ganze hat mich keine Viertelstunde gekostet. Lass mir doch die Freude.«

Sie setzten sich zu Tisch, und Hanna erzählte eifrig: von Tanja und ihren Problemen, von ihren eigenen Schwierigkeiten mit den Korrekturen, von der Nachttischlampe und dem Besuch beim Kinderarzt; die Worte strömten wie ein Wasserfall, hinter dem sie sich verbarg. Kein Wort über Benno oder Paolo.

Sie hatten die Pizza schon fast aufgegessen, als Kunigunde schließlich fragte: »Also, Kleines, was ist los? Was ist das für eine Geschichte mit Benno?«

Urplötzlich schoss eine Welle von Wut in Hanna hoch. »Nenn

mich nicht immer Kleines! Ich bin schließlich erwachsen«, fauchte sie.

Kunigunde sah sie prüfend an und zog die Augenbrauen hoch. »Aha«, sagte sie kühl.

Warnung genug.

Hannas Zorn fiel so schnell in sich zusammen, wie er gekommen war. Sie stützte die Ellbogen auf den Tisch und legte den Kopf in die Hände.

»Entschuldige«, sagte sie erstickt. »Ich weiß auch nicht … Ich bin einfach … Es war wohl wirklich etwas viel heute.«

Kunigunde legte ihr die Hand in den Nacken, ganz leicht nur und ungeheuer tröstlich.

»Ist schon gut«, murmelte sie. »Das wird schon wieder.« Und laut fügte sie hinzu: »Ich mach jetzt den Nachtisch. Kannst du derweil die Spülmaschine einräumen?«

Hanna trug das Geschirr in die Küche, und mit jedem Stück, das sie in die Maschine ordnete, steckte sie ein Fetzchen Traurigkeit mit weg. Als sie den Deckel zuklappte, fühlte sie sich tatsächlich etwas besser.

Dennoch rief sie plötzlich trotzig: »Und außerdem ist er ein lausiger Krankenpfleger. Nie sieht er von selbst, was notwendig ist. Um jeden Pups muss man ihn bitten und sich dann auch noch großartig bedanken dafür. Und wenn er ein Bett aufschütteln soll, dann fasst er es nur mit zwei Fingern an und rüttelt so ein bisschen dran!«

Kunigunde wusste sofort, von wem Hanna sprach, und sagte mühsam beherrscht: »Aber du bist doch gar nicht krank.«

»Aber ich könnte es werden.«

Da konnte sich Kunigunde einfach nicht mehr zurückhalten – sie lachte, bis ihr die Tränen kamen und sie sich auf einen Stuhl fallen lassen musste.

»Entschuldige bitte!« Sie suchte nach einem Taschentuch. »Ich habe wirklich ganz schreckliches Mitleid mit dir.« Sie hielt sich den Bauch, als ein neuer Lachanfall sie schüttelte.

Hanna hatte sie zunächst wütend betrachtet, dann hatten ihre Mundwinkel zu zucken begonnen, und schließlich stieg ein glucksendes Lachen in ihr auf, das sich immer mehr ausbreitete.

»Vielleicht bin ich ja wirklich ein Idiot.« Sie wischte sich Tränen aus den Augen, von denen sie selbst nicht wusste, ob sie vom Weinen oder vom Lachen kamen.

»Möglicherweise«, sagte Kunigunde leise und strich Hanna übers Haar.

Es gab Vanilleeis mit Kunigundes köstlichem Himbeermus. Hanna saß da, kratzte das Weiche von den Eiskugeln und zog geschwungene Linien von rotem Mus durch die dicke gelbe Soße. Nach einer Weile sah sie auf und lächelte etwas kläglich.

»Erzähl ein bisschen von deiner Arbeit, ja?«, bat sie. »Wie weit bist du mit deinen Interviews? Du warst doch neulich bei dem Bruder von deinem Franz Novak, oder?«

»Bei Wilhelm Novak, ja. Vor drei Wochen. Das war irgendwie … gruselig.«

Kunigunde sah sich wieder in dem düsteren, bis zur halben Höhe abwaschbar gestrichenen Flur, wo Wilhelm Novak, groß, hager und trotz seines Alters kaum gebeugt, mit sehr kurz geschnittenem, streng gescheiteltem Haar, ihr den Mantel abgenommen und an die Garderobe gehängt hatte. Die war das einzige Möbelstück in diesem Flur, ein paar Kleiderhaken auf einem hellgrün gestrichenen Brett, von dessen abgerundeten Ecken die Farbe abblätterte. Ein steifer schwarzer Herrenmantel hing dort auf einem Kleiderbügel. Es roch nach Desinfektionsmittel und altem Zigarettenrauch. So stellte sich Kunigunde den Geruch in Kasernen vor.

Auch das Wohnzimmer war nicht gerade ein Hort der Gemütlichkeit, angegraute Wände, grauer Fußboden, graue Aktenordner in grauen Stahlregalen. Nur ein überraschend moderner großer Fernsehapparat deutete darauf hin, dass Wilhelm Novak hin und wieder etwas Farbe sah. Er hatte sich hinter seinen Schreibtisch gesetzt und ihr den Stuhl davor angeboten.

»Es ist wirklich eigenartig, was so eine Geste, so eine simple Sitzanordnung, bewirkt«, sagte Kunigunde nachdenklich. »Augenblicklich wird die Hierarchie festgelegt, wird bestimmt, wer hier was zu sagen hat. Aber zunächst hat er gar nichts gesagt, mich nur prüfend angesehen und dauernd seinen Kuli an- und ausgeklickt. Wie in einem Verhör. Nervtötend. Aber nicht mit mir! Also hab ich mich zu meiner vollen Größe aufgerichtet und mit meiner berühmten Furchteinflößestimme gesagt: ›Ich habe Ihnen ja schon geschrieben, warum …‹ Er hat mich mit einem fast unmerklich spöttischen Lächeln unterbrochen, als hätte er meine Reaktion erwartet. Wahrscheinlich hat er das als alter Verwaltungsmann Hunderte Male erlebt. ›Ja, vielen Dank für Ihren Brief‹, hat er gesagt, so richtig von oben herab. ›Ich habe ihn aufmerksam gelesen. Aber mir ist nicht ganz klar, was das Ganze soll. Der Fall meines Bruders wurde doch in den Medien schon genug breitgetreten und ist in den Gerichtsakten auf das Genaueste dokumentiert. Bei der Behörde des Bundesbeauftragten für die Unterlagen des Staatssicherheitsdienstes der ehemaligen Deutschen Demokratischen Republik …‹ – alle Welt sagt ja ›Gauck-Behörde‹, aber er hat den ganzen langen offiziellen Namen benützt, mit so einem ironischen Unterton. Aber da kam er bei mir an die Falsche. ›Natürlich habe ich sämtliche Unterlagen ausgewertet‹, habe ich geantwortet. ›Aber erstens ist diese Geschichte noch nie wissenschaftlich bearbeitet worden, und zweitens geht es mir ja um mehr. Ich möchte herausfinden, was diese Grenze quer durch Deutschland in den Menschen bewirkt hat, wie sie …‹ Ich hatte fortfahren wollen: ›… wie sie bis heute nachwirkt. Es geht mir in unserem Gespräch um Sie, um Ihre Gefühle.‹ Aber schon bei dem Wort ›Grenze‹ fühlte ich, wie Novak sich zurückzog, wie eine Schnecke, die ihr Auge einzieht, wenn man ihr zu nahe kommt. In seinem Gesicht bewegte sich nichts, und trotzdem war es, als … als führe lautlos eine Scheibe zwischen uns hoch. Also sagte ich: ›… wie es zum Handeln Ihres Bruders hat kommen können. Erzählen Sie mir von ihm. Woher kam zum Beispiel seine Leidenschaft für den Wald?‹ Das war offenbar die richtige Frage gewesen. Er kam wieder heraus aus seinem Schneckenhaus. Er legte seinen Kuli weg und begann zu erzählen, so … so dicht, als läge das alles schon lang in ihm bereit. Warte mal, das Stück muss ich dir vorlesen. Ich habe es gerade heute Nachmittag noch mal überarbeitet Ich würde gern wissen, wie du es findest, stilistisch, meine ich.«

Sie holte ihr Manuskript aus dem Nebenzimmer, blätterte bis zur entsprechenden Stelle, setzte ihre Brille auf und begann zu lesen.

»Der Wald?« Wilhelm Novak machte eine lange Pause. »Der Wald war unsere Zuflucht. Unsere Mutter starb, als Franz gerade drei Jahre alt war. Ich war damals acht. Unser Vater ... nun ja ... er kam wohl einfach nicht damit zurecht. Im Wald waren wir eine Zeit lang vor seinen Flüchen und Prügeln sicher. Wir sammelten Beeren und Tannenzapfen und Reisig und Pilze. Das mit den Pilzen hatte mir noch meine Mutter gezeigt, welche gut und welche giftig sind. Mit den Sachen konnten wir, die wir ja nichts taugten und ihm nur die Haare vom Kopf fraßen, wenigstens etwas zum Unterhalt der Familie beitragen. Der Wald schenkte uns Dinge, ohne abzurechnen. Im Wald ging es uns oft richtig gut. Da war eine alte Frau, die wir manchmal trafen, die brachte uns das Erkennen von Vogelstimmen bei. Der Kleine lernte unglaublich schnell. Er hörte den Vogel meist schneller als ich und wusste, welcher es war.« Wilhelm Novaks Stimme klang in dem Moment ganz anders als sonst, als hätte sie ihre Uniform abgelegt. »Mein Bruder war ein Glückskind. Alles, was ich mir hart erarbeiten musste, flog ihm einfach so zu, vor allem die Zuneigung seiner Mitmenschen. In seinem Lächeln war von Anfang etwas, dem man nur schwer widerstehen konnte. Selbst Vater prügelte ihn weniger hart als mich.«

Wilhelm Novak war so weit in die Vergangenheit abgetaucht, dass er nicht bemerkte, wie ich mich vorbeugte, um zu sehen, was er da dauernd auf seine Schreibunterlage malte. Es waren lauter Vierecke, ein Quadrat im andern, immer kleiner werdend und die Linien exakt, als wären sie mit dem Lineal gezeichnet. »Es wurde besser«, sagte er plötzlich und räusperte sich, »als Vater in den Schützenverein aufgenommen wurde. Er wurde ein leidlich guter Schütze, und die Anerkennung tat ihm gut.«

Ich hatte irgendwo gelesen, dass in der DDR alle Schützenvereine aufgelöst worden wären, und fragte ihn danach. »Ja, Sie haben recht«, sagte er. »Eigentlich waren Schützenvereine in der Deutschen Demokratischen Republik verboten. Aber es gab Ausnahmen. In unserem Dorf war einer von den alten Schützen in der Partei an bedeutende Stelle aufgestiegen und gründete dann eine ›Gesellschaft für Sport und Technik‹ mit dem Ziel der Freizeitgestaltung für technisch interessierte Jugendliche. Einmal nahm Vater uns mit ins Schützenhaus. Sie hatten dort, weiß der Henker, warum, vielleicht von einem Maskenfest, eine kleine Armbrust, und der Vorstand gab sie Franz aus Jux. Sie zog ein wenig nach links, aber nach zwei Schuss hatte Franz das raus, und bald traf er die Scheibe mit Sicherheit und oft ins Schwarze. Das Hallo war groß, und von da an war Franz so etwas wie das Maskottchen des Vereins. Er war damals ein kleiner zarter Knirps von sechs Jahren, mit goldblonden Locken und einem Engelsgesicht. Und dann diese Treffsicherheit! Ich war auch nicht schlecht und gewann später eine Reihe von Pokalen, aber ich hatte bei Weitem nicht das Talent wie Franz. Sobald er ein Gewehr halten konnte, gaben sie ihm eins. Beim ersten Mal hätte er beinahe den Vorstand erschossen, weil er ja gelernt hatte, den Linksdrall der Armbrust auszugleichen. Aber bald schoss er auch mit dem Gewehr wie der Teufel. Im Verein waren auch ein Förster und ein Jäger, die nahmen Franz oft mit – ich hatte nicht so viel Zeit – und brachten ihm alles über die Jagd bei. Tja ...« Wilhelm Novak holte seinen Blick aus der Tiefe seiner Quadrate zurück und sah mich an, als würde er mich gerade erst bemerken. »Ist Ihre Frage nach der Leidenschaft meines Bruders für den Wald und die Jagd damit hinlänglich beantwortet?«

»Mehr als hinlänglich«, sagte ich. »Jetzt kann ich auch verstehen, warum er so unverhältnismäßig auf den Entzug seines Jagdscheins reagiert hat. Das war doch eigentlich der ausschlaggebende Grund für seine Flucht in den Westen.«

Novaks Gesicht erstarrte. Er hatte jetzt wieder sein Soldatenkinn. »Das war ein kindischer, unüberlegter Entschluss. Kindisch und dumm!«

Ich konnte mich einfach nicht bremsen. »Aber dafür die Todesstrafe, für einen kindischen, dummen Entschluss?«

Das Kinn schob sich noch weiter vor. »Das … das Urteil – (›Todesurteil‹ brachte er offenbar nicht über die Lippen) –, das Urteil erfolgte nicht wegen Republikflucht, sondern wegen Spionage. Kein Staat der Welt akzeptiert feindliche Spionage. Es musste ein Exempel statuiert werden.«

Ich glaube, ich habe ihn völlig fassungslos angestarrt. Was muss dieser Mann in sich zerstört haben, um so einen Satz sagen zu können – »ein Exempel statuieren« – an seinem geliebten kleinen Bruder? All die freundlichen, hellen, warmen Seiten, die in seiner Erzählung mitgeklungen hatten, muss er abgetötet oder zugangssicher weggesperrt haben, um dem Staat weiter dienen zu können, der seinen Bruder getötet hat. Welch ungeheure Energie zur Verdrängung, zur Verbiegung muss das gekostet haben.

Kunigunde schüttelte bei der Erinnerung daran noch immer betroffen den Kopf. Sie legte ihr Manuskript und ihre Brille beiseite, lächelte etwas verlegen und sagte: »Weißt du, ich hab diese Interviews möglichst persönlich geschrieben, so wie ich sie halt erlebt hab. Ich weiß nicht, ob mein Prof das akzeptiert. Aber ich will ja, dass die Leser die Emotionen mitkriegen. Na ja, mal sehen, zur Not muss ich es halt umschreiben.«

»Das wäre aber verdammt schade«, meinte Hanna, noch immer ganz gebannt. »Das ist richtig gut geschrieben.«

Kunigunde versteckte ein zufriedenes Strahlen hinter Geschäftigkeit. Sie stand auf, trug die Eisschälchen in die Küche und brachte ein Holzbrett mit Käse und Nüssen und den »Bacchus« von ihrem neuen Lieblingswinzer aus Zell am Ebersberg.

»Aber hat Wilhelm Novak seinem Bruder denn nicht helfen können? Du hast doch gesagt, dass er ein hohes Tier in der Verwaltung war.«

»Wohl nicht. Erstens war er damals erst am Anfang seiner Karriere, und außerdem bekam er durch die Geschichte mit seinem Bruder selbst erhebliche Schwierigkeiten. Man hat ihm nicht geglaubt, dass er von der ganzen Sache nichts gewusst hat, und hat ihn immer wieder verhört. Das muss ihn furchtbar getroffen haben, denn er hat es mir ungefragt gleich mehrmals erzählt. Und hinterher hat er sich umso korrekter benommen, um diese Scharte auszuwetzen.«

»Aber trotzdem … dass er trotz alledem diesem Staat weiter gedient hat. Was für ein Mensch muss das denn sein?«

»Ach, weißt du, ich bin sehr vorsichtig geworden mit meinen Urteilen. Wir tun uns leicht, weil wir ja nie in solch einer Situation entscheiden mussten. Vielleicht hoffte er ja auch, später der Frau und der Tochter seines Bruders helfen zu können. Das hat er zumindest angedeutet.«

»Und, hat er's getan?«

»Das weiß ich nicht. Aber er hat die uneheliche Tochter seines Bruders aufgenommen und großgezogen.«

»Franz Novak hatte ein uneheliches Kind?«

Hanna nahm sich ein Stückchen Camembert mit einer Nuss und spülte mit einem Schluck Weißwein hinterher. Sie versuchte, sich auf den Geschmack und das Gespräch zu konzentrieren, was ihr zunehmend schwerer fiel. Die Müdigkeit zog ihr vom Nacken über die Kopfhaut in die Augen.

»Ja. Wegen der Alimente gab es heftigen Streit zwischen Franz Novak und seiner Frau.«

»Und was ist aus diesem Kind geworden?«

»Das Kind ist inzwischen sechsundvierzig. Rita Gerstner …«

»Gerstner? Nicht Novak?«

»Sie heißt nach ihrer leiblichen Mutter. Wilhelm Novak hat sie nie adoptiert. Ich glaube, zunächst wollte die Mutter das nicht und dann wohl Wilhelm Novak nicht mehr. Es scheint ein kompliziertes Verhältnis zwischen ihm und seiner Ziehtochter gewesen zu sein.«

»Wieso?«

»Ich weiß es nicht. Ich habe das nur aus ein paar Andeutungen geschlossen, aber eigentlich haben sich beide über diesen Punkt ausgeschwiegen.«

»Beide? Du hast auch diese Frau Gerstner besucht?«

»Ja sicher. Wenn ich erfahren will, wie sich das Schicksal von

Franz Novak auf die betroffenen Angehörigen ausgewirkt hat, sind seine Kinder natürlich die erste Adresse.«

»Wann warst du denn …? Das hast du mir gar nicht erzählt. Wohnt die hier?«

»Nein, in Nürnberg, wie ihre Halbschwester, Lieselotte Stolz. Nach der Wende sind beide herübergekommen, Frau Gerstner ist dann allerdings lange im Ausland gewesen. Unglücklicherweise war Frau Stolz gerade an dem Tag vor zwei Wochen, als ich mit Rita Gerstner einen Termin ausgemacht hatte, nicht zu Hause. Jetzt muss ich morgen noch mal hinfahren.«

Hanna versuchte hinter vorgehaltener Hand, ein Gähnen zu unterdrücken. »Und wie ist sie so?«

»Rita Gerstner? Attraktiv. Sehr schlank, elegant angezogen, stark geschminkt. Sie sieht immer noch sehr gut aus. Und das weiß sie auch. Aber wenn man genau hinschaut, sieht man unter der Schminke, dass sie zu viel raucht, und so was wie … wie Bitterkeit, so ein unangenehmer Zug um den Mund. Sie sieht ihrem Vater sehr ähnlich. Das scheint ihr enorm wichtig zu sein. Sie hat ein vergrößertes Foto ihres Vaters neben dem Flurspiegel hängen. In der Wohnung hingen überhaupt auffallend viele Spiegel, überall.«

»Und was hat sie denn nun von ihrem Vater erzählt?«

»Wenig Konkretes. Sie hat ihn ja auch nicht gekannt. Der wurde ja hingerichtet, da war Rita Gerstner erst wenige Monate alt. Dennoch scheint dieser Vater für sie eine große Rolle zu spielen. Oben an den Wänden in ihrem Wohnzimmer hängen zum Beispiel lauter Geweihe oder Gehörne oder wie das heißt, von Tieren, die ihr Vater geschossen und die er damals bei seiner Flucht in den Westen mitgenommen hat. Darunter stehen jede Menge elektronische Geräte – sie muss ein Technikfreak sein – und obendrüber diese Geweihe. Sieht bizarr aus, das Ganze, irgendwie … verrückt.«

»Hat der Besuch dir denn etwas gebracht für deine Arbeit?«

»Ich weiß nicht. Ich werde nicht recht schlau aus der Frau. Zunächst war sie ungemein liebenswürdig und charmant und witzig, aber nach einer Weile bekommt man das Gefühl, als ob man gar nicht vorhanden wäre oder als ob sie einen nicht richtig wahrnähme. Man kommt sich vor wie ... als wäre man nur das Publikum, vor dem sie die große Dame spielt. Wenn man sie hört, denkt man, sie sei Coco Chanel persönlich, dabei ist sie Verkäuferin in einem Kleidergeschäft. Eigentlich ... eigentlich erinnert sie mich irgendwie an ...«, Kunigunde schob nachdenklich die Unterlippe vor, »an einen zerbrochenen Spiegel. Aus jeder Scherbe schaut dich jemand anders an. Einerseits wirkt sie irgendwie flach, auch nicht besonders intelligent, aber andererseits ist sie auch clever, weiß, wie sie ihr Gegenüber beeindrucken kann.«

Kunigunde hob ihr Glas, ließ den Wein darin etwas rotieren und schaute durch die goldene Flüssigkeit auf das Bild in ihrer Erinnerung. »Und sie kann sehr emotional reagieren. Als die Rede auf den Prozess gegen Hans Kromm kam – du weißt schon, der, der ihren Vater verraten hat –, da ist sie förmlich explodiert und hat den Richter als schmierigen Waschlappen beschimpft, der den Verräter viel zu glimpflich habe davonkommen lassen. Die ganze bundesdeutsche Justiz sei nichts als ein Haufen alter Trottel. Stell dir vor, sie forderte, dass man die Todesstrafe wieder einführen muss. So etwas kann ich einfach nicht verstehen! Wie kann jemand, dessen eigener Vater hingerichtet wurde, glauben, dass die Todesstrafe ein geeignetes Mittel wäre, Gerechtigkeit herzustellen?«

»Na ja, vielleicht ist da der gleiche Mechanismus am Werk wie bei geschlagenen Kindern, die ja auch oft ihre Kinder schlagen.« Hanna gähnte und sah auf die Uhr. »Meine Güte, es ist schon fast elf. Ich muss ins Bett. Ich muss morgen ganz früh raus, damit ich mein Seminar wenigstens noch ein bisschen vorbereiten kann. Danke für das wunderbare Essen. Es geht mir schon etwas besser.«

»Glaubst du denn, dass du schlafen kannst? Ich geb dir einen Tee mit, der hilft.«

»Ach, du immer mit deinen Hausmittelchen.« Hanna streichelte Kunigundes Arm. »Aber okay, kann ja nicht schaden.« Sie lächelte. Dann schlug sie sich plötzlich mit der Hand gegen die Stirn. »Ach du liebe Zeit – Tanja. Die hab ich vollkommen vergessen. Hoffentlich schläft sie schon, wenn ich heimkomme. Ich helf ihr ja gern, aber …«

»Ist ja nur für kurze Zeit«, tröstete Kunigunde sie. »Morgen kann sie bestimmt wieder in ihre eigene Wohnung zurück.«

26

Tanja schlief nicht. Sie saß mit hochgezogenen Beinen unter einer Decke auf der Couch und schaltete den Fernseher aus, als Hanna hereinkam. Sie sah etwas verlegen aus.

»Im Kühlschrank war noch eine offene Flasche Wein. Ich hab mir etwas davon genommen. War das okay?«

»Na klar doch.« Hanna wickelte sich den Schal vom Hals. »Mach dir keinen Stress. Gute Nacht, ich geh dann jetzt ins Bett. Vergiss nicht, die Heizung klein zu drehen, wenn du …«

»Hanna, hast du noch ein paar Minuten? Ich bin echt … na ja, keine Ahnung, aber … aber ich hab doch sonst niemanden zum Reden.«

Hanna unterdrückte einen Seufzer, während sie zur Garderobe ging, um ihren Mantel aufzuhängen. Das hatte sie eben nun davon. Damals, als sie Tanja im Haus am Nonnengraben aufgelesen und zu Tante Kunigunde gebracht hatte, hatte sie ihr nur helfen wollen.

Erst mit der Zeit war ihr klar geworden, dass Hilfe auch Bindung bedeutet und eine gewisse Verantwortung. Sie hatte Tanja aus ihrem Dasein als Stadtstreicherin geholt und auf einen neuen Weg gebracht; das konnte auch sie nicht mehr aus ihrem Leben löschen.

Bisher war diese Beziehung leicht zu tragen gewesen: Tanja machte ihre Jobs anständig und kümmerte sich mit bewundernswerter Geduld um Klein-Will; Benno und Hanna hatten sie hin und wieder zum Essen eingeladen und gelegentlich zu Ausflügen oder zum Nikolausfest bei Tante Kunigunde mitgenommen.

Doch plötzlich wurde Hanna bewusst, wie einsam Tanja im Grunde sein musste, durch das Kind ausgeschlossen vom üblichen Lebensstil Gleichaltriger. Wie hatte sie das nur übersehen können? Tanja hatte nicht einmal jemanden zum Reden … Eine Welle von Mitleid und schlechtem Gewissen ließ Hanna tief durchatmen. Sie rückte sich einen Sessel zurecht und schenkte sich aus dem Bocksbeutel ein.

»Also gut, auf ein Glas.«

»Ich glaub, ich hab dir nie von Wills Vater erzählt«, begann Tanja eilig, als hätte sie den ganzen Abend auf diesen Moment gewartet. »Wie ich ihn kennengelernt hab und so. Vielleicht ist das ja mit Charly und dem ganzen Scheiß wieder hochgekommen. Aber nein … eigentlich hab ich schon die ganze Zeit immerzu dran rumdenken müssen.«

Sie putzte sich die Nase mit einem völlig zerfledderten, feuchten Taschentuch. Hatte sie geweint?

Tanja steckte das Fetzchen Papier in ihren Ärmel. »Weißt du, wie ich damals bei Tante Doris gewohnt hab, da war gleich nebenan das Haus von Martys Eltern. So hab ich auch Charly kennengelernt, der war ja mit Marty befreundet, leider; na egal.«

Sie beugte sich vor, um in den Kinderwagen, der neben dem Sofa stand, zu schauen. Will hatte gerade etwas gemaunzt, schlief aber leise schnaufend weiter. Beruhigt lehnte Tanja sich zurück und stopfte die Decke wieder hinter ihrem Rücken fest.

Hanna sah die Geste mit leiser Verzweiflung und rieb sich die Augen. »Du wolltest doch was von Wills Vater erzählen.«

»Ja, klar. Also, eines Tages kriegte Marty einen englischen Austauschschüler, damit sein Englisch besser wird. William hieß der. Ich hatte den immer nur so von fern gesehen. Aber irgendwann saß ich mal auf unserm Balkon und heulte, und ich hatte nicht gemerkt, dass William auf dem andern Balkon saß und las. Und dann sagte er: ›Hi, du, ich bin fremd hier, und ich würde lieben, spazieren zu gehen. Kannst du mit mir hinabgehen und ein Wald oder Park zeigen?‹ Er hat mir später erzählt, wie er sich den Satz vorher zurechtgelegt hat. Ich werd ihn mein Leben lang nicht vergessen. ›Ich würde lieben, spazieren zu gehen‹.«

»Und? Bist du mit ihm spazieren gegangen?«

»Hmm. … Na ja, beim Spazierengehen blieb's nicht.« Sie grinste und spielte mit den Fransen der Decke.

»Und wie ging's dann weiter?«, fragte Hanna, um Geduld

bemüht. Sie hatte ihr Glas schon halb geleert und Mühe, die Augen offen zu halten.

Tanjas nachdenkliches Grinsen verschwand. »Im August musste William zurück nach Hause. Wir schrieben uns total viele Briefe. Aber dann merkte ich, dass ich schwanger bin. Und William hatte mir gesagt, sein Vater schlägt ihn tot, wenn er ein Kind macht. Sein Vater muss furchtbar streng sein, und William war doch auch erst achtzehn, und er wollte unbedingt studieren, Agrarwissenschaft oder so was. Drum hab ich ihm geschrieben damals …«, Tanja schluckte mehrmals, aber dann lief ihr doch eine Träne die Nase entlang, »ich hab geschrieben, dass ich einen andern Freund hätte und keine Briefe mehr von ihm kriegen wollte. Weil, das hätte ich nicht ausgehalten, ihm Briefe schreiben und nix von unserm Baby erzählen.«

Hanna langte über die Sofalehne hinweg nach Tanjas Hand und streichelte sie. Tanja lächelte traurig und zupfte an ihrem Nasenring. »Ich … ich muss dauernd an ihn denken, in der letzten Zeit immer mehr, obwohl das Ganze jetzt doch schon fast zwei Jahre her ist. Und ich hab keine Ahnung, was ich machen soll.«

»Warum schreibst du ihm denn nicht einfach?«

»Ich weiß ja gar nicht, wo er ist; vielleicht ist er ja noch auf der Landwirtschaftsschule oder was … Bei Facebook hab ich ihn jedenfalls nicht gefunden. Ich hab nur die Adresse von dem Hof von seinen Eltern, und wenn ich ihm dorthin schreib, und sein Vater macht den Brief auf und … Und vielleicht … vielleicht ist er inzwischen ja verheiratet oder so.« Sie klang sehr verzagt.

Hanna stand auf. »Weißt du was, morgen … nein, am Samstag setzen wir uns zusammen hin und überlegen uns ganz altmodisch einen Brief, den auch der Herr Papa oder eine eventuelle Ehefrau lesen könnten, ohne dass William Ärger kriegt, mit dem er aber wieder Kontakt mit dir aufnehmen kann, wenn er möchte. Okay? Na gut. Aber jetzt muss ich schlafen, ich bin total erledigt.«

Sie war einfach zu müde, um sich noch Tante Kunigundes Tee zu machen. Als sie dann aber im Bett lag, drehte sich alles um sie. Sie fühlte sich, als wäre sie in die Trommel einer Waschmaschine gesperrt, hin und her geschleudert von den Ereignissen des Tages, eines Tages, der mit der Illusion von Freiheit begonnen hatte. Bruchstücke von Bildern des heute Erlebten überfielen sie, eines drängte das andere beiseite, das sich dann umso lauter bemerkbar machte. Es dauerte lange, bis die Kakofonie in ihrem Kopf allmählich verebbte. Doch aus den langsamer schwappenden Wellen stiegen die erstickenden Nebel der Reue auf. Dicke harte Brocken Traurigkeit staken in ihrer Kehle; Hanna schaffte es nicht, sie hinunterzuschlucken, sie lauerten in jedem Gedankengang und ließen sich nicht vertreiben. Schließlich weinte sie sich völlig erschöpft in den Schlaf.

27

Benno fror, und das war ihm recht so. Nach einer schlaflosen Nacht erweckte die Kälte, die unter seine Haut kroch, wenigstens eine Ahnung davon, dass er noch lebendig war. Viel war es nicht. Benno stand im Schlafanzug auf seinem Balkon und schaute nach Osten, wo über dem Jura ein Hauch von Helligkeit die Kante des »Gebürgs« sichtbar werden ließ. Der Silberrand dort am Horizont schien ihm wie der Rand der tiefen Grube, in der er sich verloren hatte. Ihm war, als hätte ihn die Fähigkeit verlassen, Konturen wahrzunehmen. Er umklammerte das Geländer, bis es wehtat.

Während er sich anzog, hörte er Nachrichten. Als diese von Musik abgelöst wurden, griff er schon nach der Fernbedienung, um abzuschalten. Doch plötzlich drangen einige der Textzeilen zu ihm durch und hakten sich in ihm fest.

»Ich fühl mich unbewohnt. Keine Blumen im Fenster, der Fernseher ohne Bild und Ton …«, sangen Herbert Grönemeyer und eine klagende Klarinette. Das traf ihn.

Und beim nächsten Lied biss er die Zähne zusammen, um den Tränen keine Chance zu geben, und zog seinen Schuhbändel so fest zu, dass ein Stück davon abriss.

»Ist jemand da, wenn dein Flügel bricht, der ihn für dich schient, der dich beschützt, der für dich wacht, dich auf Wolken trägt, für dich die Sterne zählt, wenn du schläfst?«

Nur das hatte er doch gewollt: sie auf Wolken tragen, für sie die Sterne zählen. Was war daran falsch, verdammt, was war daran falsch?

Benno schaltete die Kaffeemaschine an und befahl sich, kein Weichei zu sein. Also gab er sich Mühe, sich auf das zweite Problem zu konzentrieren, das ihn diese Nacht wach gehalten hatte.

Die Berichte über die verschiedenen Ermittlungsabschnitte in der Sitzung der Soko gestern Abend hatten nicht viel Neues über das hinaus gebracht, was er schon wusste, hatten aber sein vages Gefühl verstärkt, sich in einer Sackgasse zu befinden. Und am Ende dieser Gasse hing unübersehbar jener seltsame Zettel, den der Tote aus dem Hain in seinen Händen gehalten hatte: »Lebenslanges Leid dem Verräter«. Er setzte sich mit seinem Kaffee und einem Notizblock an den Küchentisch und versuchte, seine Überlegungen zu systematisieren.

Wenn der Mörder der unbekannte Drogendealer war, warum hatte der seinem Opfer A) diesen Zettel in die Hand gedrückt und B) ihm das Geld nicht abgenommen?

Wenn er es aber nicht war, blieb nach bisherigem Kenntnisstand nur Charly Baumann. Er war bisher, außer Kostners Mutter, auch der Einzige, der eine engere emotionale Bindung an den Ermordeten hatte. Und genau das implizierte ja dieser eigenartige Text: dass Kostners Tod ein »lebenslanges Leid« für irgendjemanden bedeutete. Aber wenn Charly Baumann Martin Kostner umgebracht hatte, musste es im Hintergrund noch eine weitere Person geben, zu der sowohl Baumann als auch Kostner eine Beziehung gehabt hatten. Diese Dreiecksbeziehung hätte dann also mit etwas geendet, das Baumann als Verrat empfunden hatte, als so schlimmen Verrat, dass er dafür seinen Freund Martin »opferte«. Ob da ein homosexueller Konflikt im Spiel war?

Möglich wäre es, doch zufrieden war Benno mit dieser Lösung nicht. Sie knirschte. Irgendetwas war seltsam an dem Ganzen. Aber wo sollte man ansetzen? Jedenfalls musste er noch mehr über das Umfeld von Martin Kostner und Charly Baumann erfahren. Vater und Mutter Kostner mussten von den Ermittlern noch einmal intensiv nach der Beziehung der beiden und nach weiteren Freunden und Freundinnen befragt werden. Auch die Arbeitskollegen und jede weitere auffindbare Kontaktperson waren zu vernehmen. Es gab eine Menge Arbeit. Er rief Werner auf dem Handy an.

»Guten Morgen. Wo erwische ich dich gerade?«

»Am Schreibtisch, wie sich das für einen ordentlichen Polizisten gehört. Ich plane gerade die Tagesorganisation.«

»So früh schon?«

»Na hör mal, ich bin schon seit sechs Uhr im Büro. Einen Fall wie diesen haben wir ja schließlich nicht jeden Tag. Was gibt's denn, Herr Staatsanwalt?«

Benno erläuterte seine Überlegungen. Werner machte zwischendurch immer wieder zustimmend »Hm, hm«, doch bei dem homosexuellen Szenario ließ er ein skeptisches »Tz« hören.

»Wie passt da denn Tanja Steinhübel hinein?«

»Na ja, vielleicht ...«

»Okay, vielleicht! Jedenfalls muss jemand noch mal mit der Steinhübel reden. Und zwar jemand, dem sie vertraut. Und das bin bestimmt nicht ich. Am besten wäre es, Hanna spräche mit ihr. Kannst du nicht Hanna anrufen und sie bitten ...?«

»Netter Versuch!«, brummte Benno. »Nein, mach ich nicht. Übernimm du das.«

»Aber wieso denn? Das wäre doch ...«

»NEIN! UND SCHLUSS!« Benno erschrak selbst über seine plötzliche Lautstärke. Beschämt fügte er hinzu: »Entschuldige bitte, aber nein.«

»Oh!«, sagte Werner, und Benno hörte Erstaunen, Ärger, Resignation und Neugier in dieser einen Silbe.

»Wir reden später«, seufzte Benno. »Wann trifft sich die Soko heute früh?«

»Um acht im großen Besprechungsraum. Wir sind inzwischen eine ganze Menge.«

»Also bis dann.«

Benno sah auf die Uhr. Ein bisschen Zeit hatte er noch. Bis zur Polizeiinspektion in der Schildstraße brauchte er nur fünf Minuten. Er holte sich ein Blatt Papier, um einen Brief an Hanna zu schreiben.

»Liebe Hanna«, begann er, dann starrte er erleuchtungheischend auf den Jurarand, der dem Küchenfenster gegenüberlag. Dort hatte das Licht schon größere Flächen erobert, dennoch war das Einzige, was Benno einfiel, die Erkenntnis, dass er heute die vergessenen Schuhe bei Ali abholen musste. »Liebe Hanna«, schrieb er, »ich habe mir drei Paar neue Schuhe gekauft, und ich will ein neuer Mensch werden.«

Zerknittert fiel das Blatt in den Papierkorb. Eigentlich, verdammt, eigentlich wollte er gar kein neuer Mensch werden. In seinem zweiten Paar alter, bequemer Schuhe verließ er die Wohnung.

28

Lieselotte Stolz hatte Kunigunde gebeten, bis neun Uhr bei ihr zu sein, weil sie gegen Mittag zu ihrer Schicht ins Krankenhaus fahren musste. Deswegen stand Kunigunde jetzt um sieben Uhr dreißig auf Bahnsteig drei und wartete auf den Regionalzug nach Nürnberg. Neben ihr, frierend und müde, viele Frauen, für den Tag zurechtgemacht, Jeans, Rucksack und Turnschuhe – oder Pumps, Mantel und Umhängetasche, mit etwas Schlaf in den Augen fast alle. Der Zug hatte Verspätung, wie so häufig auf dieser Strecke. Ein Mann kam den Bahnsteig entlang, der aussah, als gehöre er unten zu den Gleisen, mit einer schlaffen grauen offenen Jacke über seinem mächtigen Bauch und einer Thermoskanne in einer alten Aktentasche.

Im Zug dann gedämpfte Geräusche; einige versuchten, verpassten Schlaf nachzuholen, andere führten die unvermeidlichen Handygespräche. Vor den Fenstern gestreifte Felder unter einem schlecht gelaunten Himmel, braun und grün, dann ein Hort abgewrackter Motorroller, ein Fichtenwäldchen, eintönig Stamm an kärglichem Stamm, ein sanft dampfender Weiher, und über einer Siedlung mit steilen Ziegeldächern tauchte schließlich der blässliche Sonnenball aus dem Nebel.

Lieselotte Stolz wohnte im Erdgeschoss eines großen Wohnblocks in der Nürnberger Südstadt. Sie öffnete sofort auf Kunigundes Klingeln hin.

»Kommen Sie herein«, sagte sie freundlich und führte sie ins Wohnzimmer. Es war hell und übersichtlich mit Ikea-Möbeln eingerichtet. Die gelben Wände erleuchteten den trüben Tag ein wenig.

Lieselotte Stolz war eine große, kräftige Frau, der man die tüchtige Oberschwester deutlich ansah. Ihre aschblonden Haare fielen zu einer praktischen Kurzhaarfrisur geschnitten um ihr ovales Gesicht, jede ihrer Bewegungen war gemessen und effektiv. Ihr Thüringer Akzent hatte sich mit dem Nürnberger Fränkisch zu einem raschen, weichen Singsang vermählt.

»Ich hab uns Kaffee gemacht. Mögen Sie?«, fragte sie.

Der Tisch war bereits gedeckt, der Kaffee wärmte in der Maschine, ein frisch gebackener Kuchen wartete neben den Tellern und füllte das Zimmer mit seinem Duft nach Kindheit.

»Mhm, Gugelhupf«, freute sich Kunigunde. »Einer meiner Lieblingskuchen. Habe ich schon viel zu lang nicht mehr gebacken.«

»Gugelhupf!«, lachte Frau Stolz. »Ist das nicht ein komisches Wort? Wohin hupft der Gugel denn?«

»Stimmt.« Kunigunde lächelte Lieselotte Stolz an. »Da hab ich noch nie drüber nachgedacht. Wenn man Worte von klein auf gewohnt ist, akzeptiert man sie einfach.«

Lieselotte Stolz schenkte ein. »Ich bin so froh, dass sich jemand einmal ernsthaft der Geschichte meines Vaters annimmt. Die bisherigen Zeitungs- und Fernsehberichte waren ja überwiegend politisch geprägt oder eher auf Sensation aus.«

»Na ja, früher standen ja auch die Akten nicht zur Verfügung. Die Journalisten mussten sich auf mündliche Berichte verlassen. Aber eine wissenschaftlich Aufarbeitung fehlt tatsächlich bis heute.«

»Also, ich helfe Ihnen gerne, soweit ich kann. Was wollen Sie denn wissen?«

Kunigunde schaltete auf ein bestätigendes Nicken von Lieselotte Stolz hin das Aufnahmegerät an. »Wie ich Ihnen schon geschrieben habe, geht es mir in erster Linie um das innere Bild der Betroffenen von den Vorgängen. Wenn Sie an Ihren Vater denken, woran erinnern Sie sich dann ganz spontan?«

Lieselotte Stolz blickte an Kunigunde vorbei und stützte das Kinn in die Hand.

»An sein Lachen«, sagte sie dann. »Er hatte ein Lachen, das die Welt verzaubern konnte. Und er lachte oft, damals, als ich noch klein war. Da hat er mir Lieder vorgesungen und mich auf seinen Knien reiten lassen. Damals war ich noch sein Augenstern. ›Lottchen Augenstern‹, rief er, ›komm, wir gehen in den

Wald.‹ Und dann erklärte er mir, welchen Baum man woran erkennt und welche Pilze essbar sind und was die Geräusche des Waldes bedeuten.«

Der Satz klang, als hätte sie ihn schon oft zitiert.

Sie trank leise schlürfend von dem heißen Kaffee und fuhr seufzend fort: »Doch in den letzten Jahren lachte er kaum noch. Er wurde immer mürrischer und reizbarer. Er war auch oft fort, zur Ausbildung oder im Auftrag der Grenzpolizei. Und bei anderen Frauen war er auch, leider. Deshalb hab ich eine Halbschwester, leider.« Sie seufzte wieder, tief. »Meine Eltern haben sich deshalb und auch wegen blöder Kleinigkeiten immer öfter gestritten, und dann ist Vati abgehauen in den Wald. Oft ist er nur kurz heimgekommen vom Dienst, hat sich umgezogen, und weg war er. Und er hat mich nie mehr mitgenommen.«

»Warum hat er sich denn so verändert?«

Lieselotte Stolz kniff leicht die Augen zusammen. »Heute weiß ich, dass er einfach mit seinem Leben nicht mehr zurechtkam; er konnte seinen Beruf nicht mehr leiden, er hatte mit seinen Vorgesetzten und mit den Parteigenossen im Ort Streit, und mit meiner Mutter … na ja, sie ist ihm wohl auf die Nerven gegangen. Aber damals dachte ich, ich wäre schuld an seiner schlechten Laune. Ich habe verzweifelt versucht, ihm alles recht zu machen und ihn wieder zum Lachen zu bringen. Aber meistens beachtete er mich gar nicht. Oft schob er mich beiseite, wenn ich ihm ein Geschenk brachte, und rannte hinaus. Arg war das.« Lieselotte Stolz holte ein Taschentuch aus ihrer Strickjacke, wischte sich die Augen und schnäuzte sich.

Kunigunde sagte vorsichtig: »Es ist schlimm, dass Kinder so oft die Schuld an den Fehlern der Erwachsenen auf sich nehmen.«

Doch Lieselotte Stolz ging nicht darauf ein; sie war ganz in ihren Erinnerungen gefangen. »Das Einzige, wo wir uns noch trafen, das waren die Rehe. Vati hatte ein verletztes Rehkitz mit nach Hause gebracht, und wir pflegten es wieder gesund. Er baute ihm auf der hinteren Wiese einen großen Auslauf, und einige Zeit später brachte er ein zweites Rehjunges mit.

Einer seiner Jagdfreunde hatte dessen Mutter erschossen. Vati hätte so was nie getan, nie. Die zwei waren so herzig! Emma und Waldi hießen sie, und wenn wir, Vati und ich, sie fütterten und streichelten und gemeinsam auf der Hausbank saßen und ihnen zuguckten, dann war es manchmal fast wie früher.«

Plötzlich stieß sie wütend die Luft aus. »Deshalb war es ja auch so besonders gemein, als diese Schweine von der Partei uns die Rehe weggenommen haben, nach Vatis Flucht. Damals haben sie alles getan, um uns zu quälen. Jeder im Dorf wusste, wie Vati an den Rehen gehangen hat. Und darum kamen diese Arschlöcher eines Tages einfach an und haben die Rehe weggeholt. Dazu hatten sie keinerlei Recht, keines! Das waren unsere Rehe, das ging die überhaupt nichts an! Dieses Drecksgesindel! Diebstahl war das, Raub!«

Sie schlug erbost mit der Faust auf den Tisch. »Aber so was ist natürlich nie bestraft worden. Von wem auch? Bei wem hätten wir uns denn beschweren sollen? Nach Vatis Flucht waren Mutti und ich ja wie Aussätzige im Dorf. Bis auf Oma und ganz wenige Freunde von Vati, die mehr oder weniger offen zu uns hielten, sprach doch kaum noch jemand mit uns. Die hatten alle Angst.«

Lieselotte Stolz war so weit weg, dass Kunigunde einige Augenblicke verstreichen ließ, bevor sie ihre nächste Frage stellte: »Und Ihre Klassenkameraden, waren die denn auch –?«

»Ach, die!«, unterbrach sie Frau Stolz. »Die meisten waren hundsgemein. In der Schule war es überhaupt schrecklich. Die Lehrer waren alle stramme Parteigenossen und stellten Vati als abschreckendes Beispiel hin. Allmählich war nämlich durchgesickert, dass er in den Westen rübergemacht hatte, obwohl Mutti immer sagte, sie wüsste nicht, wo er ist. Jeden Tag und jeden Tag hämische oder höhnische Bemerkungen, zum Teil als Mitleid getarnt: ›Ach du arme Halbwaise. Aber so geht es, wenn man die Ideale unseres Arbeiter- und Bauernstaates verrät‹ und so weiter und so weiter. Es war kaum auszuhalten. Und dann auch noch die Rehe weg! Und Mutti wurde immer seltsamer. Entweder sie heulte, oder sie saß da und starrte vor sich hin und konnte sich zu nichts entschließen. Oder sie packte hektisch irgendwelches Zeug zusammen, und dann fuhr sie das Paket mit dem Fahrrad in einen der Nachbarorte und schickte es von dort aus in den Westen. Als ob nicht jeder im Dorf gewusst hätte, was sie da machte. Aber für Vernunftgründe war sie ja nicht mehr erreichbar. Eigentlich war sie überhaupt nicht mehr erreichbar, als wäre sie nicht mehr da, nicht mehr meine Mutti. Es war schrecklich.« Lieselotte Stolz zeichnete mit dem Zeigefingernagel tiefe Rillen ins Tischtuch.

»Ich finde, das klingt danach, als hätte sie eine Depression gehabt. Diesen Eindruck hatte ich auch schon, als ich ihre Briefe las.«

»Ja, das war es wohl. Aber begreif das mal als Kind! Ich weiß nicht, wie ich diese Zeit überstanden habe.«

Frau Stolz zerkrümelte ein Stückchen Kuchen zwischen den Fingern, ohne es zu bemerken.

»Hätte ich wohl auch nicht ohne meine Oma, also Muttis Mutter. Die war einfach da und hat mich festgehalten und mir Arbeit gegeben und das Gefühl, dass sie mich dringend braucht. Das stimmte auch; sie brauchte dringend Hilfe auf dem Bauernhof, für sie allein war die Arbeit längst zu viel und zu schwer. Aber es war vor allem die Art, wie sie das gemacht hat, Danke gesagt hat, wenn ich etwas besonders gut gemacht hatte.« Sie lächelte. »Oft hat sie mir übers Haar gestrichen und was zu essen gemacht, was ich besonders gern mochte. Das war meine Rettung, besonders in der Zeit, nachdem Vati und Mutti verhaftet und weggebracht worden waren. Es war meine Rettung, dass ich da bei ihr bleiben durfte. Wenn ich damals in ein Heim gemusst hätte, ich glaube, ich wäre eingegangen.«

Als Lieselotte Stolz tief durchatmete und sagte: »Ja, das war mein Glück«, wagte Kunigunde vorzuschlagen: »Wissen Sie, es wäre gut, wenn Sie Ihre Erlebnisse einmal aufschreiben würden. Das wäre auch für künftige Generationen …«

»Aber das habe ich ja gemacht, es aufgeschrieben, allerdings nur für mich. Ich lese das immer mal wieder durch und verbessere hie und da etwas. Das hilft mir, damit fertigzuwerden.«

Ach, darum klingt ihre Erzählung manchmal so stilisiert,

dachte Kunigunde. Sie zitiert sich selbst. Dann fragte sie: »Und wie ging es Ihnen, als Ihre Mutter aus dem Gefängnis kam?«

»Beschissen. Vier Jahre Zuchthaus haben meine Mutter nicht gerade fröhlicher gemacht. Vier Jahre Zuchthaus, das muss man sich mal vorstellen, nur dafür, dass sie bei ihrem Mann sein wollte. Die hat doch nie fortgewollt aus der DDR, die hatte gar nichts gegen das System. Sie hat sich sogar anfangs engagiert, im Dorffrauenkollektiv oder wie das hieß. Erst als der neue Bürgermeister und seine Genossen sich dann so aufspielten, hat sie auch mal was Aufmüpfiges gesagt. Aber das war doch persönlich, nicht politisch.«

Frau Stolz hob die Kaffeekanne und fragte: »Mögen Sie noch eine Tasse?«

Als Kunigunde nickte, schenkte sie ihr ein, schob die Zuckerdose in ihre Nähe und fuhr fort, als hätte es diese Unterbrechung nicht gegeben: »Auch dass Vati in den Westen ging, das war eigentlich weniger politisch motiviert. Er war nicht der tragische Held, der nur die Freiheit wollte, wie er dann später in den Medien dargestellt wurde. Er konnte nur einfach die Machtspielchen und die Demütigungen von diesen Parteibonzen nicht mehr ertragen. Ich glaub, er hat erst im Westen gemerkt, dass an unserem System etwas faul war, dass diese Grenze vor allem gegen die eigenen Leute gerichtet war und dass seine Arbeit an dieser Grenze falsch war. Aber wenn diese Geschichte mit der Jagderlaubnis nicht gewesen wäre, er wäre bestimmt nie fortgegangen. Er hat so an seiner Heimat gehangen. Und Mutti genauso. Sie war einfach zerrissen zwischen ihrem Wunsch, wieder mit Vati zusammen zu sein, und dem Wunsch, in Willersdorf zu bleiben. Und dann hat Vati eines Tages geschrieben, jetzt hätte er genug, sie brauche nicht mehr zu kommen. Sie war total verzweifelt, hat nur noch geheult, und Oma, die das nicht mehr aushielt, hat gesagt, sie soll zu ihrer Schwester nach Zierendorf fahren und sich dort ausheulen. Und ausgerechnet in dieser Situation muss sie auf dieses Schwein treffen, das die Stasi auf sie angesetzt hatte. ›Onkel Hans‹ hab ich den mal genannt, als ich ganz klein war. Das muss man sich mal vorstellen! Der

Mensch war seit Kindertagen mit meinem Vater befreundet, und dann geht er hin und tut im Auftrag der Stasi alles, um ihn in die Falle zu locken. Immer wieder hat mir meine Mutter später die Geschichte erzählt, wie er sie angesprochen hat im Bahnhof, wo sie auf den nächsten Zug gewartet hat, wie er ihr versichert hat, ihr helfen zu wollen, und dass er auch in den Westen wolle und dann auf die Hilfe meines Vaters baue. Und er hat ihr schöngetan.«

Lieselotte Stolz schob ihren Kuchenteller beiseite und wischte sich mit der Serviette mehrmals über den Mund. Als sie weitersprach, klang sie, als wolle sie sich selbst etwas verständlich machen. »Man muss sich das vorstellen: Das war ja das erste Mal seit Monaten, dass jemand sie wie einen Menschen behandelt hat und wie eine Frau. Und dabei war jeder Schritt, den er getan hat, jedes Wort mit der Stasi abgesprochen und geplant. Das kam bei diesem Prozess in Bamberg heraus. Sie haben ihm vorgeschrieben, was er zu ihr zu sagen hat und was er antworten soll, wenn sie dies sagt, und was, wenn sie das sagt. Das muss man sich mal vorstellen! Unglaublich! Und das alles für ein paar hundert Mark! Wie tief kann ein Mensch nur sinken!«

Die Stimme von Lieselotte Stolz war schrill geworden. »Und dann kriegt dieses Schwein dafür nur Bewährung. Bewährung! Wie sollte der sich denn bewähren? Die Grenze war doch nicht mehr da und die Stasi auch nicht!« Sie biss sich auf die Fingerknöchel, doch die Tränen flossen trotzdem. »Das hat mich meinen Glauben an die Gerechtigkeit gekostet. Ich hatte so auf das berühmte Rechtssystem der BRD gehofft und dann das. Ich hab diesem Dreckskerl die Pest an den Hals gewünscht. Und ich tu es noch immer.«

Kunigunde kannte die Gründe, warum das Gericht, eben aus rechtsstaatlichen Gründen, nicht anders hatte entscheiden können, aber angesichts von Lieselottes wütender Trauer wäre es ihr unpassend vorgekommen, sie zu zitieren.

Stattdessen sagte sie: »Und doch haben Sie Hans Kromm Erste Hilfe geleistet damals im Gerichtssaal. Das ist so großartig …«

»Nein«, widersprach Lieselotte Stolz. »Ich hab hinterher

oft darüber nachgedacht, warum ich das gemacht habe. Und wenn ich ganz ehrlich bin, ich glaube, es war eher Hochmut als Edelmut. So eine Kreatur sollte mich nicht abhalten, das zu tun, was … was anständig ist. Ich wollte … ich wollte einfach ein Mensch bleiben.« Sie ballte die Fäuste. »Das lass ich mir von niemandem wegnehmen. Von niemandem! Ich will nicht so werden wie meine Halbschwester. Rita ist vom Hass ja wie zerfressen. Die lebt doch fast nur für ihren Hass.«

Kunigunde war erstaunt. Als sie vor vierzehn Tagen mit Rita Gerstner gesprochen hatte, war ihr nichts Derartiges aufgefallen.

Sie wollte eine entsprechende Bemerkung machen, aber Lieselotte Stolz sprach bereits weiter: »Die arme Rita kann eigentlich gar nichts dafür. Onkel Wilhelm hat sie ja so aufgezogen, im Hass auf den Verräter – er sprach von Hans Kromm immer nur als von dem ›Verräter‹ und das oft. Ich glaube, er hat all seinen Frust und all seine Trauer über den Tod seines Bruders in dieses Kind gestopft. Und na klar – das hat Folgen. Normalerweise hat sich Rita ja gut unter Kontrolle, aber wenn sie mal ausrastet, ist sie … ist sie zum Fürchten.«

Lieselotte Stolz atmete in einem großen, sorgenvollen Seufzer aus. »Wenn die mal rauskriegt, wo Hans Kromm lebt, wenn sie ›den Verräter erwischt‹, wie sie das nennt, dann, pfhhh, gute Nacht. Und, ich weiß nicht, aber ich meine, sie hat irgendwas rausgekriegt. Sie war in den letzten zwei Wochen so komisch, wie elektrisiert, sie …«

Kunigunde hörte den Rest des Satzes nicht mehr. Angst sprang in ihr auf, wölbte den Rücken und nahm ihr den Atem. Vor vierzehn Tagen war sie bei Rita Gerstner gewesen und hatte sie interviewt. Hatte sie irgendetwas gesagt, das darauf hinwies, dass die Familie von Hans Kromm jetzt in Bamberg wohnte oder dass er dort im Gefängnis saß? Sie versuchte angestrengt, sich an das Gespräch zu erinnern. Sie hatte Rita Gerstner doch nur zu ihr selbst befragt, zu ihrer Kindheit und ihren Erinnerungen an ihren Vater und an die Grenze. Doch, natürlich, sie hatten über Hans Kromm gesprochen, über den Prozess, und Rita Gerstner hatte sich ebenfalls über das Urteil aufgeregt. Aber sie, Kunigunde, hatte doch nichts gesagt über Hans Kromms jetzigen Aufenthaltsort, oder?

Und dann fiel ihr ein, was passiert sein musste. Sie hatte eine Liste der Namen und Adressen ihrer Interviewpartner in den Vorderdeckel ihres Aktenordners geklebt, darunter auch »Hans Kromm und Patricia Baumann-Kromm, Sieboldstr. 25, 96050 Bamberg«.

Der hatte auf dem Tisch gelegen, an dem sie mit Rita Gerstner während ihres Gesprächs saß. Und einmal hatte sie kurz den Raum verlassen, weil ihr Kuli leer war und sie sich aus ihrer Manteltasche einen neuen Stift geholt hatte.

Kunigunde bemerkte erst, dass Frau Stolz ihr eine Frage gestellt hatte, als diese ihre Hand ergriff. »Ist Ihnen nicht gut, Frau Buchner? Sie sehen ganz blass aus. Warten Sie, ich hole Ihnen ein Glas Wasser.«

Während sie das kalte Wasser trank, ließ die Panik, die in ihr hochgeschossen war, etwas nach, und sie konnte wieder etwas klarer denken.

Sie stellte das Aufnahmegerät ab und sagte zögernd: »Frau Stolz, könnten Sie bitte Ihre Halbschwester anrufen und ihr sagen –«

»Das ist ja das Komische«, unterbrach Lieselotte Stolz sie. »Ich versuche seit drei Tagen vergeblich, sie zu erreichen. Sie geht weder daheim ans Telefon noch an ihr Handy. Wir haben ja sonst nicht so viel Kontakt, aber ich müsste eine dringende finanzielle Angelegenheit mit ihr besprechen. Doch ich erreiche sie einfach nicht.«

Ein schrecklicher Verdacht machte sich in Kunigunde breit. Der Rest des Wassers aus dem Glas, das sie gerade leer trinken wollte, landete auf ihrer Bluse. »Um Gottes willen. Frau Stolz, ich … ich …« Kunigunde fiel es schwer, weiterzusprechen. »Es könnte sein, dass Ihre Schwester versehentlich durch mich erfahren hat, wo Hans Kromm lebt. Gott sei Dank ist Kromm momentan im Gefängnis und dort wohl sicher, aber …«

»Wieso ist der im Gefängnis? Er hat doch damals Bewährung bekommen?«

»Er hat einen Versicherungsbetrug begangen und ist zu drei Jahren Gefängnis verurteilt worden.«

»Was?« Lieselotte Stolz starrte sie fassungslos an. »Für einen Versicherungsbetrug kriegt er drei Jahre, und dafür, dass er zwei Menschenleben zerstört hat, kriegt er Bewährung?«

Sie schlug die Hände vors Gesicht und keuchte.

»Bitte, Frau Stolz, hören Sie mir zu!« Kunigunde hätte Lieselotte Stolz am liebsten geschüttelt. »Ich muss unbedingt mit Ihrer Halbschwester sprechen. Wenn Sie sie erreichen, sagen Sie ihr bitte, sie soll mich anrufen? Bitte!«

»Ja, ja«, antwortete Lieselotte Stolz tonlos.

Danach war nicht mehr viel zu sagen.

Auf dem Weg zum Bahnhof sah Kunigunde an einem Kiosk die Bild-Zeitung mit der fetten Überschrift »Mord im Hain« und fragte sich im Vorübergehen, in welchem idyllischen Wäldchen dieser Mord wohl stattgefunden habe.

Doch die Information verschwand sofort wieder aus ihrem Bewusstsein, denn sie überlegte krampfhaft, was sie denn tun könnte. Das Gefühl drohender Gefahr schnürte ihr die Kehle zu und wurde immer stärker. Sie wusste, sie wusste ganz einfach, dass sie etwas tun müsste, aber was?

Selbst wenn Rita Gerstner sie anrufen würde, was sollte sie ihr denn sagen? Sie kam sich vor wie eine auf den Rücken gefallene Schildkröte, hilflos wie selten in ihrem Leben. Erst als sie in den Zug stieg, kam ihr eine Idee: Sie musste Benno anrufen. Wenn sie sich recht erinnerte, war er für die in Bamberg einsitzenden Gefangenen zuständig. Er würde wissen, was zu tun war.

29

»Guten Morgen, Hanna. Hier ist Werner. Hab ich dich aufgeweckt?«

»Du bist ein Witzbold!«, fauchte Hanna erbittert. »Der süße Will ist seit halb sechs munter und unterhaltsam. Erst dachte ich, auch gut, dann kann ich noch etwas arbeiten, aber … Ich werd noch wahnsinnig.«

»Du Ärmste.« Werners Mitleid blieb etwas oberflächlich. »Warum ich anrufe: Ich brauche deine Hilfe. Kannst du –«

»Sorry, Werner, immer gern«, unterbrach ihn Hanna. »Aber momentan geht gar nichts. Ich muss unbedingt in die Uni. Ich bin eh schon spät dran.«

»Hanna, es ist wirklich dringend. Kannst du nicht kurz mit Tanja sprechen und …«

»Ich muss wirklich los, tut mir leid. Sprich doch selbst mit ihr. Wart, ich geb sie dir.«

Das Telefon wurde weggelegt, und Werner hörte Hanna im Hintergrund rufen: »Tanja! Da ist ein Herr, der dich ganz dringend sprechen möchte. Kommst du mal? Ich geh dann. Bis heute Abend!«

Eine Tür schlug zu. Dann Tanjas Stimme, misstrauisch: »Jaa?«

»Hallo, Frau Steinhübel. Hier ist Werner Sinz.«

»Ach, Sie sind's.« Tanja klang erleichtert.

Guter Anfang, dachte Werner und fuhr fort: »Frau Steinhübel, ich weiß ja, dass Sie nicht gerne mit der Polizei kooperieren, aber wir bräuchten dringend Ihre Hilfe. Herr Baumann …«

»Nein!«, schrie Tanja.

Der Hörer knallte auf den Tisch. Werner rieb sich das Ohr und überlegte, was er denn jetzt schon wieder falsch gemacht hatte.

Er wollte gerade auflegen, da hörte er Tanjas verzweifelte Stimme: »Ach Will, du Rabenaas. Doch nicht Hannas Kunstbücher. Gib sofort her.« Dann Babygebrüll, das im Crescendo in den Hörer drang, als Tanja diesen aufnahm und »Sekunde!« sagte. Dann entfernte es sich wieder und steigerte sich zum Forte.

Tanja kam ans Telefon zurück und fragte genervt: »Ja, also, was ist?«

Werner resignierte. »Bleiben Sie bitte, wo Sie sind. Wir kommen demnächst vorbei.« Er legte auf und rief in den Nebenraum: »Frau Jung, wir müssen los.«

Es hat doch was für sich, Frauen bei der Polizei zu haben, dachte er.

Als Werner und Claudia Jung in der Schulgasse ankamen, saß Will friedlich in einem aus den Polsterauflagen des Sofas konstruierten Laufstall und spielte mit großen Legosteinen. Tanja bügelte – Bücher. Auf Werners erstaunt fragenden Blick hin sagte sie: »Hanna hat ihre wertvollen großen Kunstbücher ausgerechnet im untersten Regalfach stehen.«

Claudia Jung kniete sich vor dem Sofa hin. Will lächelte sie an und warf einen Legostein nach ihr. Sein Zielobjekt lachte und fragte: »Darf ich ihn mal hochnehmen?«

»Besser nicht«, antwortete Tanja. »Seit ein paar Wochen fremdelt er.«

»Schade«, meinte Claudia Jung, blieb aber sitzen und flirtete mit Will.

Werner räusperte sich. »Es geht um Folgendes«, begann er vorsichtig. »Ähm, haben Sie heute schon die Zeitung gelesen?«

Tanja sah ihn an, als hätte er gefragt, ob sie heute schon am Nordpol gewesen sei.

»Die Zeitung? Nein.« Sie stellte das Bügeleisen beiseite.

»Dann wissen Sie also noch nicht, dass Martin Kostner … dass er ermordet wurde?«

»Marty? Ermordet?« Tanjas Augen wurden riesengroß in ihrem blassen Gesicht. »Aber wer …?«

»Genau das versuchen wir herauszufinden. Deswegen muss ich Ihnen jetzt einige Fragen stellen, und ich muss Sie bitten, sie so wahrheitsgetreu wie möglich zu beantworten. Geht das?«

Tanja nickte mechanisch, als hätte sie seine Frage kaum gehört.

»Also: Wie gut haben Sie Herrn Kostner gekannt?«

Tanja studierte intensiv und lange ihre Turnschuhe. Dann schaute sie auf: »Das habe ich Ihnen doch gestern schon gesagt. Ich kenne … ich kannte ihn, weil wir früher in derselben Gegend gewohnt haben und weil er mit Charly befreundet war. Wir waren ein paarmal zusammen weg, auf dem Keller oder Pizza essen oder so, wo ich Will halt mitnehmen konnte.«

»Und wie war Ihr Verhältnis zu Herrn Kostner?«

Tanja ließ sich wieder Zeit mit der Antwort. Schließlich sagte sie leise: »Ich konnte Marty nicht ausstehen. Er war ein voll arrogantes Arschloch.«

»Hm. Und wie würden Sie die Beziehung zwischen Herrn Baumann und Herrn Kostner beschreiben?«

»Deswegen konnte ich Marty am wenigsten leiden, wegen der Art, wie er Charly behandelt hat, krass von oben herab. Und Charly hat's noch nicht mal bemerkt und sich herumschubsen lassen.«

Sie zupfte an ihrem Nasenring. »Und außerdem hat er mich dauernd angemacht, obwohl Charly doch …« Sie stieß ein verächtliches Zischen aus.

»Könnte es sein, dass das Herrn Baumann vielleicht doch nicht mehr gepasst hat?«

»Und er deshalb Marty umgebracht hat?«, fragte Tanja spöttisch. »Charly? Nie im Leben!«

»Frau Steinhübel.« Werner beugte sich Tanja entgegen, um seinen Worten eine gewissermaßen vertrauliche Eindringlichkeit zu verleihen. »Herr Baumann ist offenbar unmittelbar nach dem Mord abgetaucht und hat sich seitdem weder bei seiner Arbeitsstelle noch bei seiner Mutter blicken lassen. Wir müssen ihn unbedingt finden.«

Tanja beugte sich ihm in einer spöttischen Nachahmung seiner Geste entgegen, bis ihr Gesicht nur noch wenige Zentimeter von seinem entfernt war.

»Um was zu tun?«, fragte sie zynisch. »Ihm einen Mord anzuhängen?« Sie lehnte sich zurück und verschränkte die Arme. »Und ich soll Ihnen dabei helfen?«

»Ach wo«, mischte sich Claudia Jung ein. »Wir wollen niemandem einen Mord anhängen.« Sie sammelte die Legosteine rund um Wills Pseudolaufstall ein und gab sie ihm zurück, frisches Wurfmaterial sozusagen. »Wir wissen noch nicht, wer Martin Kostner umgebracht hat. Aber aufgrund seiner Tätigkeit im Drogenmilieu liegt der Schluss natürlich nahe, dass sein Tod etwas damit zu tun hat. Es könnte ja sein, dass die Konkurrenz ihn ausschalten wollte. Und damit sind natürlich auch seine … seine Helfer gefährdet. Wir wollen Herrn Baumann finden, bevor die ihn finden. So sieht es aus.«

Will begann zu maunzen, weil er sich unbeachtet fühlte. Tanja ging zu ihm hinüber, hob ihn hoch und drückte ihn an sich, als brauche sie etwas, um sich festzuhalten.

Claudia Jung streckte Will einen Finger hin, den er glucksend umklammerte, aber sie achtete darauf, Tanja nicht zu nahe zu kommen.

»Herr Baumann hat bei seiner Flucht offenbar Lebensmittel aus seiner Wohnung mitgenommen. Ich denke, das könnte darauf hinweisen, dass er sich irgendwo verstecken will. Er ist doch öfter für Martin Kostner nach Italien gefahren. Gibt es dort oder auf dem Weg dorthin vielleicht eine Wohnung oder eine Hütte, die er einmal erwähnt hat? Irgendein Versteck, das er jetzt aufgesucht haben könnte? Bitte, Frau Steinhübel, bitte helfen Sie uns. Und ihm.«

Tanja löste Wills Händchen von Claudia Jung, ging zum Fenster und starrte auf den grauen Fluss. Das Schweigen dehnte sich.

Schließlich sagte sie tonlos: »Ich habe ein Gartenhäuschen am Paradiesweg. Ich war ein paarmal mit Charly dort. Er weiß, wo der Schlüssel versteckt ist.«

30

Hannas Handy klingelte, als sie im Hochzeitshaus die alte steinerne Wendeltreppe zum Seminarraum hinaufrannte. Sie schaute auf das Display: Tante Kunigunde. Keuchend nahm sie das Gespräch an.

Tante Kunigunde klang schrecklich aufgeregt. »Hanna, du musst sofort Benno anrufen!«

»Tantchen, ich kann nicht. Ich hab jetzt Seminar.«

»Aber es ist unheimlich wichtig. Ich hab dir doch gestern von der unehelichen Tochter von Franz Novak erzählt. Und ihre Schwester …«

»Tante Ku, bei aller Liebe!« »Tante Ku« sagte Hanna nur, wenn sie stocksauer war. »Ich muss jetzt mein Seminar halten.« Sie sah auf die Uhr. Zehn Uhr sechzehn. Schon eine Minute über die Zeit, und sie musste den Beamer noch startklar machen.

»Bitte, glaub mir doch, es …«

»Ruf Benno doch selbst an!«

»Aber ich bin gerade im Zug, und ich hab seine Nummer nicht.«

»Die kann ich dir geben!« Wenn sie eine Telefonnummer auswendig wusste, dann diese. »0175 2…«

»Warte, warte. Ich brauch erst was zum Schreiben.«

Hanna hörte, wie Kunigunde ihr Handy weglegte, in ihrer Tasche kramte, dann jemanden fragte: »Haben Sie vielleicht etwas zum Schreiben?«

Gemurmel, erneute Frage: »Sie vielleicht?«

Der Sekundenzeiger auf Hannas Uhr rückte unerbittlich vorwärts.

»TANTE KUNIGUNDE!«, schrie Hanna ins Telefon, so laut, dass Kunigunde sie offensichtlich hörte. »Ich ruf Benno an und geb ihm deine Nummer.«

Sie schaltete ihr Handy aus und hastete in den Seminarraum. Fünfunddreißig Augenpaare richteten sich auf sie.

»Guten Morgen«, sagte Hanna. »Entschuldigen Sie meine Verspätung. Heute ist einfach der Wurm drin.«

Dann wandte sie sich an einen Studenten in der ersten Reihe und gab ihm den Schlüssel für die Schaltanlage des Beamers und ihren Laptop.

»Könnten Sie bitte schon mal den Laptop anschließen? Ich muss noch rasch etwas erledigen.«

Draußen vor der Tür wählte sie Bennos Amtsnummer. Sein Strahlen war durchs Telefon zu hören.

»Hanna! Wie schön, dass du anrufst!«

»Benno, ich … Entschuldige, aber ich bin furchtbar in Eile. Ich soll dir nur sagen … Tante Kunigunde hat mich gebeten, dir zu sagen, dass du sie anrufen sollst.«

»Tante Kunigunde? Ich soll Tante Kunigunde anrufen?«

Seine Stimme klang, als wäre sie von sehr weit oben heruntergefallen.

»Ja, bitte«, sagte sie verzweifelt. »Sonst hätte ich dich nicht angerufen, nicht jetzt …«

»Hanna, wir …«

»Hast du was zum Schreiben?«

»Ja.«

Hanna diktierte Benno die Nummer. »Entschuldige, aber ich muss jetzt …«

»Hanna, wir müssen reden. Wir …«

»Später, Benno.«

31

Benno saß da und malte Kreise, Kreise mit einem Punkt in der Mitte, Kreis, Punkt, Kreis, Punkt, lauter kleine angestochene Seifenblasen.

»Sonst hätte ich nicht angerufen«, hatte sie gesagt. Sie hätte ihn nicht angerufen, wenn Tante Kunigunde sie nicht darum gebeten hätte! Beim nächsten Punkt durchbohrte der Bleistift das Papier.

Benno warf ihn weg und stützte den Kopf in die Hände. Aber andererseits … andererseits hatte sie gesagt »später«, das hieß doch, dass sie mit ihm reden wollte. Sie hatte nicht gesagt »auf keinen Fall« oder »lass mich in Ruhe«.

»Später«, hatte sie gesagt, »später.«

Der Himmel sah schon ein bisschen heller aus.

Ach ja, Tante Kunigunde. Schon merkwürdig. Sie telefonierten sonst so gut wie nie miteinander, höchstens einmal wegen eines Geburtstagsgeschenks für Hanna oder so. Hoffentlich hatte er die Nummer richtig aufgeschrieben. Er tippte die Zahlen ein.

»Benno! Gott sei Dank, dass du anrufst!«

»Hallo, Kunigunde.« Sie hatte ihn gebeten, die »Tante« wegzulassen, als sie ihm einst das Du angeboten hatte.

»Was gibt's?«

»Ach Benno, du musst mir helfen. Ich bin schon völlig durch den Wind. Ich hab so ein ungutes Gefühl. Also, es ist so … Wie erklär ich das denn nur kurz? Hat dir Hanna von meiner Masterarbeit erzählt, worum es da geht?«

»Nun ja, irgendwas mit dem Eisernen Vorhang, mit Schicksalen an der innerdeutschen Grenze, nicht wahr?«

»Ein Schicksal, eines. Das war so: … Grenzoffizier … in den Westen geflohen und … dafür zum Tod verurteilt.«

»Aber das kann doch nicht sein, Kunigunde, bei uns gibt es seit 1949 keine Todesstrafe mehr.«

»Nein … nicht hier … als er in die DDR zurückging.«

»Er wurde zum Tod verurteilt, weil er in die DDR zurückging?«

»Nein! Ach, ist ja egal. Entscheidend … durch Verrat seines Freundes … Dafür hat seine Tochter ihm Rache … hat mir ihre Schwester heute früh erzählt.«

»Hmm? Wessen Tochter? Und was für eine Schwester? Sag mal, wo bist du denn? Die Verbindung ist furchtbar schlecht, ich verstehe nur jedes dritte Wort.«

»… im Zug … Tochter von Franz Novak, Rita Gers… durch meine Schuld erfahren, dass Verräter in Bamberg lebt … im Gefängnis sicher, aber wenn ihm was passiert … ich schuld. Oh Gott, mein Handy ist gleich zu Ende. Hörst du mich noch?«

»Ja, aber was soll ich denn jetzt tun?«

»Du könntest … ob mit dem Gefangenen alles …«

»Mit welchem Gefangenen denn?«

»Hans Kromm, hab ich doch gesagt. Könntest du dafür sorgen, dass auf ihn besonders aufgepasst wird?«

Bei dem Namen »Hans Kromm« wurde Benno plötzlich sehr aufmerksam.

»Hör zu, Kunigunde. Wenn du in Bamberg ankommst, fahr sofort in die Schildstraße zur Polizeiinspektion und erzähl Werner Sinz deine Geschichte. Er soll mich verständigen, sobald du da bist. Er ist zuständig für den Mordfall … Hallo, hallo, hörst du mich noch?« Aber Kunigunde antwortete nicht. Die Verbindung war tot.

Hans Kromm: Dieser Name war heute früh in der Soko-Sitzung gefallen. So hieß doch der Vater des verschwundenen Charly Baumann. Und gestern … natürlich, darum war ihm der Name so bekannt vorgekommen … gestern hatte Frau Schnelein um eine Telefonerlaubnis für den Gefangenen Kromm gefragt. Und jetzt wieder dieser Name. Das war ein bisschen viel Zufall.

Er rief Frau Schnelein an.

»Ich rufe wegen unseres gestrigen Gesprächs an, Frau Schnelein.«

»Ach, entschuldigen Sie, Herr Staatsanwalt, ich bin noch

nicht dazu gekommen, Ihnen die E-Mail zu schicken. Aber ich mach das …«

»Nein, nein, das ist kein Problem. Es geht mir um den Gefangenen Hans Kromm. Der hat gestern doch unbedingt telefonieren wollen, nachdem er Besuch bekommen hatte, nicht wahr? Wer war denn dieser Besucher?«

»Es war eine Besucherin.«

»Eine Frau? Könnten Sie mir vielleicht den Namen und die Adresse dieser Besucherin sagen?«

»Warten Sie bitte kurz? Ich frag an der Pforte nach und ruf Sie dann zurück.«

Drei Minuten später hatte Frau Schnelein die Auskunft parat: »Die Frau heißt Rita Gerstner, wohnhaft Nürnberg, Sperberstraße 3.«

Rita Gerstner. Eine Rita hatte Tante Kunigunde erwähnt, da war sich Benno sicher, auch wenn er sonst nicht viel verstanden hatte. Da war eindeutig Klärungsbedarf vonnöten.

»Könnten Sie bitte dafür sorgen, dass Hans Kromm in etwa zwanzig Minuten in Ihrem Büro ist, Frau Schnelein? Ich muss dringend mit ihm sprechen.«

»Ja. Er arbeitet in der Schreinerei. Das müsste zu schaffen sein.«

»Danke. Bis dann.«

Mit dem Fahrrad fuhr Benno in wenigen Minuten durch die Lange Straße und über die Untere Brücke bis zur Dominikanerkirche, die vor wenigen Jahren zur Aula der Universität umgebaut worden war. Doch dort musste er absteigen, denn aus der Sandstraße quoll ihm der Verkehr in einer fast ununterbrochenen Kolonne entgegen. Wie gut, dass der Stadtrat kürzlich eine Verkehrsberuhigung der Straße beschlossen hatte. Er zwängte sich, sein Fahrrad schiebend, zwischen den Autos und einer Touristengruppe, die vor dem »Schlenkerla« darauf wartete, den Tempel des Rauchbiers stürmen zu können, hindurch.

Eigentlich wollte er gleich danach zum Fluss hinunter abbiegen, um am Leinritt entlangzufahren – mit dem Blick auf

»Klein-Venedig« und auf Hannas Häuschen. Aber dann siegten die Versuchung und sein knurrender Magen, und er schob sein Fahrrad weiter bis zu jener Metzgerei, die für ihren saftigen Leberkäse so berühmt war, dass manche behaupteten, es handle sich um den besten Leberkäse der Welt.

Der weitere Weg zum Gefängnis stellte allerdings hohe Geschicklichkeitsanforderungen: mit der linken Hand das Rad schiebend, in der Rechten das knusprige Brötchen mit der mehrere Zentimeter dicken Fleischscheibe. Aber Benno schaffte es, ohne sich zu bekleckern, und vor dem Gefängnistor schluckte er den letzten Bissen herunter, bevor er klingelte.

32

Kriminalrat Hanfstängl hatte es sich nicht nehmen lassen. »Was wollen Sie denn noch?«, so hatte er Werners Einwände vom Tisch gefegt. »Wir haben hier einen Drogendealer mit einer Waffe – einer russischen Waffe! Der hat den Sohn eines ehrbaren …« – auf Werners Blick hin verbesserte er sich – »… eines bekannten Bamberger Bauunternehmers erschossen. Und wir haben eindeutige Hinweise auf die Mafia! Na also! Ich werde jetzt das Sondereinsatzkommando anfordern, ja, das werde ich.«

Deshalb schob sich jetzt eine Kavalkade von Polizeifahrzeugen langsam den stillen Paradiesweg entlang. Diese schmale Straße hatte noch Reste ihrer ländlichen Vergangenheit bewahrt – Grasböschungen zu beiden Seiten und eine nur sehr unvollkommene Teerdecke –, obwohl sie inzwischen zur feinen Adresse mutiert war.

Auf der Südseite lagen in großen Grundstücken Bungalows und Landhäuser der teureren Art, aber auf der Nordseite gab es noch Felder, über die der Blick zu der im Tal sich ausbreitenden Stadt fliegen konnte, und einige mehr oder minder verwahrloste Gartengrundstücke. Eines davon war das von Tanja.

Eine dicke Hecke aus verschiedenen Büschen, die durch den Maschendrahtzaun gewachsen waren, schützte es. Forsythien streckten ihre zum Platzen bereiten Knospen, Weiden ihre pelzigen Kätzchen und Haselsträucher ihre gelben Schwänzchen dem martialischen Aufmarsch entgegen, Erotik der Natur gegen schwarz gepolsterte, sturmhaubenbewehrte Männer, die sich nun auf Werners Wink hin auf dem Grundstück rund um das Gartenhäuschen verteilten. Das Gartentor, von dem aus man gerade noch den First des am Hang liegenden Gebäudes sehen konnte, war leicht zu knacken gewesen. Werner und der Einsatzleiter des Sondereinsatzkommandos, Christoph Hörsch, ein Mann mit dichten Brauen und hartem Kinn, gingen bis zu einer Stelle, von der aus man den Eingang des Häuschens beobachten konnte. Die Fensterläden waren geschlossen, und alles wirkte ruhig. Doch es war ziemlich sicher, dass Charly Baumann sich dort aufhielt, denn sie hatten sein Auto auf dem Parkplatz nebenan identifiziert.

Werner nahm das Megafon und rief: »Hier spricht die Polizei. Das Haus ist umstellt. Herr Baumann, kommen Sie bitte mit erhobenen Händen heraus.«

Zuerst rührte sich nichts, mehrere sich dehnende Minuten lang.

Doch gerade als Werner wieder das Megafon hob und »Herr Baumann …« rief, öffnete Charly Baumann die Haustür, im ausgebeulten Trainingsanzug und mit zerzausten Haaren. Er gähnte ausgiebig und rieb sich die Augen. Dann sah er die auf ihn gerichteten Gewehre, sprang zurück ins Haus und warf die schwere Holztür zu.

Werner und der Einsatzleiter des SEK beratschlagten, was jetzt zu tun sei. Hörsch hätte seine Leute gern das Haus stürmen lassen; sie brauchten mal wieder eine Übung »in echt«. Aber Werner erinnerte sich an Tanjas Augen, als sie »mein Gartenhaus« gesagt hatte, und beschloss: »Ich gehe da jetzt selbst runter und rede mit ihm.«

Ein bisschen Heldentum konnte schließlich auch nicht schaden.

»Aber Kollege, der ganze Hang hier ist für eine Makarow das ideale Schussfeld!« Hörsch runzelte verdrossen die Stirn.

Werner ließ sich zum Anlegen einer schusssicheren Weste unter seinem Parka und zur Begleitung durch zwei der schwarzen Hünen überreden. An der Seite des Grundstücks rannten sie von Obstbaum zu Obstbaum und dann eng an der Hauswand entlang bis zur Tür. Werner bedeutete den beiden Schwarzmännern mit den Augen, sich rechts und links neben der Tür aufzustellen, bevor er kräftig gegen das Holz klopfte.

»Herr Baumann, ich weiß, dass Sie mich hören. Legen Sie Ihre Waffe auf den Boden, öffnen Sie die Tür einen Spalt und schieben Sie die Pistole mit dem Fuß nach draußen!«

Zunächst tat sich nichts, dann öffnete sich das kleine vergitterte Fensterchen im oberen Teil der Haustür. Aber kein Pistolenlauf erschien.

Werner rief eng an die Tür gedrückt: »Herr Baumann, geben Sie auf! Sie haben keine Chance. Übergeben Sie uns jetzt Ihre Waffe!«

»Was für eine Waffe denn? Ich habe keine Waffe!«, drang Charly Baumanns Stimme durch die Öffnung.

Werner nickte dem SEK-Mann, der schussbereit rechts neben der Tür stand, zu und befahl: »Dann öffnen Sie jetzt langsam die Tür und kommen Sie mit erhobenen Händen heraus!«

Charly Baumann gehorchte. Die Tür öffnete sich, und da stand er, barfuß und verwirrt, eine lange, schlaksige Gestalt.

»Was soll denn der ganze Scheiß?«, fragte er aufgebracht.

»Herr Baumann, ich nehme Sie fest wegen des Verdachts, Martin Kostner getötet zu haben.«

»Ich? Ich doch nicht ... Im Gegenteil, ich –«

»Das können Sie nachher auf der Dienststelle alles zu Protokoll geben«, unterbrach ihn Werner barsch.

Er kam sich ein bisschen lächerlich vor und ärgerte sich darüber. Der ganze Aufwand wegen dieses Bürschchens? Über die Schulter wies er den einen der SEK-Beamten an, seinem Chef zu sagen, er solle den Einsatz abblasen.

»Darf ich mir jetzt wenigstens Schuhe anziehen?«, murrte Charly Baumann. »Ich frier mir ja die Eier ab.«

»Natürlich können Sie sich anziehen«, antwortete Werner unwirsch. »Gehen Sie voraus.«

Der zweite Polizist sicherte seine Pistole, steckte sie ein und folgte ihnen in den Wohnschlafraum des Häuschens. Auf der Spüle stand ein Karton mit Lebensmitteln, und neben dem Bett lagen rund um eine Reisetasche verschiedene Kleidungsstücke.

Charly Baumann hob einige davon auf und fragte: »Kann ich ins Bad? Ich würd mir gern die Zähne putzen.«

Werner ging vor ihm ins Bad, schaute in den Spiegelschrank und in den Klospülkasten – keine Waffe. Um eventuell versteckte Drogen würden sich später die Kollegen kümmern.

»Also machen Sie schon!«, sagte er mit einer gebieterischen

Kopfbewegung und schloss die Badezimmertür hinter Charly Baumann.

Zuerst hörte man Zahnputzgeräusche und Wasserplätschern, dann nichts mehr. Werner ging im Wohnraum ungeduldig auf und ab. Das dauerte ihm zu lang. Was machte Baumann dadrin? Ihm war unwohl: Hatte er einen Fehler gemacht, als er den Einsatz abblies?

Der Mann vom SEK und er sahen sich an, dann riss Werner die Tür auf. »Was, verdammt, tun Sie denn so lange?«

Charly Baumann saß auf dem Klo.

»Ich scheiße«, sagte er wütend. »Ich will schließlich nicht die Hosen voll haben, wenn ihr mich in die Mangel nehmt.«

Werner warf die Tür zu. »Was für ein gefährlicher Verbrecher!«, knurrte er. »Wie gut, dass der Chef das Sondereinsatzkommando bestellt hat.«

Dann kam Baumann aus dem Bad, trocknete sich die Hände ab und schmiss das Handtuch über den nächsten Stuhl. »Sie machen einen Fehler, Sheriff«, sagte er, noch immer zornig. »Ich war nämlich derjenige, der ermordet werden sollte.«

33

Frau Schnelein erwartete Benno schon an der Pforte und begleitete ihn hinauf in ihr Büro. Eine Vielzahl von Grünpflanzen vertrieb in diesem Raum den sonst vorherrschenden typischen um Sauberkeit bemühten Gefängnisgeruch, der Benno immer ganz beklommen machte. Er begrüßte den Vollzugsbeamten, der den Gefangenen bewachte, und wandte sich dann Hans Kromm zu.

Kromm war ein dicklicher, kleiner Mann mit fahler, schwammiger Haut. Über seine Glatze waren einige wenige graue Haare gekämmt. Er saß in blauer Gefängniskleidung zusammengesunken und beinahe reglos auf seinem Stuhl. Doch hinter der gleichgültigen Miene und den halb geschlossenen Lidern war eine lauernde Spannung spürbar, als sei er extrem auf der Hut, wie eine tückische alte Schildkröte.

»Guten Morgen, Herr Kromm«, sagte Benno betont höflich, denn der Mann war ihm auf Anhieb unsympathisch, und er wollte sich das nicht anmerken lassen. Deshalb kam er sofort direkt zur Sache. »Wie ich hörte, hatten Sie gestern Vormittag Besuch von einer Frau Gerstner. Was wollte die denn von Ihnen?«

Hans Kromm öffnete die Lippen nur so weit, dass man ihn gerade noch hörte. »Des weeß ich doch nüscht.«

Sein intensiv sächsisch gefärbter Dialekt machte seine Aussagen nicht gerade verständlicher.

»Ist Frau Gerstner eine Verwandte oder Bekannte von Ihnen?«

»Nee.«

»Wer ist sie dann?«

»Ich kenn die Frau nicht.«

»Und warum hat sie Sie dann besucht?«

»Keene Ahnung, sag ich doch.«

»Und was hat sie denn gesagt, warum sie gekommen ist?«

»Hat sie nicht gesagt.«

Benno explodierte. Er knallte die Faust auf den Tisch und sagte sehr laut und bestimmt: »So geht das nicht, Herr Kromm. So kommen wir nicht weiter. Vorgestern Nacht wurde Martin Kostner ermordet, und kurz darauf ist Ihr Sohn verschwunden. Und am folgenden Morgen besucht Sie eine Ihnen angeblich unbekannte Frau, und Sie wollen mir erzählen, sie habe nichts gesagt! Was soll das?«

Erstmals hob Hans Kromm den Kopf und sah Benno voll an. »Marty wurde ermordet?«, fragte er verblüfft.

»Ja. Er wurde erschossen!« Benno beobachtete Kromms Reaktion. »Wie gut haben Sie Martin Kostner gekannt?«

Kromm zuckte die Achseln. »Als Kind, nu, als Kind war er öfter bei uns. Aber in den letzten Jahren, da hab ich ihn kaum gesehen. Ich mochte ihn auch nicht, er war nicht gut für unseren Karl-Heinz. Aber was ist mit Karl-Heinz? Warum ist er verschwunden?«

»Das versuchen wir gerade herauszufinden«, antwortete Benno scharf. »Und deswegen will ich jetzt von Ihnen haarklein wissen, was da gestern abgelaufen ist!«

»Nu, sie hat wirklich zunächst nichts gesagt. Sie kam rein und starrte mich so an, starrte und starrte. Mir wurd's ganz anders, so unheimlich. Ich sag: ›Was is'n los?‹ und ›Was wolln Se denn?‹. Und schließlich macht sie den Mund auf und fragt mit so einer irgendwie komischen Stimme: ›Na, wie fühlt sich das an, wenn einem das Liebste getötet wird? Wenn einem das Herz aus dem Leib gerissen wird?‹ oder so ähnlich. Ich sag: ›Häh?‹ und denk, die Frau ist doch meschugge. Da springt sie auf und schaut mich wieder so an und zischt: ›Verdammt, er weiß es noch nicht!‹«

Hans Kromm schüttelte verwundert den Kopf.

»Und dann?«, fragte Benno.

Lange Pause. »Nu, dann, nu ja, dann ist sie gegangen.«

Hans Kromm schaute links an Benno vorbei und knetete die Hände. Sein rechtes Augenlid zuckte. Er war trotz seiner Verschlagenheit kein besonders guter Lügner.

»Das stimmt nicht, Herr Kromm«, sagte Benno hart. »Jetzt erzählen Sie schon: Was hat Frau Gerstner noch gesagt?«

Kromm tat, als hätte er Benno nicht gehört. Er sah zu Boden, seine Lippen bildeten einen geraden Strich. Er schien mit dem Stuhl zu verschmelzen und schwieg.

»Verdammt, Herr Kromm, was hat Frau Gerstner noch zu Ihnen gesagt?« Bennos Stimme klang gereizt und bedrohlich.

Doch Hans Kromm schwieg, die Schildkröte hatte sich in ihren Panzer zurückgezogen. Das Schweigen dehnte sich. Schmerzhaft.

Benno wartete.

Plötzlich sagte der Wachmann aus dem Hintergrund: »›Es wird dir noch leidtun, du elender Verräter!‹, hat sie gesagt.«

»Danke«, sagte Benno erstaunt, drehte sich aber nicht um, sondern bündelte seine Aufmerksamkeit auf Hans Kromm.

»Was meinte sie mit ›elender Verräter‹, Herr Kromm? Warum hat sie das zu Ihnen gesagt?«

Kromm zog den Kopf zwischen die Schultern und presste die Lippen noch stärker zusammen. Sein Augenlid flatterte.

»Ach, was weiß die schon. Ich konnte doch nichts dafür.« Seine kleinen Augen huschten unruhig hin und her, als suchten sie einen Ausweg, und seine Stimme kippte ins Weinerliche. Plötzlich strömten die Worte aus ihm heraus wie Schmutzwasser. »Ich konnte doch nicht damit rechnen, dass sie ihn ... ich konnte nicht mit einem Todesurteil rechnen. Das hat ja sogar der Richter hier gesagt. Ich bin ja auch nicht bestraft worden. Oder doch bloß Bewährung. Weil es doch ein Fall von Spionage war. Und da musste ich doch meine Pflicht tun, ich war ja Soldat, da muss man Befehlen doch gehorchen. Sonst wär ich ja selbst in Gefahr, wär ich da gekommen. Das waren doch damals ganz andere Zeiten als heute, ganz andere Umstände waren das. Wer das nicht miterlebt hat, der kann das gar nicht verstehen. Die haben mich ja bedroht, die von der Stasi. Ich hätte ja nie mehr ... Ich war ja auch ein Opfer, ja, das war ich.«

Benno schluckte schwer. Ekel und Wut würgten ihn. Er hatte sich während seines Studiums intensiv mit den Aussagen der Nazis in den Nürnberger Prozessen beschäftigt, und die Erinnerung daran schüttelte ihn. Es war immer das Gleiche:

Keiner konnte was dafür, schuld waren immer die andern, man hatte ja nur Befehlen gehorcht. Kreaturen wie dieser Kromm waren der Keimboden, die Grundhefe von Diktaturen, welcher Art auch immer. Wenn solche Leute Macht bekamen, und sei sie noch so gering, gediehen diese schändlichen Systeme prächtig. Benno beherrschte sich mühsam, aber seine Stimme klang eiskalt, als er die wesentliche Frage stellte, die, auf die es ankam.

»Wen haben Sie verraten, Herr Kromm?«

Er bekam keine Antwort. Hans Kromm schwieg verbissen. Der sprachlose Kampf während der nächsten Minuten kostete beide Kontrahenten viel Kraft. Aber Benno wusste jetzt, dass er auf der richtigen Spur war, und ließ nicht locker.

»Herr Kromm, ich werde immer wieder kommen und Ihnen die gleiche Frage stellen: Wen haben Sie verraten? Dieses Spiel werden Sie verlieren.«

Hans Kromm schloss die Augen. Sein Schweigen veränderte sich, die harte Schale knackte, die Spannung zerfiel. Plötzlich gab er auf. Sein Kopf sackte nach vorn, und er schlug die Hände vors Gesicht.

»Ich habe Franz Novak … verraten … meinen Freund«, murmelte er. Dann hob er den Kopf und sagte laut und deutlich: »Ich habe meinen Freund verraten.«

34

Das Vernehmungszimmer war ein kahler Betonkasten, hell gestrichen, hell erleuchtet und ablenkungsfrei. Nur die Spiegelscheibe, durch die man vom Nebenraum aus das Geschehen beobachten konnte, und die Kamera darüber unterbrachen die Glätte der Wände.

»Wo haben Sie die Pistole versteckt?«

Werner hatte sich entschlossen, den Stier bei den Hörnern zu packen und die Vernehmung von Charly Baumann, nach den notwendigen Belehrungen, gleich mit einer provokanten Frage zu beginnen. Claudia Jung, die seitlich neben ihm saß, zog leicht die Brauen zusammen.

»Also ich habe Ihnen doch vorhin schon gesagt, dass ich keine Pistole habe, oder?«

Charly sah bleich und unrasiert aus; er wirkte ängstlich und aufsässig zugleich, bemüht, sich nicht einschüchtern zu lassen, bemüht um eine lässige Haltung. Es gelang ihm nicht; er war einfach kein Siegertyp, sondern eher derjenige, der unverschuldet zu spät kommt und dem dann das aufgebrummt wird, was kein anderer tun mag. Seine langen Arme hingen wie falsch angeschraubt an seinem dünnen Körper, und durch seine abstehenden Ohren schimmerte rötlich das Licht. Sein Lieblingswort »also« verriet wohl sein Bedürfnis, sich verständlich zu machen, das Unbegreifliche der Dinge zu erklären.

Aber Werner bemerkte noch etwas anderes in Charlys Blick, etwas, das er nicht einordnen konnte. Der Kerl konnte doch nicht damit zufrieden sein, dass sie ihn geschnappt hatten? Was hatte der vor? Lauerte da irgendeine Falle?

Diese Unsicherheit irritierte ihn und machte ihn gereizt und unfreundlich. Die ganze Situation gefiel ihm nicht: der übertriebene Einsatz bei der Festnahme, dieser junge Mann da ihm gegenüber mit seinem befremdlichen Verhalten, und dazu kam ein undeutliches Gefühl von Angst, Angst davor, dass hier etwas ganz und gar schiefliefund eine Gefahr im Anzug war, die er nicht erkannte.

Er schnauzte Charly Baumann an: »Das Gartenhäuschen gehört doch Ihrer Freundin. Wollen Sie, dass wir es zerlegen, um die Pistole zu finden?«

»Zerlegt doch, was ihr wollt! Ihr werdet keine Pistole finden, weil ich keine habe.«

»Das glaube ich Ihnen eben nicht. Wir wissen aus sicherer Quelle, dass Sie im Drogenhandel tätig waren …«

»Woher …?«

»Das tut jetzt nichts zur Sache. Aber Drogenhandel ist ein gefährliches Geschäft. Sie werden mir doch nicht weismachen wollen, dass Sie Ihre Kurierfahrten ohne Waffe gemacht haben!«

Plötzlich schien Charly verlegen. »Ich … na ja, ich hab mir …« Er blinzelte und presste die Hände zusammen; dann sprang er über die Hürde. »Also ich … ich hatte einen Pfefferspray.«

»Pfefferspray?«

»Na, besser als gar nichts. Und damit rechnet keiner.« Charly grinste etwas verschämt.

Werner sah mit gerunzelter Stirn Claudia Jung an, aber die zuckte nur leicht mit den Schultern. Also ließ er den Pfefferspray auf sich beruhen und holte die wichtigste Information aus dem letzten Satz.

»Sie geben also zu, dass Sie diese Kurierfahrten für Martin Kostner erledigt haben?«

»Was soll's? Sie wissen es doch eh schon. Aus sicherer Quelle, nicht wahr?«

Werner ging nicht auf die kleine Provokation ein. »Wie war denn Ihr Verhältnis zu Herrn Kostner?«

Charlys Augen füllten sich unversehens mit Tränen. Es dauerte eine Weile, bis er antworten konnte.

»Marty war mein Freund«, sagte er traurig. »Seit langer Zeit. Aber dann haben wir uns gestritten. Und jetzt ist er tot.«

»Gestritten, so. Und weswegen?«

Charly schaute auf seine Hände und schwieg.

Schließlich sagte er: »Weil ich aussteigen wollte. Also, ich wollte diesen ganzen Mist nicht mehr mitmachen. Marty mit seinem albernen Gangstergetue. Der hatte natürlich eine Pistole, er war ja der Boss.« Das klang verbittert. »Aber das hatte doch alles keine Zukunft. Wir hätten doch nie wirklich ein Bein auf den Boden gekriegt. Das war mir alles zu crazy.«

»Aber man hat doch sicher eine Menge Geld damit verdient?«

»Na ja, wenn Marty großzügig war. Aber das wiegt doch die ewige Angst nicht auf, erwischt zu werden. Und außerdem ist mir Marty in letzter Zeit wirklich tierisch auf die Nerven gegangen. Also, natürlich habe ich ihn aufgenommen, als er zu Hause rausgeflogen ist, aber er hat keinen Finger gerührt, um sich eine neue Bleibe zu suchen. Und sonst auch nicht. Er hat mich ausgenutzt, das war es. Schließlich habe sogar ich das gemerkt.«

»Sie haben sich also mit Kostner gestritten, weil Sie aus dem Drogenhandel aussteigen wollten. Lag es nicht auch daran, weil er Ihre Freundin angemacht hat?«

»Ja, natürlich, das auch.« Charlys vage Geste drückte Resignation aus.

Werner stand auf, als wolle er sich die Beine vertreten, und sagte wie nebenbei: »Und deswegen haben Sie ihn getötet.«

»Da warte ich schon die ganze Zeit drauf, dass das wieder kommt. Nein, ich habe Marty nicht erschossen. Das habe ich Ihnen doch auch vorhin schon gesagt.«

»Soo! Woher wissen Sie dann, dass er erschossen wurde?«

»Weil ich es gesehen habe.« Charly rieb sich die Augen und zog die Schultern zusammen, als sei ihm kalt. »Ich habe gesehen, wie der Mörder auf Marty geschossen hat. Es war furchtbar.«

Werner stöhnte spöttisch. »Darauf warten wir nun schon die ganze Zeit, auf den geheimnisvollen Mörder!«

Doch diesmal bemerkte Charly Werners Sarkasmus nicht. »Es könnte auch eine Frau gewesen sein«, sagte er gequält. »Das konnte ich auf die Entfernung nicht so genau sehen.«

»Wieso denken Sie, dass der Täter eine Frau gewesen sein könnte?«, schaltete sich Claudia Jung in die Vernehmung ein.

Charly hob den Kopf und sah Claudia Jung erleichtert an. »Also, das war so: Vor acht Tagen hat da nämlich eine Frau angerufen …«

»Lassen Sie uns bei der Sache bleiben«, unterbrach ihn Werner und setzte sich wieder vor Charly hin. »Ich würde gern erst noch mal hören, wieso Sie angeblich den Mord beobachtet haben. Was hatten Sie denn an einem regnerischen Aprilabend im Hain zu tun? Nachts um elf Uhr pflegt man ja nicht gerade spazieren zu gehen.«

»Aber das hängt doch alles zusammen, also der Anruf und der Streit und der Brief. Deswegen bin ich doch in den Hain gegangen und Marty auch, weil er doch gedacht haben muss … na ja, also weil ich gesagt hatte, ich würde jetzt mein eigenes Ding machen … aber ich hab doch was ganz anderes gemeint … Doch warum hätte er sonst auf den Brief geschrieben ›Du Verräter‹?« Charly hielt verwirrt inne. »Wie erkläre ich das denn nur … Es ist etwas …«

»Meinen Sie diesen Brief?« Werner zog eine Kopie des Schreibens, das Manfred Schechinger ihm übergeben hatte, aus seinen Unterlagen und legte es Charly vor.

»Ja, genau, das ist er. Ich kann einfach nicht verstehen, warum ich so blöd war, den Brief auf dem Tisch liegen zu lassen. Und dann hat Marty ihn gefunden und seine verrückten Schlüsse draus gezogen. Wenn ich den Brief eingesteckt hätte, wäre er … Ach verdammt!«

»Sie wollten also ›Ihr eigenes Ding‹ machen, wie Sie es ausdrückten, und sind zu dem Treffpunkt gegangen, um ›das Material‹, wie hier steht, abzuholen. Und Martin Kostner ist Ihnen auf die Schliche gekommen.«

»Neiin! Das hat er doch bloß geglaubt. Er …«

»Er ist Ihnen nachgeschlichen und hatte seine Pistole dabei, und bei dem anschließenden Gerangel …«

»Ach was!« Charly war jetzt richtig wütend. »Er war ja vor mir da. Das war ja sein Pech!«

Claudia Jung fragte ruhig: »Was war denn das für ein ›Material‹, das der Briefschreiber Ihnen übergeben wollte?«

»Das glauben Sie ja doch nicht!« Charly zuckte resigniert mit den Schultern. »Es waren Unterlagen über meinen Vater.«

»Was?«, rief Werner. »Und deswegen gehen Sie nachts um elf Uhr in den Hain? Um Unterlagen über Ihren Vater abzuholen?«

»Ich wusste ja, dass Sie mir … Also, ich glaub's inzwischen ja selbst kaum, dass ich so dumm sein konnte, da hinzugehen.«

»Die Unterlagen müssen Ihnen sehr wichtig gewesen sein«, bemerkte Claudia Jung.

»Ja, wären sie gewesen. Ich hab sie ja nicht bekommen.«

»Um welche Unterlagen hätte es sich denn gehandelt?«

»Das hängt eben mit diesem Anruf vor acht Tagen zusammen.« Charly drehte sich zu Claudia Jung hin. »Aber nein, so versteht man das nicht … also okay, ich muss früher anfangen. Mein Vater …« Er schwieg einen Moment und rieb sich die Stirn, um sich zu konzentrieren.

»Also schon immer, seit ich denken kann, hab ich gespürt, dass mein Vater was verschweigt, dass es da irgendein … ein Geheimnis geben muss«, begann Charly. »Ich bin in der DDR geboren, in Erfurt; das wissen Sie ja wahrscheinlich. Da ging es uns gut, also meinen Eltern und mir, wir hatten eine große Wohnung, und mein Vater hatte eine Uniform, auf die er sehr stolz war und die er bei Paraden und Festen und so anzog. Er muss irgendwas Höheres bei der Nationalen Volksarmee gewesen sein.«

Claudia Jung warf einen Blick in die Papiere, die neben ihr auf einem kleinen Tisch lagen, und sagte: »Anfangs war er bei der Grenzpolizei, aber später arbeitete er für das Ministerium für Staatssicherheit.«

»Die Stasi!«, murmelte Charly. »Hab ich mir's doch gedacht.« Er knetete seine langen Finger. Inzwischen war von der anfänglich bemühten Haltung nichts mehr übrig. Angespannt saß er auf der Vorderkante seines Stuhls. »Die Stasi!«

Er nickte, als habe sich eine Vermutung bestätigt: »Also deshalb sind wir 1989 so eilig weggezogen aus Erfurt! Ich war damals fünf und hab nur mitgekriegt, dass irgendetwas Schreckliches geschehen war und wir schleunigst wegmussten.

Für meine Eltern war die Wende etwas Schreckliches. Später hat mein Vater nie mehr über seine Vergangenheit geredet. Und mit Fragen durfte man ihm nicht kommen, da wurde er sofort grantig. Ich wusste bis eben nicht mal, dass er bei der Stasi war.«

Claudia Jung blätterte in ihrem Ordner: »Aber aus meinen Unterlagen geht auch hervor, dass ihm im August 1995 hier in Bamberg ein Prozess wegen Verschleppung eines Bundesbürgers in die DDR gemacht wurde. Haben Sie denn da nichts erfahren?«

»1995?« Charly dachte nach. »Da war ich elf. Im August, sagen Sie? Ach, deswegen haben sie mich damals zur Oma geschickt, wo ich sonst nie hindurfte, weil sie mich angeblich verzogen hat. Gleich sechs Wochen durfte ich bleiben.« Er schaute Claudia Jung an, als könne sie ihm Halt geben. »Nein, auch von dem Prozess höre ich gerade zum ersten Mal. Sehen Sie, ich weiß so vieles nicht. Aber ich bin ja nicht blöd, ich hab doch gespürt, dass da irgendwelche Leichen im Keller liegen. Doch keiner hat je was gesagt. Deshalb hab ich ja auch so … also deshalb war ich ja so aufgeregt, als diese Frau anrief und mir sagte, sie wüsste etwas sehr Wichtiges und Gefährliches über meinen Vater.«

»Und wer war diese Frau?«

»Keine Ahnung. Sie hat sehr geheimnisvoll getan und gesagt, ich dürfte niemandem von ihrem Anruf erzählen. Sie hat gesagt … also, jetzt klingt das wie eine … wie … das glaubt mir kein Mensch, aber …«

»Erzählen Sie halt einfach, wie es war oder woran Sie sich erinnern können.« Claudia Jung nickte ihm aufmunternd zu.

»Also, da rief also vor acht Tagen diese Frau an. Ich war an dem Abend ausnahmsweise allein daheim, weil Marty weggegangen war und Tanja babysitten musste. Sie, also die Frau, fragte mich, ob ich der Sohn von Hans Kromm bin und ob ich an Informationen über die Vergangenheit meines Vaters interessiert bin. Ich sagte natürlich ›okay‹ und was für Informationen das denn sind. Sie meint, sie hat geheimes Material von der Stasi, das noch nicht mal die Gauck-Behörde hat – ich hab mich inzwischen schlaugemacht, was das denn ist, diese Behörde. Also, das wäre Material, was dort niemals hingekommen wäre, und sie würde es mir gern verkaufen, weil sie dringend Geld braucht. Fünfhundert Euro. Fünfhundert Euro sind schon eine Menge Geld für mich, aber ich wollte es unbedingt wissen. Also frag ich nur, wo wir uns treffen, damit sie mir die Sachen übergibt. Da sagt sie, also das sei eben kompliziert, weil, in den Dokumenten stünden auch Sachen über ehemalige Stasi-Offiziere, die viel Dreck am Stecken hätten und viel zu verlieren, weil sie jetzt wieder in hohen Positionen säßen. Und die hätten so ein Netzwerk gegründet, und von denen würde sie jetzt verfolgt, und deshalb bräuchte sie auch das Geld so dringend, damit sie sich aus dem Staub machen kann.«

Werner schüttelte den Kopf. »Mal abgesehen von allem andern: Das ist doch unlogisch. Warum hat sie sich denn nicht an einen von diesen Leuten gewandt? Da hätte sie doch viel mehr Geld bekommen können?«, fragte er skeptisch.

Claudia Jung blickte ihn kritisch von der Seite an, aber Charly nickte: »Das habe ich sie auch gefragt, und sie sagte, das hätte sie ja getan. Darum würden die sie ja jetzt verfolgen. Die würden sie jederzeit liquidieren, wenn sie sie erwischen würden. Dann flüsterte sie, sie müsse jetzt aufhören und sie würde mir eine Nachricht zukommen lassen.«

»Das klingt alles … sehr … mysteriös«, meinte Claudia Jung vorsichtig.

»Es klingt bescheuert, ich weiß, aber damals … also ich hab es geglaubt, mehr oder weniger. Ich hatte kurz vorher im Fernsehen einen Krimi über so ein Stasi-Netzwerk gesehen und wie die mit Leuten umgehen. Und außerdem hat die Frau so nett … also, richtig sympathisch hat die geklungen, so echt. Ich hab ihr einfach geglaubt.«

»Und wie ging es dann weiter?«

»Also, ich hab mehrere Tage nichts von ihr gehört, und ich dachte schon … na ja, vergiss es! Vielleicht hat sie sich's anders überlegt, oder es ist ihr was passiert. Und dann am Mittwoch, also das war der Tag, wo ich den Streit mit Marty hatte. Ich bin in der Mittagspause schnell nach Hause gefahren, weil ich was vergessen hatte – und da saß Marty in Unterhosen auf der Couch vor dem Fernseher und aß Ölsardinen. Und hatte Ölflecken auf meine neue Ledercouch gemacht. Also, ich bin ja sonst kein Reinlichkeitsfreak, aber da bin ich ausgeflippt. Ich hab ihn angeschrien, dass ich die Nase voll habe, und ich würde mich nicht länger ausnutzen lassen und in Zukunft mein eigenes Ding machen, und er soll gefälligst seine Sachen packen und aus meiner Wohnung verschwinden. Also, das mit dem eigenen Ding muss er so verstanden haben, dass ich jetzt selbst, allein, was mit Drogen machen will. Aber ich wollte doch bloß sagen, dass ich nichts mehr mit ihm zu tun haben will. Na ja, so ist alles gekommen.«

Charly ließ unglücklich den Kopf hängen.

»Was ist wie gekommen?«

»Also, als ich abends heimkam, da war dieser Brief da, der, den Sie da haben. Das heißt, er war schon morgens gekommen mit der Post, aber wegen dem Streit mit Marty hatte ich ihn noch nicht aufgemacht. Der Brief – also mir kam das ja schon komisch vor, dass ich nachts in den Hain kommen sollte und … also ehrlich, ich hatte auch … na ja, Schiss oder so. Also ging ich erst mal ins ›Runde Eck‹, da war ich mit ein paar Kumpels verabredet, also nur lose, so ›komm halt vorbei‹. Und nach ein paar Bier ging's mir schon besser, und ich dachte, also schauen kannst du ja mal. Als ich aus dem ›Runden Eck‹ kam, war's schon zwanzig vor elf. Aber es hatte zu nieseln begonnen, und drum bin ich noch mal in die Wohnung, um meine Regenjacke zu holen, und dann sah ich den Brief und dass Marty ›Das wirst du mir büßen, du Verräter‹ draufgeschrieben hatte. Und als ich mein Fahrrad nehmen wollte, da war der Hinterreifen platt, und ich dachte noch: Das hat bestimmt Marty gemacht! Und bis ich ihn aufgepumpt hatte und im Hain war, also da war's bestimmt fünf nach elf. Und dann hab ich mich auch noch verfahren, weil im Hain, also da gibt's ja viele Wege, und ich wusste nicht genau, welcher zu dem Denkmal führt. Und so kam ich nicht von vorn, von der Wiese, sondern mehr so von der Seite, wo die Büsche sind, zum Glück. Denn so haben sie mich nicht gesehen.«

»Wer hat Sie nicht gesehen?«, fragte Werner.

»Die zwei, die dort auf den Stufen standen.«

»Wie konnten Sie die denn sehen, es war doch stockdunkel in dieser Nacht?«

»Ja schon, aber ich hab sie trotzdem gesehen. Da war irgendein Licht, ich weiß nicht, was, aber ich weiß, dass ich Marty deutlich erkennen konnte, und schräg vor ihm stand eine Gestalt, die war … Das war komisch, die glitzerte oder … oder schimmerte so irgendwie.«

»Ein Geist?«, murmelte Werner, aber Charly beachtete ihn gar nicht, sondern fuhr an Claudia Jung gewandt fort: »Es wirkte absolut unirdisch, wie in einem Alptraum. Und dann … und dann schrie diese Person mit einer Stimme – die Stimme werde ich mein Leben lang nicht vergessen, also, ich hatte wirklich das Gefühl, mir stehen die Haare zu Berge –, sie schrie: ›Das ist für deinen Vater, der mein ganzes Leben zerstört hat.‹ Und dann … peng, mitten ins Gesicht … mitten in den Kopf.«

Charlys Stimme versagte. Er war sehr blass geworden und schluckte krampfhaft. Claudia Jung schenkte ihm einen Becher Wasser ein, den er gierig austrank. Nach dem zweiten Becher atmete er wieder etwas ruhiger.

»Ich wusste sofort, dass mein Vater gemeint war und dass eigentlich ich es war, den die … die Person ermorden wollte. Und ich wusste ja nicht, wann ihr auffällt, dass sie den Falschen erwischt hat.«

»Deswegen haben Sie sich also in das Gartenhaus geflüchtet«, stellte Claudia Jung fest.

»Und warum haben Sie sich nicht an die Polizei gewandt, wenn Sie doch dachten, dass Sie ermordet werden sollten?«, fragte Werner.

Werners Frage brachte wieder etwas Farbe in Charlys Lippen. »Pfff!«, machte er. »Dreimal dürfen Sie raten.«

»Sie hatten Bedenken wegen dieser Drogengeschichte, nicht wahr?«, ging Claudia Jung begütigend dazwischen.

Charly seufzte nur. Er sah völlig erschöpft aus, so als würde er sich nur noch mit Mühe aufrecht halten. Sein hagerer Körper krümmte sich, als er den Kopf bis zwischen die Knie sinken ließ.

»Geht es Ihnen nicht gut?«, fragte Claudia Jung besorgt.

»Wie würde es Ihnen denn gehen, wenn Sie beobachtet hätten, wie Ihr Freund ermordet wird, und wüssten, dass eigentlich Sie dran glauben sollten?« Er hob den Kopf, lächelte Claudia Jung kläglich an und sagte leise: »Und Hunger habe ich auch.«

»Hatten Sie noch kein Frühstück?« Claudia Jung warf Werner einen vorwurfsvollen Blick zu. »Nun, das werden wir gleich ändern.«

Werner sah auf die Uhr.

»Elf Uhr siebenundzwanzig. Unterbrechung des Verhörs«, sagte er ins Mikro des Aufnahmegeräts. »Wir machen jetzt erst einmal eine Pause.«

35

Kunigunde saß wie auf Kohlen. Nein, Kohlen wären wohl eine verhältnismäßig angenehme Sitzgelegenheit, dachte sie. Der Vergleich mit glühenden Pflugscharen wäre wohl passender. Schon drei Mal hatte sie die junge Beamtin am Anmeldungsschalter gefragt, wann denn Kommissar Sinz endlich … Und jedes Mal hatte diese geduldig und ein wenig herablassend erklärt, dass der Herr Erste Hauptkommissar gerade in einer wichtigen Vernehmung sei und keinesfalls gestört werden dürfe und ob Frau Buchner nicht doch mit einem anderen Beamten …

Nein danke, denn Staatsanwalt Berg habe ausdrücklich gesagt …

Beim letzten Mal hatte die Auskunft schon etwas hoffnungsvoller geklungen: Man habe Herrn Ersten Hauptkommissar verständigt; er werde sich so bald wie möglich um sie kümmern. Doch der Minutenzeiger der Uhr über dem Tresen rückte unerbittlich vor: elf Uhr fünfzehn, elf Uhr zwanzig, elf Uhr dreiundzwanzig, elf Uhr vierundzwanzig.

Und in Kunigunde tickte die unerbittliche Uhr der Angst. Sie wäre am liebsten aufgesprungen und im Raum hin und her gelaufen. Sie beherrschte sich mühsam und griff zur Ablenkung nach einer Zeitung, die auf dem Tischchen neben den Wartestühlen lag. Es war der »Fränkische Tag«, den dort jemand mit der Titelseite nach unten nachlässig hingeworfen hatte.

Als Kunigunde ihn umdrehte, sprang ihr die fett gedruckte Titelzeile »Mord im Hain« ins Auge. Ach, der Tatort war also der Bamberger Hain! Ihr fielen wieder die vielen geschäftigen Menschen ein, die sie gestern früh vom Staatsarchiv aus beobachtet hatte.

»In der Morgenfrühe des gestrigen Tages«, las sie, »machte die Joggerin A. S. eine grausige Entdeckung: Ein Toter lag zu Füßen des Denkmals von König Ludwig II. von Bayern, erschossen. Es war der vierundzwanzigjährige M. K., Sohn eines bekannten Bamberger Bauunternehmers …« Kunigundes Blick fiel auf die erste größer gedruckte Zwischenüberschrift des Artikels: »Lebenslanges Leid dem Verräter. Der Tote hielt einen regendurchweichten Papierzettel in der Hand mit den mysteriösen Worten … Die Polizei rätselt …«

Am Rande nahm sie wahr, dass ein junger Mann in der schwarzen Uniform eines Sondereinsatzkommandos den Raum betrat. Er schlenderte hinüber zum Tresen und begann mit der Polizistin dort zu flirten.

»Na, du großer Held«, lächelte diese, »ist euer Einsatz schon beendet? Adrenalin schon wieder runtergefahren?« Der SEKler stieß bedauernd die Luft zwischen den Lippen aus. »Phh! Wir kamen gar nicht dazu, uns aufzuregen. Ging alles ganz easy.« Er fuhr sich mit der Hand übers Haar. »Wir haben nur für die notwendige Sicherheit gesorgt.«

»Das muss ja ein ganz schön gefährlicher Bursche sein, dieser Charly Baumann, wenn der Chef dafür extra das SEK kommen lässt.«

Bei dem Namen Charly Baumann ließ Kunigunde die Zeitung sinken und hob den Kopf.

»Na, ihr werdet es bald wissen«, sagte der Schwarzuniformierte, »sie verhören ihn ja gerade.«

»Ich weiß«, nickte die junge Frau und strahlte ihn an. »Schon seit fast einer Stunde.«

Kunigunde verfiel in eine Art Schockstarre. Informationsfetzen wirbelten durch ihr Gehirn wie Kugeln in der Lostrommel, bevor sie an ihren Platz fallen: Rita Gerstner auf einem Rachefeldzug gegen den Verräter Hans Kromm – ein Toter mit einem Zettel »Lebenslanges Leid dem Verräter« – Hans Kromm im Gefängnis – sein Sohn hier bei der Polizei …

Die ganze Unruhe der letzten Stunden bündelte sich in ihr zu Energie. Jetzt wusste sie, was sie tun musste.

Sie ging zum Tresen und forderte mit einer Stimme, die keinen Widerspruch duldete: »Bitte bestellen Sie mir sofort ein Taxi.«

Dann nahm sie ihre Tasche und verließ mit einem knappen Nicken den Raum.

Während sie draußen auf dem Gehsteig auf das Taxi wartete, vergewisserte sie sich in ihren Aufzeichnungen noch einmal, dass sie die Adresse auch richtig im Kopf hatte. Genau.

»Sieboldstraße 25«, wies sie den Taxifahrer an. »So schnell wie möglich.«

Benno war äußerst beunruhigt vom Gefängnis zum Gericht zurückgeradelt. Er setzte sich an seinen Schreibtisch und versuchte mit Hilfe von Notizen, Ordnung in den Wirrwarr von Daten und Assoziationen zu bringen, die in den letzten Stunden über ihn hereingebrochen waren.

Hans Kromm hatte also seinen Freund Franz Novak an die Stasi verraten, und der war dann zum Tod verurteilt worden. Damit war Kromm auf weitere Nachfragen hin zögerlich herausgerückt.

Für diesen Verrat hasste Rita Gerstner ihn. Auch wenn Benno unklar war, was sie mit dieser Sache zu tun hatte, so wollte sie jedenfalls dem »elenden Verräter« Schmerz zufügen.

Auf der anderen Seite hatten sie einen Toten mit einem Zettel »Lebenslanges Leid dem Verräter« in Händen. Diese beiden Puzzlesteine mussten doch einfach zusammenpassen.

Logischerweise konnte also nur Rita Gerstner die Täterin oder zumindest die Auftraggeberin dieses Mordes sein. Aber warum Martin Kostner? Den hatte Kromm nach eigener Aussage ja kaum gekannt, ja nicht einmal gemocht. Gab es da irgendeine unbekannte Beziehung? Er überlegte sich verschiedene Szenarien und entschied dann, dass er dazu wohl am besten Frau Baumann-Kromm fragen würde. Er notierte sich ihre Adresse.

Aber was war mit dem verschwundenen Charly Baumann? Hatte den auch Rita Gerstner auf dem Gewissen? Das Ganze ergab einfach kein stimmiges Bild. Er musste als Erstes unbedingt mit Werner sprechen. Er rief in der Polizeiinspektion an und erfuhr, dass Kriminalhauptkommissar Sinz gerade Charly Baumann verhörte.

»Ihr habt Charly Baumann festgenommen? Und warum weiß ich davon nichts?«

»Wir haben versucht, Sie zu verständigen, Herr Staatsanwalt, aber Sie waren nicht zu erreichen.«

Benno langte automatisch in seine Jackentasche und holte sein Handy heraus. Es war stumm gestellt. Er hatte während der Unterredung mit Hans Kromm nicht gestört werden wollen.

Er räusperte sich: »Äh ja, ich hatte einen Termin im Gefängnis.« Nach kurzem Nachdenken fügte er hinzu: »Schreiben Sie bitte Folgendes auf: ›Habe eine neue wichtige Spur im Mordfall M. K. Ich fahre jetzt zu Frau Baumann-Kromm wegen weiterer Informationen. Komme anschließend in der Inspektion bei dir vorbei.‹ Lassen Sie Herrn Sinz diese Nachricht bitte so schnell wie möglich zukommen.«

Er schloss sein Zimmer ab, unterschrieb um elf Uhr fünfunddreißig im Geschäftszimmer den Antrag für einen Dienstwagen und fuhr in die Sieboldstraße 25.

»Ich brauche einen Kaffee«, knurrte Werner. »Was will uns dieser Baumann eigentlich noch zumuten – schimmernde Geister, die schießen, geheime Unterlagen über Väter, Stasi-Netzwerke –, und du ... und Sie ermuntern ihn auch noch dauernd, uns diesen Unfug zu erzählen!«

Er ging zu der Kaffeemaschine, die freundlicherweise im Vernehmungsnebenzimmer für die Beobachter langwieriger Befragungen aufgebaut war.

Claudia Jung ging lächelnd auf Werners Versprecher ein: »Wie wäre es, wenn wir ›Du‹ zueinander sagen würden? Wäre doch einfacher.«

Werner versteckte seine Befriedigung hinter einem Räuspern. »Äh ja, das würde die Arbeit zweifellos erleichtern.«

Claudia Jung hielt ihm nicht die Wangen zum Küssen hin; sie nickte.

»Fein. Vielleicht können wir heute Abend ein Bier darauf trinken. Aber zurück zu unserem Fall. Da hat jemand tatsächlich ein sehr melodramatisches Drehbuch geschrieben. Aber ich bezweifle, dass es der Junge da drüben war.«

Sie beobachtete Charly Baumann durch die verspiegelte Scheibe. Er hatte die Arme aufgestützt und das Gesicht in den Händen verborgen und machte trotz seiner Größe einen schmächtigen Eindruck.

»An der Geschichte passt zu vieles vom Stil her zu den Details, die wir schon kennen: die Aufbahrung der Leiche, der Zettel ...«

»Na gut«, meinte Werner und reichte ihr eine Tasse. »Gehen wir halt mal von der Annahme aus, die Geschichte stimmt. Das hieße also, dass der Mörder ...«

»Oder die Mörderin«, berichtigte Claudia Jung.

»Es fällt mir immer noch schwer, zu glauben, dass eine Frau so etwas fertigbringt. Also gut ... dass die Mörderin«, er betonte das »in«, »Martin Kostner versehentlich getötet hat, weil sie ihn für Charly Baumann hielt. Das eigentliche Opfer sollte also Baumann sein.« Er nahm einen Schluck von seinem Kaffee. »Motiv: Rache an seinem Vater, weil der irgendwann einen Verrat begangen hat, der ihr Leben zerstört habe. Um ihm ein ›lebenslanges Leid‹ anzutun, will sie seinen Sohn töten. Aber ...«

Claudia Jung hatte begonnen, unruhig im Zimmer auf und ab zu gehen.

»Was mich irritiert: sie muss doch inzwischen ihren Irrtum bemerkt haben«, unterbrach sie ihren Kollegen. »Der Fall wurde doch in allen Medien breitgetreten.«

»Aber Baumann kann sie ja nun nichts mehr antun.« Werner nickte.

Jetzt verstand er, warum der Junge so eigenartig reagiert hatte, als er ihn festnahm: Er war einfach erleichtert gewesen. Verständlich bei der Angst, die er gehabt haben musste, wenn die Geschichte tatsächlich stimmte.

»Baumann ist ja inzwischen bei uns in sicherem Gewahrsam.«

»Das schon.« Claudia Jung stellte ihre leere Tasse neben die Kaffeemaschine. »Aber ich versuche mal, mich in die Mörderin hineinzuversetzen. Die hat ihr Ziel nicht erreicht, sie hat dem Verräter ja kein Leid angetan. Den Sohn hat sie nicht erwischt, aber da gibt es auch noch eine Ehefrau. Ich finde, wir sollten mal eine Streife bei Frau Kromm vorbeischicken.«

Werner zupfte nachdenklich an seinem Ohr. Dann trank er seine Tasse leer und stand auf.

»Ich finde, wir sollten dort selbst nach dem Rechten sehen«, sagte er entschlossen. »Die Vernehmung von Charly Baumann können wir auch später fortführen.«

Auf dem Weg nach draußen zum Parkplatz kam ihnen die Polizistin von der Anmeldung nachgelaufen. Sie wedelte mit einem Blatt Papier, das sie Werner übergab, als sie ihn einholte.

»Da ist eine Nachricht von Staatsanwalt Berg, die er vorhin telefonisch für Sie durchgab«, schnaufte sie. »Und dann war da auch noch eine ältere Dame, die Sie dringend sprechen wollte, angeblich auch im Auftrag von Herrn Berg, aber die ist inzwischen wieder gegangen.«

»Macht nichts. Wenn es wichtig war, wird sie schon wiederkommen.« Werner bedankte sich mit einem Lächeln bei der jungen Beamtin und entfaltete den Zettel. »Ach, Benno ist schon in der Sieboldstraße. Umso besser.«

36

Die Haustür des Mehrparteienhauses stand weit offen – davor parkte ein Möbelwagen; da wurden wohl gerade Möbel geliefert. Kunigunde stieg eilig die paar Stufen im Hauseingang hoch. Die Wohnung auf der rechten Seite war die der Kromms.

Sie klingelte, und kurze Zeit später öffnete Frau Baumann-Kromm. Sie trug eine karierte Schürze über einem schlabbrigen Trainingsanzug und hielt einen Fleischklopfer in der Hand.

»Jaa?«, fragte sie misstrauisch.

»Frau Kromm, entschuldigen Sie bitte die Störung«, sagte Kunigunde verlegen, »aber … aber ich glaube, Sie sind in großer Gefahr …«

»Hä?«, machte Frau Kromm.

Kunigunde kam sich plötzlich unglaublich albern und hilflos vor. Wie sollte sie der Frau denn nur erklären, was …

»Es betrifft eigentlich Ihren Mann«, begann sie und wusste nicht mehr so recht, wie sie fortfahren sollte. »Könnten wir uns kurz unterhalten? Ich müsste Ihnen …«

Ein plötzlicher Impuls veranlasste sie, sich umzudrehen. Im Gegenlicht des Eingangs stand Rita Gerstner. Sie war als Mann verkleidet, in einem langen Regenmantel, und hatte ihre auffallend blond gefärbten Haare unter einer Schiebermütze versteckt.

Kunigunde erkannte sie dennoch sofort und reagierte entschlossen. Sie drängte Frau Kromm in den Flur und warf die Wohnungstür hinter sich zu.

Keine Kette, verdammt.

»Da draußen steht eine Frau, die Sie wahrscheinlich erschießen will!«, rief sie verzweifelt und schob Frau Kromm vor sich her.

Aber die wehrte sich und schrie Kunigunde an: »Sind Sie denn völlig verrückt geworden? Was wollen Sie denn nur von mir?«

Sie stapfte in die der Eingangstür gegenüberliegende Küche,

legte wütend den Klopfer neben die Fleischscheiben, die sie gerade bearbeitet hatte, und fauchte: »Ich rufe jetzt die Polizei!«

»Gern«, seufzte Kunigunde. »Von dort komme ich gerade. Aber die werden nicht rechtzeitig hier sein. Bitte, so hören Sie mir doch …«

Plötzlich erstarrten beide Frauen in der Bewegung und horchten. Es war deutlich zu hören, dass sich jemand mit etwas Metallenem an der Wohnungstür zu schaffen machte.

Jetzt sprang Kunigundes Angst auf Frau Kromm über. Sie packte Kunigunde am Arm und zog sie in das hinter der Küche liegende Zimmer, im selben Augenblick, als sich die Wohnungstür langsam öffnete.

»Hier kann man absperren«, keuchte sie und drehte den Schlüssel zweimal um.

Es war ein kleiner Raum mit Bett und Schreibtisch, vielleicht früher einmal die Waschküche. Gemeinsam schoben sie das Bett vor die Tür und schauten sich dann ratlos an. Was nun? Das Zimmer hatte nur ein kleines Fenster.

Da passt Frau Kromm niemals durch, dachte Kunigunde. Dafür ist sie zu dick. Sie schaute an sich hinunter. Dafür sind wir beide zu dick. Aus diesem Fenster können wir höchstens um Hilfe rufen!

In diesem Moment krachte der erste Schuss durch die Tür.

Benno fand schräg gegenüber der Hausnummer Sieboldstraße 25 einen Parkplatz. Er umrundete den Möbelwagen und wunderte sich, dass sowohl die Haustür wie die Wohnungstür der Kromms weit offen standen.

Was hatte das zu bedeuten?

Die folgende Szene erlebte er später in der Erinnerung wie in einem Film wieder und wieder, in Zeitlupe, in lauter einzelnen Bildern: Er betrat den Flur – er sah durch die offene Küchentür den Mann mit der Pistole – er hörte Hilferufe – der Schuss fiel – er rannte in die Küche, ergriff den Fleischklopfer und schlug ihn dem Mann mit aller Kraft auf den Hinterkopf – der Mann fiel um.

Dann suchte Benno verzweifelt in der Küche nach irgendetwas, womit er den Mann fesseln könnte. Er schnappte sich gerade ein Küchentuch, als er ein schabendes Geräusch hörte und herumfuhr.

Und wieder verlangsamte sich seine Wahrnehmung bis zur Erstarrung: Der Mann war wieder aufgewacht. Und er war gar kein Mann – unter der Mütze, die sich verschoben hatte, quollen die langen blonden Haare hervor, die den Schlag mit dem Fleischklopfer abgemildert hatten.

Die Frau kroch auf die Küchentür zu, wohin die Pistole bei ihrem Fall geschliddert war.

Sie ergriff sie und richtete sich auf.

Und sie zielte auf Benno.

Werner und Claudia Jung hatten keine fünf Minuten von der Polizeiinspektion bis in die Sieboldstraße gebraucht.

»Wie praktisch ist so eine Stadt der kurzen Wege«, meinte Claudia Jung und schlug die Autotür zu.

Der Knall übertönte beinahe ein anderes Geräusch, das wie ein Schuss klang, aber die Hilferufe waren deutlich zu hören. Die beiden Kommissare rannten durch die offene Haustür und zogen ihre Waffen.

Vor der Wohnung der Kromms verständigten sie sich durch ein Nicken und pressten sich schussbereit rechts und links neben der Tür an die Wand. Dann spähte Werner vorsichtig um die Ecke.

Er sah etwa fünf Schritte von sich entfernt eine blonde Frau in einem langen Mantel und ihr gegenüber, jenseits des Küchentischs, Benno mit schreckgeweiteten Augen.

In diesem Moment schoss die Frau.

Benno stöhnte und fiel zu Boden. An der Wand hinter ihm suchten sich Blutstropfen eine Spur. Mit einem Wutschrei sprang Werner auf die Blonde zu, umklammerte sie von hinten und schlug ihr die Pistole aus der Hand. Claudia Jung rannte um den Küchentisch herum und kniete neben Benno nieder. Er war erschreckend blass und blutete stark, aber er war bei Bewusstsein.

»Oh Gott sei Dank, Sie leben«, stammelte Claudia Jung. »Es ist nur der Oberarm.«

Sie nahm Benno das Küchentuch aus der Hand und versuchte, ihm damit den Arm abzubinden, um die Blutung zu stoppen. Dann zog sie ihr Handy aus der Tasche und telefonierte Notarzt und Verstärkung herbei.

Währenddessen hatte Werner der blonden Frau Handschellen angelegt.

»Ich nehme Sie hiermit wegen Mordversuchs an Staatsanwalt Berg fest«, zischte er zornig und zerrte sie grob mit sich, auf der Suche nach etwas, woran er sie anschließen könnte. Schließlich rief er: »Claudia, halt doch mal die Lady hier in Schach.«

Claudia Jung nahm ihre Pistole vom Boden auf und richtete sie auf die Frau, die sie mit einem verächtlichen Lächeln musterte. Werner ging eilig um den Tisch herum und zog dabei seine Jacke aus, die er Benno unter den Kopf schob, nachdem er ihn vorsichtig auf die Seite gedreht hatte.

»Was machst du denn für Sachen, alter Gauner?«, fragte er, bemüht, sich seine Besorgnis nicht anmerken zu lassen.

»Ich?«, stöhnte Benno und fiel in Ohnmacht.

»Wo bleibt denn bloß der verdammte Notarzt?«, schrie Werner und presste seine Hand auf Bennos Wunde, die immer noch heftig blutete.

Aus dem Nebenzimmer war ein Poltern und Scharren zu hören, dann öffnete sich die Tür. Tante Kunigundes Kopf erschien in der Öffnung. Sie schaute sich vorsichtig um. Im nächsten Augenblick stürzte sie heraus und sank neben Benno auf die Knie.

»Du lieber Himmel, Benno!«, keuchte sie mit einem Schluchzen.

»Er lebt«, beruhigte Werner sie und legte ihr die Hand auf die Schulter.

»Noch«, fauchte Kunigunde und rief Frau Kromm gebieterisch zu: »Ich brauche Küchenhandtücher, saubere!«

Frau Kromm watschelte ins Nebenzimmer und kam mit

einem Stapel Handtücher zurück. Kunigunde faltete eines zu einem kompakten Viereck und presste es auf Bennos Wunde.

»Festhalten!«, befahl sie Werner.

Das nächste Handtuch legte sie zu einer breiten Binde zusammen und band damit die Kompresse fest, so gut es ging.

»Wo bleibt denn bloß …?«, begann Werner erneut.

Doch gerade da hörten sie das Martinshorn.

37

Der Notarzt hatte ein betroffenes Gesicht gemacht.

»Das sieht nicht gut aus«, hatte er genuschelt. »Da scheint eine Arterie getroffen zu sein. Er hat bedenklich viel Blut verloren. Und einen Schock hat er auch.«

Werner war beständig im Weg herumgestanden, weil er seinen Freund nicht aus den Augen lassen wollte, und war schließlich im Krankenwagen mit ins Klinikum gefahren. Er hatte Claudia Jung gebeten, die Erstvernehmung von Rita Gerstner durchzuführen.

Jetzt, zwei Stunden später, war er zurück in der Polizeidienststelle, mit roten Ohren und fahrigen Händen, aber deutlich beruhigt.

»Herr Berg ist über den Berg«, witzelte er erleichtert. »Es wird noch etwas dauern, bis er wieder auf dem Damm ist, aber das Schlimmste scheint überstanden. Sie haben ihm die Kugel rausoperiert; es ist alles gut verlaufen, er ist jetzt im Aufwachraum, und in ein paar Stunden kann ich ihn wieder besuchen … oder wir zusammen, wenn du mitwillst.«

»Ja, gern. Mir fällt ein Stein vom Herzen. Dieses Bild, wie er da totenblass und blutend am Boden lag …« Claudia Jung schüttelte sich. »Das wird mich noch lang verfolgen.«

Sie saßen im Raum neben dem Vernehmungszimmer. Werner hatte sich ein spätes Mittagessen aus der Kantine kommen lassen, Hähnchen mit Kartoffelbrei und Wirsing. Bevor er anfing zu essen, schrieb er etwas auf einen Zettel.

»Claudia, könntest du die Frau Meyer bitten, immer mal wieder diese Nummer anzurufen? Das ist das Handy von Frau Dr. Tal, Bennos Freundin. Ich hab es schon mehrfach versucht, aber sie hat sich nicht gemeldet. Sie soll mich anrufen, wenn man sie erreicht, damit ich ihr das mit Benno schonend beibringen kann.«

So ein Unglück hat vielleicht auch eine gute Seite, dachte

er, während Claudia Jung den Raum verließ. Das kann Hanna doch nicht ungerührt lassen; das muss die beiden doch wieder zusammenbringen.

Er war gerade dabei, die letzten Stückchen von seinem Hühnerbein zu zausen, als Claudia Jung zurückkam. Sie ging zur Kaffeemaschine und versuchte, sie auf »Espresso« umzustellen.

»Würdest du mir auch einen machen?«, fragte Werner geistesabwesend.

Er überlegte, wie schon viele Male während der vergangenen Stunden, wie er hätte verhindern können, dass Benno angeschossen wurde.

»Aber gewiss doch, Herr Erster Hauptkommissar«, lächelte Claudia Jung.

Als sie die Tässchen zum Tisch brachte, schob Werner seinen Teller beiseite, um ihnen Platz zu machen.

»Könntest du das Ding bitte vor die Tür bringen? Der Wirsing riecht so intensiv«, bat Claudia Jung bestimmt.

Werner sah erstaunt erst sie, dann den Teller an, bevor er ihn nahm und im Gang auf ein Fensterbrett stellte.

»Ich bring ihn später runter«, sagte er. »Aber jetzt fang schon an. Wie war denn die Vernehmung unserer hübschen Täterin?«

»Hübsch findest du die? Auf mich wirkt sie eher …«, ihre Augenbrauen schoben sich zusammen, »eher wie … wie eine Puppe. Als wäre sie ganz hohl, alles nur Außenseite.«

Werner lächelte spärlich. »Aber es ist eine sehr gepflegte Außenseite.«

»Ja, genau, die pflegt sie mit großer Intensität. Sie arbeitet hart an dem Bild, das sie der Welt von sich präsentieren muss. Ihre Körpersprache ist faszinierend, aber es wird einem angst dabei.« Claudia Jung sah Werner nachdenklich an. »Ich schlage vor, dass ich dir zunächst mal eine Zusammenfassung der Vernehmung gebe. Entscheidende Szenen können wir uns dann ja noch einmal auf dem Video ansehen.«

Der neue Vernehmungsraum mit der Möglichkeit der audiovisuellen Aufnahme eines Gesprächs war ein Pilotprojekt der bayerischen Polizei und der ganze Stolz der Bamberger Kripo.

Doch da das Ganze noch mit allerlei Kinderkrankheiten behaftet war und manchmal unvermutet ausfiel, waren sie angewiesen worden, weiterhin persönlich die Gespräche zu protokollieren.

Werner lehnte mit seinem Espresso in den Händen an der Wand.

»Also schieß los!«, sagte er.

»Am Anfang war es ziemlich mühsam. Sie rede grundsätzlich nur mit dem Chef, also mit dir, meinte die feine Dame. Ich hab ihr dann klargemacht …«

»Oh ja, das kann ich mir vorstellen«, lachte Werner. »Du kannst, glaub ich, ziemlich überzeugend wirken.«

»Na ja, am überzeugendsten wirkte die Frage, ob sie mit der Videoaufzeichnung einverstanden sei. Sie setzte sich in Positur wie im Fernsehstudio, strich sich immerzu mit ihren lackierten Fingernägeln das Haar zurück, und von da an redete sie wie ein Buch.«

Claudia Jung rückte ihren Notizblock zurecht.

»Okay, sie heißt Rita Gerstner, ist sechsundvierzig Jahre alt und wohnt in Nürnberg. Als Beruf gab sie an, ›Stilberaterin in einem großen Bekleidungsgeschäft in der Nürnberger Innenstadt‹ zu sein. Tatsächlich ist sie einfach Verkäuferin bei C&A. Aber das brachte sie fast nicht über die Lippen. Es sei ja nur vorübergehend, bis sie etwas Besseres gefunden habe; sie sei ja erst vor Kurzem aus dem Ausland zurückgekommen.«

Werner schlürfte seinen letzten Schluck Kaffee. »Wo war sie denn?«

»Sie behauptete, sie habe sich ›den Wind der großen weiten Welt um die Ohren wehen lassen‹.« Claudia Jung imitierte den affektierten Tonfall von Rita Gerstner täuschend echt. »Sie hat es wohl nirgends lange ausgehalten; sie erwähnte die USA, Lateinamerika, Australien. Sie sei sehr sprachbegabt, und es falle ihr leicht, sich einzugewöhnen.«

»Warum ist sie denn überhaupt weggegangen?«

»Da war ihre Aussage sehr … nun, etwas ungenau, freundlich gesagt. Sie sprach davon, dass sie nicht die gleiche Luft wie der ominöse Verräter atmen wollte. Darauf werden wir sie später noch einmal ansprechen müssen. Sie kam dann mit allen möglichen Bibelzitaten daher; sie sagte, sie habe sich in den letzten Jahren intensiv mit dem Alten Testament beschäftigt, und offenbar hat sie das schwer beeindruckt. Ich habe das abgebrochen, weil ich mir zunächst noch ein besseres Bild von ihr machen wollte. Ich wollte wissen, warum sie sich so ... so deviant verhalten muss.«

»Deviant, aha!« Werner grinste spöttisch. »Bestimmt war wieder eine schwere Kindheit schuld!«

Claudia Jung nickte, etwas reserviert. »Jaa, genau das denke ich. Das war ziemlich grässlich, was sie über ihre Kindheit erzählt hat.« Sie blätterte die nächste Seite in ihrem Block auf. »Als Erstes betonte sie, dass sie die Tochter von Franz Novak sei. Darauf ist sie offensichtlich besonders stolz. Sie bezeichnete ihn als ›Märtyrer der Freiheit‹ und beschwerte sich, dass es noch kein Franz-Novak-Museum gäbe.«

»Und wer ist das? Ich hab tatsächlich noch nie von einem Franz Novak gehört.«

»Er wurde wegen irgendetwas in der DDR hingerichtet. Ich habe Frau Krüger schon gebeten, das zu recherchieren.«

»Gute Idee!«

»Allerdings ist Frau Gerstner nur seine uneheliche Tochter, mit der Schneiderin Marga Gerstner. Ihre Mutter habe sie – ich zitiere – ›abgöttisch geliebt‹ und ihr ›entzückende Kleidchen genäht‹. Sie hat dem Kind frühzeitig das Nähen beigebracht und sah in ihr schon ›eine zweite Coco Chanel‹. Leider hat Marga Gerstner aber auch den Alkohol etwas sehr geliebt. Angeblich hat sie den Tod von Franz Novak nicht verwinden können. Darüber aber hat sie dann die Tochter so vernachlässigt, dass die zwischendurch fast verhungert wäre. Schließlich hat der ältere Bruder von Franz Novak sie ihr weggenommen.«

Werner lehnte mit den Händen in den Hosentaschen wieder an seinem Lieblingsplatz an der Wand gegenüber der momentan dunklen Spiegelscheibe zum Vernehmungsraum.

»Ging das denn einfach so, ein Kind seiner Mutter wegzunehmen?«

»Er scheint jedenfalls keine Schwierigkeiten gehabt zu haben.«

»Na, dann ging es ihr von da an wohl besser!«

»Nein, das kann man nicht behaupten. Denn Wilhelm Novaks Frau war überhaupt nicht begeistert von dem zweifelhaften Balg, das sie da aufgehalst bekam. Warte mal, das Folgende ist so charakteristisch, dass ich dachte, du müsstest es dir ansehen. Ich habe das Band schon bis dahin vorlaufen lassen.«

Claudia Jung schaltete das Videogerät an. Man sah Rita Gerstner fast neckisch in die Kamera blinzeln. Sie strich eine ihrer goldenen Haarsträhnen über die Schulter zurück und antwortete offensichtlich auf eine Frage, die Claudia Jung ihr gestellt hatte.

»Ja, als ich fünf war, hat mein Onkel Wilhelm mich zu sich geholt. Das hat Tante Dorette ihm nie verziehen. Sie hat mich tadelfrei versorgt, das schon, aber sie mochte mich nicht. Sie hat mich nie, niemals angefasst oder auch nur angelächelt.« Rita Gerstner senkte den Kopf und ließ ihr Haar als Vorhang über das Gesicht fallen, hinter dem sie sich diskret die Augen wischte. »Lachen gab es nicht bei Tante Dorette. Man erfüllte seine Pflicht, und damit hatte es sich. Sie starb, als ich dreizehn war, an Magenkrebs, unter grässlichen Qualen. Ich war sehr froh darüber.«

Man hörte Claudia Jung aus dem Hintergrund fragen: »Sie waren froh über den Tod Ihrer Tante?«

Rita Gerstner verzog zynisch den Mund. »Nein, ich habe es genossen, wie sie sich quälen musste. So wie sie mich gequält hatte. Das war nur gerecht! Gerechtigkeit steht über allem! Das ist doch auch der Zweck Ihres Berufs, Gerechtigkeit herzustellen, nicht wahr?«

Claudia Jung räusperte sich. »Hm, sicher. Und … und wie kam Ihr Onkel Wilhelm mit der Situation zurecht?«

»Ach, der. Nach Tante Dorettes Tod begann er, sich um mich zu ›kümmern‹.« Dieses »kümmern« klang sehr bitter. »Vorher hatte ich ihn selten zu Gesicht bekommen. Er war viel unterwegs, seine Arbeit war ihm sehr wichtig. Jetzt also ›kümmerte‹ er sich. Das sah so aus, dass ich den Haushalt machte, und er kam abends heim und kontrollierte, ob ich es richtig gemacht hatte.«

Rita Gerstner wickelte gedankenverloren eine Haarsträhne um ihren Zeigefinger. »Onkel Wilhelm war ein eigenartiger Mann: Er funktionierte, er funktionierte wie ein gut geöltes Uhrwerk. Aber so etwas wie lebendig wurde er nur, wenn er von seinem kleinen Bruder sprach. Und das tat er häufig nach Tante Dorettes Tod.« Ihre Stimme hatte das Gewollte verloren; sie erzählte, als hätte sie die Szene unmittelbar vor Augen. »Abends, wenn er zwei, drei Bier getrunken hatte, fing er an, von ihm zu reden, was er getan hatte, was er gesagt hatte. Immer die gleichen Geschichten. Und jedes Mal endete die Sache damit, dass er anfing, den Verräter zu beschimpfen, diese elende Ratte, dieses Schwein, diesen Judas, der seinen besten Freund ans Messer geliefert hat.«

Sie biss sich auf die Lippen und schüttelte langsam den Kopf. »So heftig wurde er sonst nie. Normalerweise war er immer sehr steif; er fragte mich nach meinen Schulnoten und Sportergebnissen. Und wenn die gut waren, klopfte er mir auf die Schulter und sagte: ›Du siehst genauso aus wie dein Vater, wenn er etwas gut gemacht hatte, wie eine zufriedene Katze.‹«

Rita Gerstner blickte auf und schien in die Gegenwart zurückzukehren. Mit einer arroganten Kopfbewegung warf sie ihr Haar zurück und lachte. »Er hat mir auch das Schießen beigebracht. Er wollte wissen, ob ich die Begabung meines Vaters geerbt hätte. Und ich wurde ziemlich gut. Mein Talent war unübersehbar.«

Claudia Jung drückte die Stopptaste und seufzte.

»Das musste ja schiefgehen. Verstehst du, dieses Kind wurde nie als es selbst wahrgenommen, es hat für seine Bezugspersonen immer nur ein Bild erfüllen müssen, das die sich von ihm gemacht hatten: Für seine Mutter war es die Modeschöpferin, die sie selbst nicht werden konnte, für die Stiefmutter eine Pflicht, die erfüllt werden musste, für den Onkel die Wiederholung des kleinen Bruders. Das sind, soweit ich weiß, die klassischen Voraussetzungen für eine narzisstische Persönlichkeitsstörung.«

Werner sah Claudia Jung skeptisch an. »Eine narzisstische Persönlichkeitsstörung? Sag mal, hast du Psychologie studiert?«

»Ich habe ein paar Kurse besucht, ja. Und Narzissmus gehörte zum Unterrichtsstoff. Vieles, was Rita Gerstner so von sich gibt, passt genau in dieses Persönlichkeitsbild: die extreme Ich-Bezogenheit, eine davon geprägte sehr schräge Wahrnehmung der Realität, das arrogante Verhalten, das eine tiefe Unsicherheit verbirgt. Durch die seelischen Verletzungen in der Kindheit ...«

Werner stöhnte. »Ihr Frauen mit eurem ewigen Verständnis! Das klingt ja fast, als hättest du Mitleid mit ihr? Ich finde sie, ehrlich gesagt, einfach nur zum Kotzen.«

Claudia Jung sagte ärgerlich: »Ach verdammt! Es ist doch ein Unterschied, ob ich etwas verstehe oder ob ich es akzeptiere! Ich kann doch versuchen zu verstehen, warum ein Mensch so handelt, wie er handelt, und dieses Verhalten trotzdem ablehnen. Und ja, dieses Kind tut mir leid, und ja, diese Frau finde ich auch schrecklich.«

Werner machte eine unwillige Geste. »Und wie ging es dann weiter?«

»Das war es eigentlich im Wesentlichen.« Claudia Jung sah noch einmal ihre Notizen durch. »Ich dachte, die Befragung zu den Taten würdest du gern selbst machen.«

»Okay, packen wir's an.«

Werner ging zum Telefon und ordnete die erneute Vorführung von Rita Gerstner an. Er wirkte nicht sehr freundlich.

Als Werner den Vernehmungsraum betrat, sah Rita Gerstner erfreut auf. Er setzte sich ihr gerade gegenüber und betrachtete sie mit schmalen Augen. Rita Gerstner versuchte zunächst, mit diesem Blick zu kokettieren, senkte dann aber gespielt mädchenhaft die Lider.

»Warum haben Sie Staatsanwalt Berg angeschossen?«, fragte Werner unvermittelt.

Rita Gerstner lächelte. »Aber Herr Kommissar, er hat mich niedergeschlagen«, antwortete sie sanft und fügte dann lauter und empört hinzu: »Mit einem Fleischklopfer!« Der Fleischklopfer war deutlich hörbar unter ihrer Würde. »Da hat er doch eine kleine Lektion verdient!«

»Eine kleine Lektion?« Werner sah sie fassungslos an. So schnell hatte ihn selten jemand aus dem Konzept gebracht.

»Ich hätte ihn doch auch erschießen können, nicht wahr?« Wieder diese sanft lächelnde Stimme. »Auf die Entfernung? Ich schieße ziemlich gut, wissen Sie?«

Sie klang belustigt.

Werner atmete tief durch, um Beherrschung bemüht.

»Sie waren also so gnädig, ihn nur in den Oberarm zu schießen?«

»Ja sicher. Ich wollte so eine Sauerei wie bei dem anderen vermeiden. Leider habe ich wohl doch etwas zu tief gezielt. Es ist mehr Blut geflossen, als ich wollte.«

»Der andere? Meinen Sie Martin Kostner?« Werner versuchte, die Gesprächsführung wieder in die Hand zu bekommen. »Wenn Sie so gut mit Waffen umgehen können, verstehe ich nicht, warum Sie ihn aus nächster Nähe erschossen haben.«

Rita Gerstner hob erstaunt die Augenbrauen. »Ach, Martin Kostner hieß der junge Mann? In der Zeitung standen immer nur die Initialen. Nun, das war natürlich Absicht, Herr Kommissar. Der Anblick sollte ja so grässlich wie möglich sein, wenn die Bilder seinem Vater gezeigt würden.«

Werner sah Claudia Jung, die schräg hinter Rita Gerstner saß, kurz mit hochgezogenen Augenbrauen an: Rita Gerstner hatte mit dem letzten Satz völlig ungerührt den Mord an Martin Kostner zugegeben.

Claudia Jung fragte scheinbar naiv: »Aber ich verstehe das noch nicht ganz. Hatten Sie denn keine Angst, dass Sie dann ganz mit Blut bespritzt würden? Wie wollten Sie denn danach nach Hause kommen?«

Rita Gerstner bedachte sie nur mit einem herablassenden Seitenblick. »Das habe ich natürlich bedacht. Eine gute Vorplanung ist der wichtigste Weg zum Erfolg einer Aktion, wie Onkel Wilhelm immer sagte. Sie haben doch den Regenmantel gesehen, den ich anhatte. Den hatte ich mir extra besorgt. Der schützt einen von Kopf bis Fuß. Und da es zu regnen begonnen hatte, hat er sich dann ja auch wettermäßig bewährt, könnte man sagen.«

Sie kicherte zynisch. »Und mein Gesicht hatte ich mit einer Maske – einer schwarzen Maske – bedeckt.« Sie hielt die Hände vors Gesicht und blinzelte zwischen den Fingern hindurch. »Das muss ganz schön gruselig ausgesehen haben, denn als der junge Mann herankam und ich meine Stirnlampe eingeschaltet habe, ist er so erschrocken, dass er nicht einmal mehr seine Pistole heben konnte.«

Sie kicherte erneut, diesmal zufrieden.

»Das war also Charly Baumanns schimmernder Geist!«, murmelte Claudia Jung und machte sich eine Notiz.

Werner fragte: »Martin Kostner hatte eine Pistole dabei? Wir haben keine bei der Leiche gefunden.«

»Die habe ich natürlich mitgenommen. Wer weiß, wer die aufgehoben hätte und welchen Unsinn er damit hätte machen können. Auf solche Kleinigkeiten muss man achten.«

»Aber die viertausend Euro, die Herr Kostner bei sich trug, haben Sie nicht mitgenommen?«

Jetzt war Rita Gerstner aufrichtig empört. »Also hören Sie mal, Herr Kommissar, was denken Sie denn von mir? Ich bin doch keine Diebin!«

»Aber eine Versagerin sind Sie!«, warf Werner mit kalkuliert tiefgekühlter Stimme hin. »Sie haben ja den Falschen umgebracht!«

»Das war jetzt aber grausam, Herr Kommissar.« Rita Gerstner machte ein Gesicht wie ein gekränktes Kind. »Man kann sich doch auch einmal irren! Haben Sie denn noch nie einen Fehler gemacht? Aber mir ist einfach noch immer nicht klar, wie das passieren konnte. Tagelang habe ich das Haus und die Wohnung von Baumann beobachtet, und immer ging dieser … dieser Martin Kostner, wie Sie sagen, dort aus und ein. Er hatte einen Wohnungs- und einen Haustürschlüssel. Wie hätte ich annehmen können, dass er nicht der Wohnungsinhaber ist?« Sie machte eine resignierte Handbewegung. »Na ja, wo gehobelt wird, fallen eben auch Späne.«

»Späne?«, presste Werner zwischen den Zähnen hervor. »Ein Menschenleben Späne? In was für einer Welt leben Sie denn eigentlich?«

»In einer Welt voller Ungerechtigkeiten«, rief Rita Gerstner mit großer Geste, die Augen voller Tränen. »Und ich war es, die der Schale der Gerechtigkeit einen kleinen Tropfen hinzugefügt hat.«

Eine halbe Stunde später hatte Rita Gerstner ausführlich die Geschichte ihres Vaters erzählt. Sie wirkte erschöpft und aufgekratzt zugleich, müde und manisch. Als Werner sie erneut nach dem Motiv für ihre Tat fragte, wurde ihre Stimme schrill und schneidend.

»Warum? Sie fragen mich, warum? Dieses fiese Schwein von einem Verräter hat uns alle auf dem Gewissen, mich, meinen Vater, meine Mutter, Onkel Wilhelm, meine Schwester und deren Mutter, die dumme Kuh. Wenn die sich damals diesem Kromm nicht an den Hals geschmissen hätte, wäre alles anders gekommen. Aber so sind wir alle kaputtgegangen.«

Als sie wieder zu Atem gekommen war, fügte sie leise hinzu: »Was hätte aus mir werden können, ach, was hätte aus mir werden können.« Sie blinzelte. Plötzlich umklammerte sie die Tischkante und schrie: »Ich hasse ihn, ich hasse ihn, ich hasse ihn.«

Einer ihrer lackierten Nägel brach ab und schlidderte bis in die Mitte des Tischs, ein kleiner blutroter Fleck.

Eine Weile war es ganz still im Raum.

Dann begann Rita Gerstner, wieder zu sprechen, mit schmalen Augen und verzerrtem Mund: »Dafür, für die Zerstörung von sechs Menschenleben, hat er in der DDR eine Belobigung und zweihundert Mark bekommen. Für zweihundert Mark hat diese fette Ratte seinen besten Freund verraten, für zweihundert Mark!! Und nach der Wende? Ist er da vielleicht bestraft worden? In der Bundesrepublik, dem hochgelobten Rechtsstaat, hat er

Bewährung bekommen. Bewährung! Wo bleibt denn da die Gerechtigkeit? Ich sage Ihnen, wenn ich den in die Finger bekommen hätte, ich hätte ihn in kleine Streifen geschnitten, mit meinem eigenen Küchenmesser. Aber das wäre ja noch zu wenig gewesen, viel zu wenig, nur seinen Körper zu zerstören. Ich wollte, dass er leidet, richtig leidet. Ich wollte seine Seele bluten lassen, so wie meine geblutet hat, jahrzehntelang, ein Leben lang. Lebenslänglich, ja, lebenslänglich, lebenslänglich!«

Sie atmete schwer und fingerte an der Abbruchstelle ihres Nagels herum, blies darauf und murmelte: »Und Sie fragen mich, warum?«

Plötzlich richtete sie sich auf, warf ihre Haare zurück und verkündete in einem Ton, als spräche sie vor einer großen Menschenmenge: »Es war meine Aufgabe, das Unrecht zu rächen. Und das Schicksal wollte es so, es war so vorherbestimmt. Es gab Zeichen, bedeutsame Zeichen. Weswegen musste ich denn gerade jetzt aus dem Ausland zurückkommen? Weswegen kam gerade jetzt diese Frau zu mir, damit ich die Adresse der Kromms erfahren konnte? Weswegen hatte ich gerade jetzt Urlaub, um alles sorgfältig vorbereiten zu können – alles Fingerzeige des Schicksals. Ich bin nur das ausführende Organ, ein Instrument der göttlichen Gerechtigkeit. Denn Gott, der zürnende, gerechte Gott sagt: ›Wenn dein Auge dich ärgert, so reiß es aus und wirf es von dir, und wenn deine Hand dich ärgert, so hau sie ab und wirf sie von dir.‹ Das ist mein Auftrag, der mir übertragen wurde.«

Sie saß da, mit durchgedrücktem Kreuz und erhobenem Kopf, die Hände im Schoß gefaltet, mit triumphierendem Blick, das Zerrbild eines Racheengels.

»Soweit ich sehe, haben Sie sich selbst kein Auge ausgerissen«, sagte Claudia Jung verächtlich. »Und wenn Sie schon die Bibel zitieren – dort steht auch: ›Mein ist die Rache, spricht der Herr!‹«

»Ich glaube nicht, dass Ihnen das Bundesverdienstkreuz verliehen wird. In der Bundesrepublik ist Selbstjustiz nämlich verboten«, ergänzte Werner trocken. »Schon wegen der ›Kollateralschäden‹: Ein toter junger Mann, der mit der Sache nichts zu tun hatte, ein schwer verletzter Staatsanwalt, zwei traumatisierte Frauen – ein Mord und zwei Mordversuche, so sieht die Realität aus, Frau Gerstner.«

Er griff zum Telefon. »Tom, wir haben hier ein Instrument der göttlichen Gerechtigkeit sitzen. Schick mal einen Kollegen zum Abführen rauf. Es reicht für heute.«

38

Hanna machte sich müde auf den Heimweg. Heute war einer jener stressigen Tage gewesen, an deren Ende man sich nur noch ein Bad, ein bisschen Fernsehen und dann sein Bett wünscht. Nach dem leidlich gut überstandenen Seminar mit den anschließenden üblichen Diskussionen mit den Studenten um Referate, Scheine und Termine hatte sie mit einigen Kollegen zu Mittag gegessen.

Zwei von ihnen waren dabei so heftig über die geplante neue Einkaufspassage in der Bamberger Innenstadt in Streit geraten, dass sie nahe daran gewesen waren, sich zu schlagen, und alle schließlich betreten die Mensa verlassen hatten. Hanna musste rennen, um noch rechtzeitig zur Sitzung des Fakultätsbeirats zu kommen, in den sie als Vertreterin der Lehrbeauftragten gewählt worden war; dort war es dann so langweilig, dass sie nur mit Mühe die Augen aufhalten konnte.

Und zum Schluss hatte sie auch noch an einem Treffen der Schutzgemeinschaft Alt-Bamberg teilgenommen, bei dem es ebenfalls um die geplante City-Passage ging. Hanna hatte sich sehr gegen die Überbauung zahlreicher Parzellen durch dieses Einkaufszentrum und für den Erhalt der kleinteiligen Altstadtstruktur engagiert und für die Schutzgemeinschaft auch eine größere Abhandlung über die Geschichte und Gestalt des betroffenen Stadtquartiers verfasst, ehrenamtlich natürlich, wie so häufig.

Und jetzt sah es so aus, als wäre ihre Arbeit nicht nur umsonst, sondern auch vergebens gewesen – die neuen Pläne des Investors waren katastrophal. Das Leben machte momentan nicht so richtig viel Spaß.

»Grüß Gott, Frau Dr. Tal.«

Hanna schrak zusammen. Vor ihr stand der Mann, der sie gestern auf ihrem so abrupt abgebrochenen Stadtrundgang mit Paolo von fern gegrüßt hatte; ein schmaler, bebrillter Intellektueller mit etwas zu langen weißen Haaren. Er nahm vor ihr den Hut ab, eine rührend altmodische Geste.

»Erinnern Sie sich an mich? Sie waren einmal bei mir, um meinen Keller aufzumessen.«

An den Keller, den sie auftragsgemäß für das Landesamt für Denkmalpflege erfasst hatte, erinnerte sich Hanna sofort: ein außergewöhnlich schönes Exemplar mit sauber gearbeiteten Quadern und romanischen Türbögen.

»Aber natürlich. Herr von Teebaum! Das schöne Antiquitätengeschäft in der Karolinenstraße. Wie geht es Ihnen?«

Sie reichte ihm die Hand, die er mit einer leichten Verbeugung an die Lippen führte. Hanna genoss es, wenn ihr die Hand geküsst wurde, auch wenn sie immer ein wenig verlegen registrierte, dass sie ihre Hand nicht rechtzeitig und elegant genug gedreht hatte – so ein Handkuss duftete nach alten Rosen, er zauberte einen kleinen hellen Fleck in den trüben Tag. Hanna lächelte, das erste Mal seit vielen Stunden.

»Haben Sie einen Augenblick Zeit für mich, Frau Dr. Tal?«, fragte Herr von Teebaum.

»Aber gern. Worum geht es denn?«

»Ich habe Sie gestern mit Conte Ricardi auf der Unteren Brücke gesehen.«

Conte? Conte Ricardi? Bisher hatte Hanna nichts von einem Grafentitel Paolos gewusst.

»Sind Sie mit Conte Ricardi befreundet?«

Hanna zögerte. Wie sollte sie diese Frage beantworten?

»Wir waren einmal befreundet, aber wir haben uns längere Zeit nicht gesehen«, sagte sie ausweichend.

»Es ist nämlich so.« Herr von Teebaum sah sie prüfend an. »Vorgestern war Conte Ricardi bei mir und bot mir eine Reihe von Antiquitäten aus seinem Familienbesitz zum Kauf an. Es waren sehr schöne Stücke darunter, die ich gerne übernommen hätte. Aber um einen entsprechenden Vorvertrag abschließen zu können – ich muss mir die Sachen erst noch in Venedig ansehen; bisher kenne ich sie ja nur von Fotos –, also für so einen Vertrag benötigt Herr Ricardi einen deutschen Bürgen, einen entsprechend finanzkräftigen deutschen Bürgen selbstverständlich. Und da hat er mir Ihren Vater genannt.«

»Meinen Vater?«, stammelte Hanna fassungslos. Paolo, du Scheißkerl!

»Wir waren eigentlich heute Nachmittag verabredet, und er wollte die entsprechenden Unterlagen mitbringen. Ich hatte alles vorbereitet, aber er ist nicht erschienen, und ich habe auch nichts von ihm gehört. Wissen Sie vielleicht, wie ich ihn erreichen kann?«

Hanna hatte das Gefühl, als drehe sich eine kalte Faust langsam in ihrem Magen herum. Sie starrte Herrn von Teebaum an und erwiderte tonlos: »Nein, tut mir leid, das weiß ich nicht.«

Sie machte ein paar Schritte, drehte sich dann zu Herrn von Teebaum um, der ihr erstaunt nachblickte, und fügte hinzu: »Mein Vater ist übrigens seit fast sechs Jahren tot. Tut mir leid.«

Sie bemerkte nicht, dass sie Herrn von Teebaum grußlos stehen ließ.

»Conte« Ricardi! So ein Mistkerl, so ein riesengroßes Arschloch, das war es also gewesen, weshalb er sie besucht hatte! »Komm mit mir nach Venedig, in richtiges Palazzo«! Vollidiot, hinterhältiger, elender Betrüger ... Ihr gingen allmählich die Schimpfwörter aus.

Sie trat aus den Arkaden des Leisthauses auf den Vorplatz zur Unteren Brücke, vor sich das schöne, zerstörte Bronzegesicht von Avramidis. Eine Taube saß in der leeren linken Augenhöhle und putzte sich unter dem Flügel. Von der Regnitz wehte der Geruch nach nebligem Fluss herüber, ein Geruch, der ihre Wut dämpfte, sie stiller werden ließ, bis nur noch Traurigkeit übrig blieb. Eine Traurigkeit, die ihr erzählte, dass ihre Jugend vorbei war und dass ihr nicht mehr alle Wege offenstanden.

Ihr Blick glitt über das abendliche Wasser, an den hübschen Häusern am Leinritt entlang, und endete am Gefängnis, das dort barock, breit und schwer lagerte. Sie war so abgrundtief müde, dass ihr die paar Schritte bis nach Hause wie eine Ewigkeit vorkamen, wie ein fremder langer Weg.

Als sie ihr Hoftor aufschloss, wünschte sie sich weit weg, in ein Land voller Sonne. In ein Land ohne Männer. Und ohne Kinder. Ein Land, in dem sie nach Hause kommen und alle viere von sich strecken konnte. Aber hinter ihrer Haustür warteten ja Tanja und Will auf sie. Ohne Kinder? Nein, diesen Gedanken nahm sie sofort zurück; Will war ein nettes Kind, und sie war bloß müde.

Tanja hatte aufgeräumt; das Wohnzimmer sah ganz manierlich aus. Sie kam ihr strahlend entgegen und umarmte sie.

»Ich habe Spaghetti für uns gemacht. Und ich habe eine, nein eigentlich zwei coole Überraschungen für dich«, verkündete sie mit hell aufblitzender Fröhlichkeit.

»Ja? Was denn?«, fragte Hanna und stellte ihren schweren Rucksack mit ihren Unterlagen und den neunzig Kopien, die sie für ihre Studenten heute Nachmittag gemacht hatte, neben den Schreibtisch. Ade, ersehntes Bad!

»Sag ich dir nachher beim Essen. Die Nudeln brauchen noch etwas. Willst du dich noch ein bisschen hinlegen? Du siehst echt fertig aus!«

»Reicht es noch für ein Bad?«, fragte Hanna hoffnungsvoll.

»Na klar, ich stell die Nudeln klein.« Tanja sah aus, als könne nichts auf der Welt ihre neu gewonnene Zuversicht erschüttern, schon gar nicht die Kochzeit von Nudeln.

Die waren dann allerdings doch etwas sehr weich, aber das Ragout duftete würzig nach Rosmarin, und ein Teil von Hannas Frust hatte sich im Dampf über der Badewanne aufgelöst. Ihre Nackenmuskeln waren nicht mehr ganz so hart wie vorher.

Tanja hatte den Tisch hübsch gedeckt. Und Will schlief – kein gutes Zeichen für die kommende Nacht, aber das war Hanna im Moment egal. Sie schenkte sich ein großes Glas Rotwein ein und fragte: »Na, was ist jetzt mit der Überraschung? Spuck's aus!«

Tanja nahm einen Schluck aus ihrem Glas und häufte Hanna einen Berg Spaghetti auf den Teller.

»William hat geschrieben!« Ihr Gesicht war ein einziges großes Leuchten. William? Ach so, der Vater des Kleinen. »Stell dir vor, er hat sich echt so lange gestresst, bis er meine neue Adresse rausgefunden hat. Sein Vater ist gestorben, und er hat den Hof übernommen, und er will, dass ich unbedingt zu ihm komme. Krass, oder?«

»Wie schön.« Hanna gab sich ehrlich Mühe, Tanjas Glück zu teilen. Doch sie kam sich plötzlich ausgeschlossen vor, als schaue sie über einen hohen Zaun in den Garten Eden. »Weiß er denn schon von seinem Sohn?«

»Ich hab vorhin mit ihm gechattet. Er ist hammermäßig glücklich. Sobald er jemanden hat, der seine Kühe versorgt, kommt er uns holen.«

Hanna nahm sich zusammen, umarmte Tanja und drückte sie fest.

»Herzlichen Glückwunsch, Kleines. Ich freu mich so für dich. Komm, das müssen wir begießen.«

Sie stießen mit den Gläsern an. Der schwebend helle Klang ließ Will in seinem Kinderwagen ein bisschen maunzen, aber er wachte nicht auf.

Hanna nahm sich noch einmal von der Fleischsoße. »Und die zweite Überraschung? Du hast gesagt, du hättest noch eine zweite Überraschung.«

»Ich kann in meine Wohnung zurück. Die Polizei hat vorhin angerufen, dass sie jetzt nicht mehr versiegelt ist. Ich helf dir nur noch, die Küche zu machen, dann pack ich meine Klamotten, und du bist uns los.« Sie schob sich eine große Gabel aufgewickelter Spaghetti in den Mund.

Hanna versuchte, sich ihre Erleichterung nicht anmerken zu lassen; sie hatte sofort ein schlechtes Gewissen deswegen. »Fürchtest du dich denn jetzt nicht mehr, so allein in dem großen Haus?«

»Ach was, das bin ich doch gewohnt. Und alle Bösewichter …«, Tanja lachte über ihren Ausdruck, »sind ja inzwischen geschnappt. Oder tot.« Ihr war kein Bedauern anzuhören. »Ich bin bloß froh, dass die Bullen Harry und Manno aus dem Verkehr gezogen haben. Und Charly …«, sie zupfte an ihrem Nasenring, »ach, Charly wird schon irgendwie zurechtkommen.«

Oh dahin, du Pusteblume, dachte Hanna etwas unmotiviert.

Aber man musste ja zugeben, dass Tanja sich schon vor den Ereignissen der letzten Tage von Charly hatte trennen wollen. Sie wischte ihren Teller mit einem Stückchen Brot aus.

Nachdem sie die Küche aufgeräumt hatten, beschloss Hanna, gleich jetzt schon die Vorbereitungen für die Nacht zu erledigen, damit sie später nur noch ins Bett fallen musste. Sie würde sich einen gemütlichen Abend machen, eingemummelt in Bademantel und Decke auf der Couch vor dem Fernseher. Allein.

Und wenn schon!

Während Tanja herumwuselte und ihre Sachen zusammensuchte, ging Hanna ins Bad, um ihre Zähne zu putzen. Verflixt, Tanja hatte schon wieder die Zahnpastatube offen gelassen, und natürlich war sie eingetrocknet.

Ärgerlich drückte Hanna mehrmals fest auf die Tube, und ein langer Strang Zahnpasta flog heraus und schlängelte sich malerisch über ihren neuen Seidenpulli, den sie auf dem Wäschekorb abgelegt hatte.

»Ach verdammt«, schrie sie Tanja an, die in dem Moment in der Badezimmertür erschien, um sich von ihr zu verabschieden, »kannst du denn die Zahnpasta nicht zumachen? Das kann doch nicht so schwer sein!«

Da erstarrte sie mitten in der Bewegung. Sie hörte sich diesen Satz sagen, hörte ihn mit ihrer Stimme, hörte ihn mit Bennos Stimme, die sich wie eine zweite Haut sanft um ihren Ausruf legte.

Und fing an zu lachen.

Sie lachte und lachte, bis ihr die Tränen kamen.

Es wird alles gut, dachte sie, es wird alles gut.

Nachwort

Franz Novak, die Zentralfigur in Kunigundes Masterarbeit in diesem Roman, hat ein historisches Vorbild: einen 1960 hingerichteten DDR-Offizier. Für eine möglichst wirklichkeitsnahe Darstellung der damaligen Lebens- und Denkstrukturen habe ich dessen Geschichte aus den Akten der Behörde des Bundesbeauftragten für die Unterlagen des Staatssicherheitsdienstes der ehemaligen Deutschen Demokratischen Republik (»Stasi-Unterlagen-Behörde«) umfassend recherchiert. Alle kursiv gesetzten Stellen sind Originalzitate.

Darüber hinaus jedoch hat Franz Novaks Familiensituation keine Entsprechung in der Realität; der ältere Bruder sowie die uneheliche Tochter sowie die Lebensläufe und Handlungen von Vater, Mutter und Schwester sind von mir frei erfunden, mit einer Ausnahme: die ergreifende Szene im Sitzungssaal des Landgerichts Bamberg, als die Tochter dem Mann erste Hilfe leistete, der durch sein Handeln das Leben ihrer Familie zerstört hat, hat wirklich stattgefunden.

Sie war für mich der Anlass, dieses Buch zu schreiben.

Ich bedanke mich für vielfältige Hilfe: Erster Kriminalhauptkommissar Stefan Christa gewährte mir Einblicke in Organisation und Arbeitsweise der Bamberger Kriminalpolizei; Sachgebietsleiter Jörg Pittelkow half mir freundlich bei der Akteneinsicht in der Außenstelle Erfurt der BStU, der Stasi-Unterlagen-Behörde; Angelika Pohle klärte mich über das Entstehen einer narzisstischen Persönlichkeitsstörung auf; ihr, Heike Mallad und Tilmann Dengler danke ich für kritische Lektüre und Konrad, Benedikt und Philipp Dengler für kompetente Ratschläge in juristischen und polizeirelevanten Fragen. Es ist für eine Kriminalschriftstellerin schon sehr praktisch, mehrere Juristen und einen Polizisten in der Familie zu haben. Entscheidend für das Gelingen meiner Arbeit ist aber ihre stete, selbstverständliche Unterstützung und ihr Vertrauen darauf, dass ›das schon was wird‹.

Ich danke meiner Lektorin Marion Heister für kluge Kritik und aufmunternde Anerkennung und dem Emons Verlag für die Anregung, diesen Roman zu schreiben und dessen Übernahme in sein Programm.